溺愛殿下の密かな愉しみ

Yuki Shirogane
白ヶ音雪

Honey Novel

Illustration

KRN

CONTENTS

プロローグ

――どうしよう。どうすれば良いの……？

セラフィーナは呆然《ぼうぜん》としながら、伸《の》し掛かっている男を見上げた。

鋼色《はがね》の髪に、厳しいけれど育ちの良さを感じさせる精悍《せいかん》な顔立ち。紺色の瞳は、確かな怒りと苛立《いらだ》ちを湛《たた》えて自分を見下ろしている。

「身体で礼をすると言ったのは君だ」

突き放すような言葉に、怯《おび》えを隠せない。

確かにその通りだ。セラフィーナは先ほど、目の前の男への礼のために身体を差し出すと言った。でも、どうして彼がどことなく不機嫌そうなのか分からない。

困惑《こんわく》している間にも、セラフィーナは寝衣を脱がされ、生まれたままの姿にされてしまう。

冷えた空気に肌が粟立《あわだ》ち、寒さから身体を守るように自らを抱きしめる。けれど、室温は低いはずなのに、異性に肌を晒《さら》した羞恥に肌は瞬く間に熱を持ち、火照《ほて》っていた。

恥ずかしくて目を合わせられない。

視線を逸《そ》らしているあいだにも、彼が自分の身体をじっと見つめていることを空気で感じた。

薄っぺらい身体だ。

貧しい食事のせいで肉付きが悪く、胸の膨《ふく》らみも乏《とぼ》しい。逞《たくま》しく、頑強《がんきょう》な肉体美を持つ男の前にこんな貧相《ひんそう》な身体を晒している事実が耐えがたく、セラフィーナはぎゅっと目を瞑《つぶ》った。

高い位置にあった彼の顔が、静かに降りてくる。空気が揺れ、柑橘《かんきつ》系の爽《さわ》やかな香りがした。

「私には女性を痛めつける趣味などないから安心しなさい」

首筋に、吐息が触れる。かと思えば、柔《やわ》らかい感触を覚えた。唇で触れられている。先ほどまで目に宿していた怒りとは裏腹に、優しい触れ方だった。

濡れた舌で首筋をなぞられ、軽い痛みを感じるほどの強さで吸われ、唇からは甘ったるい声が零《こぼ》れる。

指先が肌を掠《かす》めるたびに何か妙な感覚が湧き上がり、手足がぴくり、と小さく痙攣《けいれん》した。押し寄せてくる何かに耐えるため、敷布をきつく握りしめることしかできない。もっと淡々としたやり方であれば、こんな風におかしくなることはないはずだ。

どこに触れるにも、まるで宝石を扱《あつか》うかのような男の繊細な手つきに、身体以上に心が乱されてしまう。

――――もっと、乱暴にされるかと思っていたのに……。

初めて与えられる快楽に、そして目の前の男に大切にされているかのような錯覚《さっかく》に、セラフィーナはただ戸惑《とまど》うしかなかった。

一話

ひとけのまばらな道を、少女が小走りに駆けていく。

空は橙《だいだい》から紫《むらさき》へとその色を刻々と変じさせており、家々からは夕食の香りがほんのり漂《ただよ》ってきている。そんな夕暮れの時間帯だ。

ひとくくりにした長い巻き毛が馬の尻尾のようにふわふわ揺れる。淡く赤みを帯びた金髪が夕日に照らされ、眩《まばゆ》い光を返していた。まるできらめく宝石の糸のようだ。

足を前に出すたびに大きく翻《ひるがえ》る粗末なスカートの裾《すそ》には、何度も当て布をして繕った跡がある。見るからに貧民階級の娘であったが、そこに悲壮感や陰鬱《いんうつ》とした雰囲気はない。

瑠璃《るり》色の瞳は生き生きと輝き、彼女に溌剌《はつらつ》とした魅力を与えている。

集合住宅の二階からその姿を認めた老婆《ろうば》が、柵から身を乗り出し大声で呼びかけた。

「セラ！　セラフィーナ！」

その声に、少女はぴたりと足を止める。秋の寒空の下を長いこと走っていたせいで上気した頬が、夕焼けを受けてより濃い赤に染まっている。

声をかけた老婆は、隣に住むドーソン夫人だ。昔からの付き合いで、少女が十七歳になった今でも、まるで自分の孫のように気にかけてくれている。

「ドーソンさん」

屈託《くったく》のない笑みを浮かべ少女――セラフィーナは、階段を一気に駆け上がる。老婆は困ったように眉を下げた。

「今、帰りかい。もっと早く帰ってこられないのかい？」

もう少しすれば完全に陽が落ち、空は濃紺へと染め上げられるであろう。十代の娘が一人で出歩いて良い時間ではない。

「男爵さまのところにお金を返しに行っていたのよ」

〝男爵さま〟というのは、隣町に住むアラン・フェル・ロベール男爵のことだ。セラフィーナは金貸しである彼に借金をしており、今日がその返済日だったのだ。

「今日は、どこかのお金持ちの男の人がたくさん花を買っていってくれたの。恋人に花束を贈るんですって。それまで全然売れていなかったから、助かったわ」

セラフィーナは花売り娘だ。朝、新鮮な花を仕入れて街角に立つ。そうして、道行く人たちに「花はいかが」と声をかける。簡単なようだが、一日中立ちっぱなしでいなければならないし特別収入が多いわけでもない。ひどいときは、一日に一輪しか売れなかったこともある。

それでもセラフィーナは、知り合いの花屋の手伝いをさせてもらっている分、まだ良いほうなのかもしれない。

花売り娘の中には、身体を売る者も多い。それだけでは到底生活費を賄《まかな》えないからだ。恐らく、この国で花売りをしている娘の八割はそうなのではないだろうか。

　生活が貧しければ食べるのがやっとだ。当然、学校に通うことなどできない。そのため、貧乏人には学のない者が多い。金を稼ぐ方法も限られてくるのだ。

「男爵様のとこに行ってたなら仕方ないけど、近頃は日が落ちるのが早いから気をつけなよ。アンタ可愛《かわい》いから、狙われちまうよ」

「大丈夫よ。わたし、足は速いの。もし誰か襲ってきても、逃げてみせるわ」

　スカートをほんの少し捲《めく》り上げて、セラフィーナはほっそりとした白い足を老婦人へと見せた。

　足が速いのは本当だが、大丈夫と言ったのはドーソン夫人に心配をかけないための強がりだ。何せまだ十七歳の少女である。暗がりを一人で歩くのが怖いのは、当然の心理だ。

「心配してくれてありがとうドーソンさん、次は、もっと早く帰ってこられるようにするわ」

「だったら良いけどねぇ……。そうだ。弟にこれ持っていってあげな。あたしからの土産だよ」

　一旦奥のほうへ引っ込んだかと思えば、ドーソン夫人は両手に林檎《りんご》を持って戻ってくる。

「果物屋で安く譲《ゆず》ってもらったんだ。少し傷ついてるけど、味は変わらないし安心してお食べ」

　籠《かご》の中に、ころんと二つ。腕に加わる重みが増える。

「ネリルも、栄養たっぷりつけて早く病気を治さないとねぇ」

その言葉に、つきんと針で刺されたように胸が痛む。それを気取《けど》られないようにして、セラフィーナは無理やり笑顔を浮かべた。

「ありがとう。きっとネリルも喜ぶわ」

ドーソン夫人に礼を言い、扉が閉まるのを確認してから自分の住む部屋へ向かう。

マルレーヌ街三丁目の片隅に位置する、小さな集合住宅。その二階にある角部屋が、セラフィーナの家だ。日当たりが悪く狭い部屋だがその分家賃は安く、セラフィーナのように収入の少ない者には非常にありがたい物件だ。

他の住民たちも総じて貧しく、ガラが良いとは言いがたいが悪い人ばかりでもない。先ほど林檎をくれた隣人のドーソン夫人はとても親切で、日頃から世話になっている。

それに管理人のマルス氏も、頼めば快く家賃を待ってくれる良い人だ。隙間風《すきまかぜ》が吹き、雨漏りがするような場所でも、住《せ》めば都である。

ゴホゴホ、と部屋の中から咳き込む音が聞こえてきて、セラフィーナは表情を曇らせる。扉の一歩手前で足を止め、咳の音が治まるまでじっと息を潜《ひそ》めて待った。

そうして静かになった頃、気を取りなおしたように扉の向こうに向かって声をかける。

「――ただいま、ネリル。お姉ちゃんよ」

パタパタ、と軽やかな足音が聞こえてきたのはすぐだった。

閂《かんぬき》を開ける音がして、内側から扉が開く。隙間からどんぐりのような丸い水色の目が覗《のぞ》いた。

「おねえちゃん！　おかえり、おそかったね」

セラフィーナの姿を認めるなり、弟のネリルが扉を全開にし、嬉しそうに抱きついてきた。

「ごめんね、お腹空いたでしょう」

部屋に足を踏み入れると、橙色の灯《あか》りとは正反対にひんやりとした空気が足にまとわりつく。北向きの部屋は陽当たりが悪く、夏場以外は昼でも寒い。

ぶるりと弟が身を震わせたのを見て、セラフィーナは羽織っていたショールを慌《あわ》てて彼の肩に着せかけた。何年も使っているため古びて薄汚れているけれど、毛糸で編まれているので、身体の冷えるこの季節には非常に重宝する。

「ほら、早くベッドに戻って。すぐに夕飯の支度をするから」

背中を押すと、ネリルは素直に寝台に潜《もぐ》り込んだ。それを見届けてから、セラフィーナは台所へ向かう。

夕飯の支度といっても、やることは昨日の余りのスープを温めてパンを切るくらいだ。粗末な木の器に野菜だけのスープを注ぐと、一杯分にしかならず鍋は空になる。きゅるる、と切ない音を上げる腹を押さえて、セラフィーナはスープとパンをネリルの許へ運んだ。

「あれ？　おねえちゃんのぶんは？」

「今日はあんまりお腹が空いてないの。パンがあるから大丈夫よ」

心配そうに見上げる弟の視線に大丈夫と言うように微笑むと、セラフィーナは寝台の端に腰かけた。

枕元に本が開いたまま置いてあるのを見つけ、それを手に取る。これは、手伝いをしている花屋の女将《おかみ》が、ネリルのためにと譲ってくれたものだ。

「今日も本を読んでいたの？」

「うん。ぼく、もうこれよみおわったよ」

「すごいわね。こんなに難しい本なのに、ネリルは読むのが早いのね」

驚きながら褒《ほ》めると、嬉しそうにネリルが胸を反らす。

病弱で、一日中寝たきりのネリルの楽しみは読書だ。小さな頃からそうして過ごしてきたため、今ではセラフィーナですら少し難しいと感じる本を読むこともできる。

学校に行くことができれば、きっと優秀な成績を修めることができただろう。そう感じるだけに、残念だ。

「おねえちゃん？」

翳《かげ》ったセラフィーナの表情を、ネリルが心配そうに下から覗き込む。

――いけない、ネリルの前では暗い顔を見せないって決めてたのに。

セラフィーナは笑みを浮かべると、暗い気持ちを吹き飛ばすように殊更《ことさら》明るい声を上げた。

「何でもないの。また今度、女将さんに本をもらえることになっているから、楽しみにしていてね」

「わぁい」

「さあ、急いで食べないとスープが冷めちゃうわ」

大地の女神に食前の祈りを捧げてから、セラフィーナは一つの皿に盛ったパンを二欠片だけ口にする。すぐに食事が終わってしまうのはもったいないのでゆっくり噛んで食べるが、十七歳の少女に到底足りる量ではない。

――お腹が空いた……。

弟の食べるスープの匂いに余計空腹を刺激されそうになり、慌てて台所に戻った。

今日はもらい物の林檎があるだけまだマシだ。ひどいときになると、焼いたじゃがいもに塩を振っただけという日もあるのだから。

籠《かご》から林檎を取り出す。改めて見ると、それは見事な林檎だった。赤く艶《つや》やかで、大きい。スルスルと器用に皮を剥《む》いて半分に切ると、濃い黄金色の蜜がたっぷりと詰まっていた。

剥き終えた林檎の半分を皿に並べ、もう半分はネリルのためにすりおろす。せっかくなので、もう一玉は明日のために大事に取っておくことにした。

先に弟のところへ持っていく前にどうしても誘惑にかられ、セラフィーナは一切れだけを口に放り込んだ。しゃくり、と小気味良い音と共に果汁が弾け、ほどよい酸味と爽やかな甘みが口いっぱいに広がる。見た目以上に美味な林檎だった。

「ネリル、林檎よ。ドーソンさんがくれたの」

「わあ、おいしそう！　あした、おばあちゃんにおれいいわなくちゃ」

灯りに照らされ金色にも見えるすりおろし林檎に、ネリルの瞳がぱっと輝きを増す。

木のさじですくって食べさせると、頬を緩ませながら咀嚼《そしやく》する姿が可愛らしい。幸福そうな姿に、見ているこちらまで笑顔になってしまう。

ネリルが林檎を食べているあいだに、セラフィーナは食器類をまとめて下げる。そうして洗い物などの後片付けを終えて戻ると、ネリルは既《すで》に眠りについていた。

久しぶりに満腹になって、眠気が来るのも早かったのだろう。

掛布で肩までしっかり包んでやり、苦笑しながら彼の焦げ茶色の髪を撫《な》でる。

セラフィーナと正反対の濃い色は、二人に血の繋《つな》がりがない証拠だ。

十歳を迎えたばかりのある日、母と共に出かけた帰り道でセラフィーナは赤ん坊の泣き声を聞いた。はじめはどこかの家から聞こえてきているのだろうと思っていたが、それはどうも路地裏から響いてきているようだった。

念のためにと確認しに行った先で、赤子を偶然見つけた。まだ捨てられて間もなかったのだろう。清潔な産着に包まれ小さな籠の中にいた赤子を、セラフィーナの母は躊躇《ためら》いなく家へと連れ帰った。それがネリルだ。

お針子や下女をしながら女手一つでセラフィーナを育て、決して家計に余裕があったわけではない。それでも母は辛い顔一つせず、実の娘であるセラフィーナと同様にネリルも愛情を持って育てた。立派な母だったと思う。

だがそんな母も四年前、日頃の無理がたたって風邪をこじらせて亡くなってしまった。最後まで、二人の子供のことを心配しながら。

ロベール男爵に金を借りたのは、その頃だ。

母が亡くなった際、葬儀代の都合がつかず困っていたセラフィーナに手を差し伸べてくれたのが、彼だった。

「君の母上は、生前我が家で下女としてよく働いてくれたからね」

そう言って、葬儀代を全額肩代わりしてくれたのだ。

二十代の若さで実業家として成功を納め、巨大な財を成して爵位を金で買った彼に、女性たちは熱い視線を注ぐ。

けれどセラフィーナは、どちらかといえば男爵のことが苦手だ。

はじめの頃は、親切な人だと思っていた。けれど、段々と彼の態度が変わってきたのだ。

あれはちょうど、セラフィーナが十五歳になったくらいの頃だっただろうか。

しつこく「うちで下女として働かないか」と誘い始め、何だか妙な目つきで胸元を見るようになった。反応を面白がるように、卑猥《ひわい》な言葉をかけられたこともある。

極めつけは、借金返済のために男爵邸を訪ね、金を渡して帰ろうとした際、背後から急に抱きつかれた事件だ。

とっさに上げた悲鳴を聞き、メイドが駆けつけてくれたから良かったものの、もしあのまま誰にも気づかれなければどうなっていたことか。

男爵は冗談のつもりだったなどと笑っていたが、とてもそうとは思えない。

早く借金を返し終えて、彼との縁を切りたい。セラフィーナは切実に、そう願っていた。

そのためにも、花売りの仕事をしつつ、どこかに人手が必要な場所はないかと色々な店や屋敷を訪ね歩いた。だが、どこに行っても住所を告げるなり、冷たく門前払いされた。

マルレーヌ街三丁目といえば、このオルヴェイユ王国でも特に貧しいとされる地区である。貴族の家々が並び、景観も美しく和やかな雰囲気の二丁目と比べ、どこか薄汚く埃《ほこり》っぽい空気が漂っている。すぐ隣町であるにも拘《かかわ》らずだ。

両方の街並みを知る人はその落差を揶揄《やゆ》して、こんな冗談を言う。

「二丁目のお貴族様たちは、汚いものを全部三丁目に捨てているのさ」

そんな場所の人間を雇えば、自分たちが不利益を被《こうむ》ってしまう、と考えているらしい。

彼らの言うことも確かに一理ある。

マルレーヌ街三丁目は他の地区と比べてガラも悪く、今牢獄に入っている犯罪者の一割はこの地区の出身だとも言われている。そんな町の出身者など雇いたくない気持ちは分からないでもない。

けれどセラフィーナには生活があるのだ。

自分一人ならばまだ何とかなる。薪《まき》がなくとも冬の寒さは毛布でしのげるし、一日一食でも死ぬことはないだろう。

でも、幼い頃から病弱だったネリルにはそんな生活はさせられない。本来ならば医者に診《み》せ、治療を受けさせなければならない身なのだ。それなのに、セラフィーナの稼ぎが少ないせいで薬すら買うことができない。

せめて栄養のある食事だけでもと思っているのだが、それすらままならない状態だ。母がいざというときのためにと僅《わず》かに蓄えていたお金も、もう底を尽きかけている。ネリルが発作を起こせば、医者代に消えてしまうだろう。

――――父さんがいれば。

セラフィーナは衣服の胸元に手を入れ、そこに隠れていた細い鎖を引っ張った。男物の指輪が通してある。指輪には宝石の類《たぐい》は付いておらず、翼を広げた鷹《たか》が彫り込まれていた。元は精緻《せいち》な細工だったのだろうが、経年劣化のせいで銀色の表面は錆《さ》びついてしまい、よく見ないと鷹だとは分からない。

「お父様から頂いたのよ」

そう言って大事にしていたこの指輪を、母は死の間際、セラフィーナに託した。

物心ついた頃から、セラフィーナには父親がいなかった。どんな人だったのかと聞けば、母はいつもセラフィーナの髪を撫でながら、こう答えた。

「あなたとそっくりの、綺麗《きれい》な髪をしていたわ」

母は父に関して、多くを語らなかった。死別なのか、離縁したのかすら分からない。けれどセラフィーナの髪を見つめるときの母の眼差《まなざ》しはいつも懐かしげで、寂《さび》しげで、だからセラフィーナは父のことについてあまり深く追求することはできなかった。

きっと母には、自分の中だけにとどめておきたい思い出があったのだろう。

彼女が亡くなってしまった今では、もうそれを知る手立てはないけれど。

◆

翌日、セラフィーナは花売りの仕事のために街角に立っていた。

花売り同士には暗黙の了解というものがある。それは、お互いの商売を邪魔しないように、一定以上の距離を開けて立たなければならないということだ。

特に厳密にどの場所と決まっているわけではないが、あまり持ち場を離れて他人の領域に侵入すると、白い目で見られてしまう。花屋の女将に教えてもらったことだ。

セラフィーナの持ち場は、マルレーヌ街三丁目と二丁目のちょうど境目くらいの場所だ。身なりの良い紳士や淑女《しゆくじよ》に声をかけて、一輪を二ペールで買ってもらう。

だが、これがなかなか売れない。お金持ちたちは、道端に立つみすぼらしい娘には見向きもしないで通り過ぎていく。あるいは、さも汚らわしそうな目つきを向けられることも多い。

――せっかく、綺麗なお花を仕入れたのに。

今日はまだ、一人しか客がない。その客も、二輪しか買っていってくれなかった。売れない日もあるのだし、買ってもらえるだけありがたい。だが、これでは暖炉《だんろ》に入れる薪が買えるかも危うい。

また、ネリルに寒い思いをさせてしまう。

そんな思いに項垂《うなだ》れたセラフィーナの足元に、ふっと黒い影が差した。

慌てて顔を上げると、そこにはいかにも労働者階級といった、少し薄汚れた格好の男が三人立っていた。いずれも、不惑を越えた辺りに見える。よく日に焼けた赤ら顔をしており、大柄だ。

服から僅かに漂ってくる磯臭さから察するに、港湾労働者だろう。この近くには、漁船や商船などが多く停泊する港がある。

ようやく客が来た。自然と愛想の良い笑みを浮かべたセラフィーナは、籠を持ち上げながら男たちの前に差し出した。

「こんにちは。お花がご入用ですか?」

「花に用なんかねぇよ」

男の一人が、小馬鹿にしたように答えた。

え、と戸惑うセラフィーナを傍《そば》にある建物の壁際に追いつめながら、男たちはニヤニヤと下卑《げび》た笑みを浮かべる。

「お嬢ちゃんには用があるけどな」

男がセラフィーナの髪を手に取り、鼻を近づけた。すん、と匂いを嗅《か》がれ、凍りつく。

「良い匂いだな。格好は小汚いが、なかなか可愛い顔してるじゃねぇか」

「あ、あの……何のご用ですか?」

勇気を出して絞るような声で聞けば、男たちは顔を見合わせ、声を上げて笑った。

「何のご用ですか、だってよ!」

「分かりきってるくせになぁ！　よう嬢ちゃん、花売り娘のくせに純情ぶってんじゃねぇよ」

揶揄《やゆ》するようなその言葉に、セラフィーナはぽかんとする。だが、やがてじわじわと、男たちの言っている意味が飲み込めてきた。

男たちはセラフィーナを、花だけでなく身体を売って稼ぐ花売り娘だと思っているのだ。

とんでもない誤解に、慌てて首を横に振る。

「違います！　わたしはそういうことは――」

「何だよ、貴族の旦那様じゃないとお相手できませんってか？　ひょろっちいお貴族様より、逞《たくま》しい俺たちのほうがもっと満足させてやれるのになぁ」

男の手が、セラフィーナの尻を撫でた。顔にかかる息は酒臭く、むっとする。どうやら日の高いうちから酒を飲んでいるようだ。

「やだ！　やめて!!」

嫌悪感にたまらず顔を背け、男の手を叩き落としていた。パシッと乾いた音が上がる。

叩かれた男の顔は、見る見るうちに怒りに染まった。

「お高くとまりやがって！　金さえもらえりゃ何だって良いくせによ。おら、こっち来いよ」

伸びた男の手がセラフィーナの腕を摑もうとする。身の危険を感じ、セラフィーナは反射的に男たちのあいだをすり抜け、パッと駆け出していた。

「おい待て‼　このアマ‼」

男たちの野太い怒声が追いかけてくる。

全力疾走しながらも、空腹と恐怖で足にうまく力が入らない。このままでは追いつかれて捕まってしまう。そんな思いに、心臓が張り裂けそうなほどうるさく脈打っていた。

「誰か……誰か助けて‼」

助けを求めて叫ぶ。誰か一人くらい、助けてくれる人もいるだろう。そう期待してのことだった。けれど通行人は遠巻きにこちらを見はするものの、誰も助けようとしない。

厄介《やっかい》ごとには関わりたくない、自分の身が大事だ……そんな空気だった。

絶望を覚えるが、打ちひしがれていても状況は何も変わらない。逃げているうちに男たちが疲れて諦《あきら》めるかもしれない、という一縷《いちる》の望みに縋《すが》って、セラフィーナは走り続けた。

はっ、はっ、と犬のような短い呼吸を繰り返しながら、必死で腕を大きく振り足を前に出す。花を入れるための籠はもうとっくにどこかへ投げ捨ててしまっていたが、それも無意識だった。

息が苦しい。心臓が悲鳴を上げている。身体は限界を訴えているというのに、背後から迫る足音の速度は一向に緩む気配を見せなかった。

やがてセラフィーナは、道端に落ちていた小石に躓《つまず》き無様《ぶざま》に転んでしまう。

「あっ！」

砂利で掌《てのひら》と膝が擦り剝け、血が出る。立ち上がろうとしたが、ぶつけた場所がひどく痛み、這《は》いつくばることしかできない。

「余計な手間かけさせやがって。その分たっぷり奉仕してもらうからな」

もうセラフィーナにこれ以上逃げる気力がないと判断したのだろう。男たちは走るのを止め、少し離れた場所からゆっくりと近づいてくる。

「こ、来ないで！」

上げた声はみっともなく震《ふる》え、威嚇《いかく》にすらならない。腰が抜けて、立ち上がることもできないセラフィーナの前に、男たちが立ちはだかる。

「さあ、まずは俺を叩いた罰を受けてもらわないとな」

先ほどセラフィーナがその腕を叩き落とした男が、黄色い歯を見せて獰猛《どうもう》な笑みを浮かべる。太い腕が胸元に伸びてきた。

絶体絶命の状況に、歯の根が合わずカチカチと音を立てる。

ただ仕事をしていただけなのに、どうしてこんなことになってしまったのだろう。どうしてこんな目に遭《あ》わないといけないのだろう。

男の手が、無遠慮にセラフィーナの胸を触り始める。服越しとはいえごつごつした男の手で撫でられ、そのあまりのおぞましさに肌が粟立った。

血の気がさっと引き、目の縁に涙が浮かぶ。泣いたってどうにもならない。けれど、一方的に与えられる暴力に屈するしかない己の非力さが、悔しかった。

大人しくなったセラフィーナに気を良くしたのか、男たちはにやついた笑みを交わし合う。

「そうそう、最初からそうやって静かにしてりゃ、何も痛い思いはしないで済むんだ」

「へへ。そう心配すんな、嬢ちゃんのこともちゃんと気持ち良くしてやるからよ」

一人の男がスカートを捲り上げ、太ももに触れてくる。汗ばんだ感触に、吐き気すら覚えた。

反射的にぎゅっと目を瞑って身を竦《すく》めた瞬間、セラフィーナの耳に誰かの声が届いた。

「そこで何をしている」

低く、落ち着いた男性の声だった。

男たちがぎょっとして、そちらのほうを振り返る。

そこに立っていたのは、三十歳にもうすぐ手が届こうかという男性だった。白い軍服を着ており、腰には剣を佩《は》いている。

服越しにも分かるほど身体つきは屈強で、しなやかな筋肉に覆われている。そして驚くほど長身だ。

目つきは猛禽《もうきん》のように鋭く、セラフィーナたちのいる方向を見据《みす》えていた。

涙ぐんだ少女に詰め寄る三人の男。その様子を見れば、ここで何が行われようとしていたかなど誰の目にも明らかだっただろう。

「もう一度聞く、そこで何をしている」

再度の問いかけは、先ほどより更に厳しげな声だった。場合によっては斬り捨てる、そんな雰囲気すら漂わせる男性の姿に、身の危険を感じたのだろう。

男たちは互いに目くばせをし、示し合わせたように愛想笑いを浮かべてみせる。

「いや、俺たちはただ遊んでただけでさぁ」

「そ、そう。ちょっとからかってただけですって。ほら嬢ちゃんまたな」

その声と表情には、突然この場に現れた男に対する怯えが明らかに滲《にじ》んでいた。

男たちはそそくさと去っていく。あれほど逃げ回っても諦めなかったくせに、あっさりとしたものだった。

呆《ほう》けたような表情でしばらくその背を見送っていたセラフィーナだが、やがて糸が切れたように、全身から力を抜いた。

息を大きく吸って、吐き出す。どうやら自分でも無意識のうちに、息を詰めていたようだ。遅れて心臓がバクバクと激しく鼓動を打ち始めた。

「……危ないところだったな」

すぐ傍で靴底が地面を打つ音がし、セラフィーナはとっさに肩を跳ねさせた。見上げれば、そこには窮地《きゆうち》から救ってくれた男性が立っている。

「立てるか」

「あ……」

男性はセラフィーナの手首を掴み、立ち上がるのを手助けしてくれる。

転んだせいで色々な場所が砂利やら血で汚れていたが、彼がそれに構う様子はない。

立ち上がった瞬間、右足首にズキリと鋭い痛みを感じ、よろめいてしまう。

「きゃっ……」

傾《かし》いだ身体を支えようと腕は無意識に摑まるものを探し、目の前にいた男性の衣服を握りしめていた。

勢いあまって顔ごと相手にぶつかる。頰に逞しい胸板の感触を覚え、慌てて顔を上げた。

頭二つ分ほど高い位置から、男性がセラフィーナを見下ろしていた。

いわゆる美男子、というのとは違うけれど、これまでセラフィーナが見てきたどんな男性よりも整った顔立ちをしていた。

意思の強さを感じさせる太い眉に、くっきりとした鼻梁《びりょう》。そしてまっすぐに引き結ばれた唇。

短く整えられた髪は鋼《はがね》色をしている。肌は軍人らしく陽に焼けており、健康的な色をしている。

そして何より印象的なのは、目の色だ。深い紺の瞳は夕暮れと夜の境界を思わせる落ち着いた色合いで、鋭い刃のような印象の目つきを和《やわ》らげているように感じた。

「……君。私の顔に何かついているのか」

ぼうっと見つめていると、不意にそんな風に声をかけられた。

どことなく不快そうにも聞こえる、低い声だ。そこで今、自分の置かれている状況にようやく思いが至り、セラフィーナはハッとした。

異性とここまで密着したのは、初めての経験だった。

ミルク色の頬に一瞬で血の気が上る。故意にではないとはいえ、初対面の相手に抱きついたままじっくりと顔を見つめるなんて、不躾《ぶしつけ》にもほどがある。

「す、すみません!!」

慌てて謝り、男性から離れようとする。が、手を離した瞬間、またしても足首に鋭い痛みが走った。

じっとしていても、ズキズキと鼓動に合わせるように痛み続ける。どうやら先ほど転んだ際に、挫《くじ》いてしまったようだ。緊張の糸が切れて、一気に痛みが襲ってきたのだろう。

これではとてもまともに歩けない。苦痛に顔を歪めたセラフィーナの様子に、男性がふぅ……と溜め息をついた。

「痛めたのか」

呆《あき》れたような響きに、無性に自分が情けなく感じられる。

恥ずかしさと申し訳なさで縮こまっていると、不意に足が宙に浮いた。

――抱き上げられたのだと気づいたときには、既にセラフィーナの身体は彼の腕の中に収まっていた。

「あ、あの、ちょ……っ、離して……！」

じたばたと手足を動かし、セラフィーナは何とか逃れようともがいた。驚きや恥ずかしさもももちろんだが、こんな薄汚れた格好で密着すれば彼の軍服が汚れてしまう。

だが、やはり男性はそういったことに頓着した様子を見せない。

「うちで手当てをする」

「えっ⁉　いえ、そんな。わたしは大丈夫ですから」

見知らぬ相手にそこまで迷惑をかけるのは申し訳ないと、必死で遠慮したセラフィーナだったが、男性は聞く耳を持たない。

「足を痛めた女性を放り出すわけにはいかない」

「でもっ」

「暴れると落ちる、きちんと掴まっておきなさい」

脅《おど》すように言われ、セラフィーナは慌てて彼の首根っこにしがみついた。

密着した胸から、大きく打つ心臓の音が相手に伝わらないか。セラフィーナのそんな心配を他所《よそ》に、男性はどこかを目指してずんずんと歩き続ける。

身なりの立派な男性が、みすぼらしい少女を抱きかかえて歩く。そんな光景は、いやでも道行く人の興味を引いた。

好奇の視線に晒され居《い》た堪《たま》れないセラフィーナとは正反対に、男性のほうは、涼しい顔で歩き続ける。そうして道の脇に寄せてあった四頭立ての馬車に乗り込むと、座席の上にセラフィーナを下ろした。

「御者《ぎょしゃ》に指示をしてくるからここで待っていなさい」

そんな言葉を残して、再び外へ出て行ってしまう。

――何て立派な馬車なの。

一人残されたセラフィーナは、口をぽかんと開いたまましげしげと馬車の内部を見渡した。

柔らかな天鵞絨《ビロード》で覆われた座席。金の枠で縁取りされた窓。房飾りのついたカーテン。

外観も素晴らしかったが、内装も劣《おと》らず美しい。セラフィーナのような貧しい暮らしをしている者でも、細部までこだわりぬいた一流の仕立てだと分かる。

庶民が利用する乗合馬車とは比ぶべくもないほどに豪奢《ごうしゃ》だ。

感心しながら背もたれのクッションに触れていると、男性が戻ってくる。

慌てて居住まいを正したが、そわそわと落ち着きなくしているところをしっかり見られていたらしい。

「馬車が珍しいのか」

そんな質問と共に、セラフィーナの向かい側の席に乗り込んでくる。

「乗合馬車なら何度か乗ったことがあります。でも、こんな立派な馬車は初めてです」

「そうか。……もう良い、発車してくれ」

後の言葉は、御者に向けられたものだ。やや して馬のひづめの音と共に車輪が回り始め、振動が伝わってくる。

と同時に、車内は重い沈黙に包まれた。

――どうしよう、どうしよう。何か話題を……。

そんな風に考えあぐねるも、あまりに共通点のなさすぎる相手とどんな会話をしていいのか分からない。

男性のほうはこの空気を特に何とも感じていないようだ。涼しい顔をして、流れていく外の景色を見ている。そして時折、チラチラとセラフィーナのほうを窺《うかが》い見ては、目が合うたびにさっと逸《そ》らしていた。

貧民階級の娘がそんなに珍しいのだろうか。

きっとそうなのだろう。身なりの良い彼には、こんな襤褸《ぼろ》を纏った娘と接する機会などこれまでなかったに違いない。

だが、特に不快には思わなかった。

親切な男性だ。恐らくは騒ぎを聞きつけ、わざわざ馬車から降りて助けに来てくれたのだろう。

まだ礼を言っていなかったことを思い出し、セラフィーナは男性の横顔に遠慮がちに話しかけた。

「さ、先ほどは危ないところをありがとうございました。お礼を言うのが遅くなってすみません、助かりました」

「……ああ。市民を守るのは軍人として当然のことだ、気にしなくて良い」

返事をする際、一瞬だけ男性の目がセラフィーナのほうを向いたが、それきりだ。彼の目はすぐに窓の外を向く。元々寡黙《かもく》な人なのだろう。

――ある程度会話があったほうが、気が紛《まぎ》れて良いんだけど。

異性と話すことに慣れていないセラフィーナは、彼と二人きりの状況に否応《いやおう》なしに緊張してしまう。それでも、勇気を出してもう一度話しかけた。

「お名前をお聞きしても良いですか？」

「私のか？」

紺の瞳が大きく瞬いた。まさかそんな質問をされるとは思ってもいなかった、とでもいうような顔だ。ややして、それは若干不機嫌な表情へと変化した。

「聞いてどうする」

もしや、聞いてはいけないことだっただろうか。

あまり身分を明かしたくない人なのかもしれない。だとすれば、軽率だった。せっかく助けてもらったのに、不愉快な思いをさせたのだとすれば申し訳ない。

「助けてくださった方のお名前をお聞きしたいと思って……。あの、すみませんでした。嫌だったら構いませんから……」

セラフィーナの声は、どんどん尻すぼみになっていく。不興を買ったかと萎縮《いしゅく》して俯《うつむ》き、叱責《しっせき》の声が飛ぶのをただ待つしかない。

「い、いや。そういうつもりだったなら良い！　私はてっきり……」

てっきり、何だと言うのだろう。

焦《あせ》りながら何か言おうとした男性だったが、やがて一旦口を閉ざした後、溜め息交じりにこう言った。

「――――アストロード・フェル……ヴィエンヌ」

告げられた名に、セラフィーナは顔を上げた。

このオルヴェイユ王国で、名前に『フェル』が付くのは貴族の証だ。立ち居振る舞いや立派な馬車から何となく予想はついていたが、それでも驚いてしまう。

ふつう貴族というものは、セラフィーナのような薄汚い格好をしている者とは関わり合いになりたがらないものだ。

「君の名は？」

「わ、わたしですか？　セラフィーナ……と言います。セラフィーナ・コンフィです」

まさかこちらも聞き返されるとは思っていなかっただけに、セラフィーナは少々たじろぎながら答えた。

「セラフィーナか。母の好きな花の名前だ」

「わたしの母もです。だからわたしにその名前を付けたのだと言っていました」

母親のことを思い出し、セラフィーナは口元を綻《ほころ》ばせた。

『セラフィーナ』という花は、百合の一種だ。ここよりもっと北に位置する寒い地域にしか咲かない、芳《かぐわ》しく甘い香りが特徴的な白い花だそうだ。

花言葉は、「清楚《せいそ》、ひたむき」そして「慈しみの心」。娘に優しい女性に育ってほしいと願う親心から付けられた名だった。

「母君のご出身は北のほうか」

「はい。詳しい地名は知らないのですが、春には丘の上にセラフィーナの花が群生して、真っ白な雪が積もっているように見えたそうです」

母は生前、何度もその話をセラフィーナにしていた。もう一度あの丘に行って、今度はその夢のように美しい光景を娘に見せてやりたいと。

その願いを叶えることなく、逝《い》ってしまったけれど。

「わたしもいつか、そこに行ってみたいと思っています。自分の名前だけど、セラフィーナの花って実際に見たことがなくて……あ、着いたみたいですね」

馬車の揺れが止まるのを感じ、セラフィーナは話を中断して窓の外に目を向けた。

蔦《つた》の絡まる瀟洒《しょうしゃ》な白亜の建物がそこにあった。

庭は綺麗に芝が刈り込まれており、剪定《せんてい》された木々が等間隔で植えられている。桃色や赤紫の秋桜《コスモス》が彩りを添えており、噴水からは絶え間なく水が溢《あふ》れ出していた。水飛沫《みずしぶき》が黄金色の夕焼けを反射して、眩《まぶ》しいほどに輝いている。まるでおとぎ話の挿絵のようだ。

「あ、あの、アスト……ロードさま、ここって――」

「私の母の家だ」

こともなげに言い放ち、アストロードは馬車を降りた。そうして、まだ中にいるセラフィーナに向かって当然のように腕を差し出してくる。

また抱きかかえて運ぶつもりなのだと悟り、セラフィーナは座ったまま僅かに身を引いた。

厚意はありがたいが、貴族である彼にこれ以上そんなことをさせるのは申し訳ないし、自分も恥ずかしい。

「わたし、自分で歩けますから」

「片足でどうやって歩いていくつもりだ」

間髪《かんはつ》を容《い》れずに言い返され、ぐっと言葉に詰まる。

確かに座っている間も足首の痛みはひどくなる一方で、一向に良くなる気配を見せない。

結局セラフィーナは折れるしかなく、少々躊躇いながらも彼にその身を預けることとなった。

「セラフィーナ。危ないから首の後ろに腕を回してくれ」

「はっ、はい……！」

「もっと強く」

不安定な体勢が心もとなくて言われるがままに縋りついたけれど、これでは自分から抱きついているかのようで落ち着かない。

ただ運んでくれているだけ……と自分に必死で言い聞かせるが、セラフィーナも年頃の少女だ。異性と密着しているというこの非日常的な状況に、冷静になれるはずもない。

大人しく運ばれつつも、心の中は混乱と羞恥でいっぱいだった。

「すみません、お、重いですよね」

「鍛《きた》えているから大したことはない。それに、むしろ君は痩《や》せすぎているくらいだ」

「すみません……」

もはや自分でも、何に謝っているのか分からない。

「誰か、開けてくれ」

屋敷の玄関にたどり着くなりアストロードが声を張り上げ、中に向かって呼びかける。すぐに内側から扉が開いた。

「まあ坊ちゃま、お帰りなさいまし」

「坊ちゃまはやめてくれと言っているだろう」

メイド姿の中年女性に出迎えられ、アストロードは思いきり顔を顰《しか》めながら、屋敷の中に足を踏み入れた。

彼の腕に抱かれているセラフィーナを見て、メイドは目を丸くする。

「そちらのお嬢様はどなた様です？」

お嬢様だなんて、とセラフィーナは仰天《ぎょうてん》した。こんなに小汚いつぎはぎだらけのワンピースを着ているのに。そぐわない呼び方だ。けれどアストロードが頓着する様子はない。

「港の傍でゴロツキ共に絡まれていた。足を挫いたようだから、手当てのために連れ帰ってきた」

「んまあ！　何て恐ろしい……。あの辺りはガラの悪い人間が多いと聞きますからねぇ」

頬に手を当て溜め息を吐いたメイドは、次にセラフィーナに向かって同情と安堵《あんど》の入り交じった視線を送った。

「本当に、大変でしたわね。坊ちゃまが偶然通りがかってようございました……」

「あ……はい……」

気遣わしげな声音に、戸惑いながらそう返すのがやっとだ。

不審そうな目を向けられるのも居た堪れないが、ここまで丁寧な対応をされるのも落ち着かない。自分はただの貧しい娘なのに、まるで大事な客人にでもなった気分だ。

「母上を呼んでくれ。手当ての道具を頼みたい」

そう言い残し、アストロードは廊下を突き進む。途中、何人ものメイドたちとすれ違った。深々と頭を下げ、アストロードの帰宅を出迎える。セラフィーナを見て多少驚いた表情を見せはするものの、決して侮蔑《ぶべつ》の視線を投げかけたりはしない。

きちんと教育が行き届いている証拠だろう。

長い廊下を抜け、アストロードはある一室の前で立ち止まり、扉を開けた。

ふわり……と木の焦《こ》げる香ばしい匂いと共に、優しいあたたかさが冷えた身体を包み込む。室内の暖炉には火が灯《とも》っていた。

思わずほう、と溜め息を吐いたセラフィーナを、アストロードはソファに下ろした。

沈み込んでしまいそうなほど柔らかなフワフワのクッションが、身体を優しく受け止める。

「ここで待っていなさい」

そう言って、アストロードは部屋を出て行った。

パタン、と扉が閉まるのを確かめ、セラフィーナはようやく人心地ついた。

広い部屋だ。この部屋一つの中に、セラフィーナたちの住む集合住宅の部屋が三つ、四つはすっぽりと収まってしまいそうである。

まるで別世界だ。よく整理整頓された書棚。あたたかな火の灯る暖炉。葡萄酒《ぶどうしゅ》のような落ち着いた色合いのカーテン。

壁にはいくつかの絵画が飾られている。描かれているのはどれも森や空など自然の風景ばかりで、見ていると心が安らぐような気がした。

その中に特に目を引く絵があった。

月が照らす湖畔《こはん》に咲く、真っ白な花が描かれている。神秘的で柔らかな色合いに自然と心が引き寄せられ、思わずソファの上で身を乗り出し、見入ってしまう。

そうして、どのくらいの時間が経《た》った頃だろうか。

「その花が『セラフィーナ』だ」

唐突に声をかけられ、セラフィーナは飛び上がらんばかりに驚いた。見れば、すぐ傍に銀盆を抱えたアストロードが立っている。

絵に意識を傾《かたむ》けすぎて、彼が戻ってきたことにも気づかなかった。

「すみません、じろじろと眺め回してしまって。あまりにも綺麗な絵だったので……」

「いや、構わない。母も喜ぶだろう。それは母が描いたものだからな」

「お母さまが？」

いかにもオルヴェイユ貴族らしい趣味だ。

絵画に限らず、音楽、舞踊など、オルヴェイユ王国は昔から芸術的分野において栄えてきた。大陸随一《ずいいち》の芸術大国とも呼ばれている。

特に貴族たちは芸術品収集やお洒落《しゃれ》に余念がなく、美に対するこだわりは並々ならぬものがある。

他国では「流行の最先端を知りたければオルヴェイユへ行け」と言われているほどだ。

「以前から絵を描くのが趣味だったが、私が留学してからというもの、ますます腕を磨《みが》いたようだ」

「留学されていたのですか？」

「ああ。十五歳の頃からルグリア国の士官学校に学び、その後は海軍に籍を置いていた」

ルグリアといえば、大陸最強の海軍を持つとも言われている国だ。

その優れた戦術、機動力、攻撃力において多くの海戦において勝利を収め、特にここ最近イオラ海域を跳梁《ちょうりょう》する海賊との熾烈《しれつ》な戦いは記憶に新しい。

苛烈《かれつ》な訓練によって鍛え上げられた兵士たちの勇猛《ゆうもう》果敢《かかん》な戦いぶりは、あらゆる国の軍隊において手本とされているほどだ。

彼のこの鋭い刃のような雰囲気は、ルグリアの軍に所属していたからなのだろう。きっと、優秀な軍人に違いない。

「先日ようやく帰国したばかりだ。数日間は、母の世話になろうと思っている」

「ここに住んでいらっしゃるのではないのですか？」

「ああ、私は母とは別々に住んでいる。……ところで、紅茶は飲めるか」

「はい……多分」

あいまいな答え方になったのは、飲んだことが一度もないからだ。

紅茶は貴族の飲み物とも言われ、その葉は非常に高価だ。庶民は滅多《めった》にお目にかかれるものではない。当然、貧しい生活を送るセラフィーナが口にする機会などあろうはずもなかった。

アストロードが先ほど持ってきた銀盆には、茶器と、菓子の入った小さな籠が乗っている。

彼が空《から》のティーカップにポットの中身を注ぐと、赤い液体が中でゆらゆらと踊った。

「ミルクと砂糖は？」

「お、お願いします」

よく分からないままにとりあえず頷《うなず》くと、アストロードは頷き、今度はミルクの入った容器を傾けカップに注いだ。

赤と白が混じり合い、溶け合う。そこに角砂糖を一つ落とし、丁寧に掻《か》き混ぜた。優しい茶色の液体の中で、角砂糖がほろほろと溶けていく。

セラフィーナはその様子を、ぼんやりと眺めていた。

――紅茶って、どんな味がするのかしら……。

「できたぞ」

すっとソーサーごとカップを差し出し、アストロードはセラフィーナの向かい側に腰かける。彼が自分のカップに口を付けるのを見て、セラフィーナも遠慮がちにカップを持ち上げた。

口元に近づけると、深みのある芳醇《ほうじゅん》な香りが鼻腔《びこう》に広がった。何と華やかで豊かな香りなのだろう。

そのまま恐る恐る、口の中に流し込む。ほどよい温度と、ほんのりと優しい甘さだった。まろやかなミルクと、紅茶の渋み。二つの味が絶妙に絡み合い、舌を通って喉を滑り落ちていく。上品な味だ。

「美味しい……！」

こくん、と飲み干した瞬間、思わずそう口にしていた。

セラフィーナは頬を自然と緩ませ、つい今しがた自分が口にしたばかりの紅茶を見つめる。身体の芯があたたまると同時に、心まであたたかくなるかのような優しい味わいだ。

「こんな美味しい飲み物、初めてです！」

「あ、ああ」

少々たじろぎつつ瞬きを繰り返すアストロードの姿に、セラフィーナはハッと我に返る。あまりに美味しかったのでつい興奮気味に告げてしまったが、彼にしてみれば紅茶なんて飲み慣れたものに過ぎない。

初めて飲んで感動したとはいえ、十七歳にもなって飲み物一つで子供のようにはしゃいでしまった自分が何だか無性に恥ずかしい。

「ご、ごめんなさい」

「いや、美味しかったなら良かった。もっと飲むと良い」

言いながら、さっそくアストロードがお代わりの分を注いでくる。

そうしてミルクティーを作り終えると、今度は菓子の入った籠を差し出してきた。

「若い女性は甘い物が好きだろう。私はあまりこういったものは口にしないから、君に食べてもらえると助かる」

そんな風に、セラフィーナが遠慮しないで済むような言い方をしてくる。あくまでさりげないその物言いに、彼の優しさが垣間見《かいまみ》えた気がした。

「じゃあ……お言葉に甘えて、いただきます」

黄金色に輝く、貝殻の形をした焼き菓子を指でつまんで持ち上げた。

一口頬張ると、しっとりとした食感と焦がしバターの豊かな風味が、病みつきになりそうなほど美味しい。

あっという間に一つを食べ終え、もう一つ手に取る。もったいないので少しずつ食べようと思っていたのに、気づけばそちらも瞬く間に食べ終えていた。

籠の中にはあと三つ残っている。本当はそれも食べたかったけれど、そのときセラフィーナの脳裏には弟の顔が浮かんでいた。

ネリルにこれを持って帰ったら、どれほど喜ぶことだろう。

「あ……の、アストロードさま」

おずおずと、アストロードを呼んだ。スカートを握りしめる指先に、ぎゅっと力が籠《こも》って白くなる。

「どうかしたのか？」

「あ、あの……っ、お願いがあるのです」

改まった様子に、アストロードは何事かと怪訝《けげん》そうな顔をする。

「どうした、言ってみなさい」

促《うなが》され、セラフィーナは俯いていた顔を上げた。真面目な顔で、じっとアストロードを見つめる。そして、意を決して口を開いた。

「こ、このお菓子持って帰っても良いですか……!?」

恥を忍んで一気に言いきった瞬間、紺色の瞳が虚《きよ》を衝《つ》かれたように瞬いた。

「え……？」

ぽかん、とアストロードが口を半開きにしたまま固まる。

その顔を見て、セラフィーナは猛烈に恥ずかしくなった。

「す、すみません！　あの、忘れてください……！」

きっと、何て厚かましい娘だと思われた。どうしよう。こんなこと、言うべきではなかった。

言い訳の言葉は何一つ出てこないのに、頭の中はそんな風に後悔ばかりがぐるぐるとめぐる。泣きそうになりながら俯いていると、ふ、と微《かす》かに空気を揺らす気配がした。

「……深刻な顔をしているから何かと思えば、そんなことか」

恐る恐る顔を上げれば、アストロードが口元に微苦笑を浮かべている。呆れたような、困ったような、気の抜けたような……そんな表情だった。

「これは君にあげたものだ。君の好きにすると良い」

――――こんな顔もできるんだ……。

笑うと険しい目元が和らぎ、親しみやすい印象になる。それが意外で、つい返事をすることも忘れてじっと見つめてしまう。

動こうとしないセラフィーナに、アストロードは笑みを消して首を傾げた。

「どうした？　いらないのか」

「あ、いえ。あの、あ、ありがとうございます！」

彼の気が変わってしまっては大変だ。セラフィーナは懐《ふところ》から急いでハンカチを取り出した。

それで焼き菓子を丁寧に包み、元の場所にしまう。

今からネリルの喜ぶ顔が目に浮かぶようだ。こんな上等の焼き菓子なんて食べたことがないから、きっとびっくりしてしまうだろう。

「誰かに持って帰るのか」

「はい、弟に。すごく喜ぶと思います」

目を細めて、セラフィーナは笑う。

華やかではないが、ふんわりとした穏やかな笑みに引きつけられたように、アストロードの視線がセラフィーナの上で止まる。

やがて彼は何かを考え込むような表情を見せると、スッとソファから立ち上がった。

「……たしか、まだ余っていたはずだったな。土産で持たせよう」

「いえ！　これだけで充分ですから……！」

セラフィーナは慌てて手を振った。

もちろん申し出は嬉しい。だが、ただでさえ危ないところを助けてもらい、こうして手当てのために屋敷にまで連れてきてもらっているのだ。この上土産まで貰ってしまっては、あまりに申し訳ない。自分は、この人に施《ほどこ》しをしてほしいわけではないのだから。

「遠慮をしなくても……」

そうアストロードが言いかけたときだった。扉を叩く音と共に、しっとりとした女性の声が響いた。

「アスト。入っても良いかしら」

「ああ、どうぞ」

アストロードが返事をした直後、扉が開く。現れたのは、声から受ける印象そのままの、上品な貴婦人だった。菫《すみれ》色のドレスに身を包み、片手には何かの箱を抱えている。

アスト、と愛称で呼ぶ声は親しげだった。彼の恋人か奥方だろうか。

彼女はソファに座るセラフィーナの姿をみとめるなり、その美しい顔に優しげな笑みを浮かべた。

「まあ、可愛らしいお嬢さんだこと」

「は、初めまして……。お邪魔してます」

聖女のような美しさに、どぎまぎしながら頭を下げる。こんなに綺麗な人が、この世に存在しているなんて。

「何だか妙な人たちに絡まれて、お怪我なさったんですって？　物騒ねえ、あなたみたいな可愛らしいお嬢さんは余計に気をつけないと。お具合大丈夫かしら」

「少し挫いただけなので大丈夫です。それより、突然お邪魔してしまってすみません、えっと……」

何と呼ぶべきか迷って言い淀《よど》むと、横からアストロードが助け船を出してくれる。

「――――私の母だ」

「えっ、お母さま……!?」

思いもかけぬ言葉に、素《す》っ頓狂《とんきょう》な声を上げてしまった。

アストロードの母。ということは、彼女がここの女主人ということなのだろう。てっきり四十代くらいの女性を想像していたのだが、この女性はどう見てもアストロードより少し年上……三十代前半くらいにしか見えない。

驚きを隠そうともしないセラフィーナに、夫人は慣れているのか、口元を隠してくすくすと笑い声を上げた。

「もう四十八歳なのよ。よく若作りと言われますけれど」

「いえ、あの……すごくお綺麗です」

もうすぐ五十歳になるとはとても思えない若々しさだ。素直な感想を口にしたつもりなのに、またしても笑われてしまった。

「ふふ、お上手なのね。ねえお嬢さん、あなたお名前は何とおっしゃるの？」

「セラフィーナです」

「まあ、可愛らしいお名前。わたくしの好きなお花と同じだわ。ね、セラフィーナさん。あなた、歳はおいくつ？」

「十七歳です」

「それじゃ、アストとは十歳離れているのね」

朗《ほが》らかに語りかけながら、夫人がセラフィーナのすぐ横に腰を下ろす。手に持っていた箱をテーブルの上に置き、蓋《ふた》を開けた。

つん、と薬臭い匂いが鼻をつく。箱の中には、包帯や薬の入った瓶などが所狭しと並んでいた。どうやら救急箱だったらしい。

「さあ、手当てをするから靴と靴下を脱いでちょうだい」

促され、セラフィーナは履いていた木靴を脱ぎ捨てた。そして、しまったと思った。

今、セラフィーナの足を包んでいる靴下は、何年も履き古したものだ。洗いざらしでボロボロになっており、空いた穴を繕った跡がいくつもある。

急いで靴下を脱ぎ、隠すように靴の中にしまい込んだが、すぐ傍にいる夫人には当然見られてしまっただろう。新しいものを買う余裕がないから仕方のないこととはいえ、あっさり開き直れるほど達観してはいなかった。

セラフィーナだって、人目を気にする年頃の少女なのだ。

貴族の奥方にみすぼらしいものを見せてしまった居た堪れなさに、自然と顔が赤くなった。

けれど夫人は顔色一つ変えず、繊手《せんしゅ》でセラフィーナの足を持ち上げ、足首の様子を確かめる。おっとりした雰囲気とは正反対の、てきぱきとした手際であった。

「少し腫《は》れているわ。じっとしていてちょうだいね、炎症止めの薬を塗りますから」

そう言って救急箱から取り出した軟膏《なんこう》を、丁寧にセラフィーナの足首へ塗り込めていく。

細い指先は少しひんやりとしていて、優しく触れられると気持ち良い。セラフィーナはやや緊張した面持ちで、夫人が薬を塗り終えるのを待つ。

「あら、ちょっとアストロード」

薬を塗っている途中で、ふと夫人がアストロードをたしなめるような声を上げた。

「若いお嬢さんが足をさらけ出しているのをそんなに真剣に見つめるなんて、失礼だと思わないの？」

「え？」

慌ててアストロードのほうを向くと、確かに彼の視線はセラフィーナの足に注がれている。

セラフィーナは思わず悲鳴を上げ、スカートを下ろして精一杯足を隠した。薬を塗られている最中は特に気にしていなかったが、恐らく太もも近くまで捲り上げられていたのではないだろうか。

「は、母上！　私は別にそんなつもりでは……っ」

「いくら恋人同士だからって、こんな明るい場所で……ねえ」

「こ、恋人!?」

セラフィーナは一瞬、頭が真っ白になった。

――――恋人？　誰が誰の？

頭の中で自問自答し、遅れてじわじわと夫人の言葉の意味が飲み込めてきた。彼女は、セラフィーナをアストロードの恋人と勘違いしているのだ。

「ち、違います！」

思わず、そう叫んでいた。

「わたしはアストロードさまとは今日、初めてお会いしたばかりです」

一体先ほどのメイドは、夫人にセラフィーナのことをどんな風に伝えたのだろう。

そもそもこんな質素な格好をした娘を恋人だなんて、アストロードに失礼ではないか。反射的に否定の言葉を口にしたセラフィーナだったが、夫人は小首を傾げてきょとんとしていた。

「あら、違うの？　息子が女性を連れてきたのなんて初めてだったから、てっきりそう思っていたのだけれど」

質《たち》の悪い冗談かとも思ったが、夫人にそういった様子はない。ただただ、思ったことをそのまま口にしているだけのようだ。

「ただ怪我《けが》をしたので、ご親切に連れてきていただいただけですから。恋人だなんて、ありえません！」

恐縮しきりで縮こまるセラフィーナに、夫人は残念そうに溜め息を吐いた。

「そうだったの……。この子ったら浮いた噂《うわさ》の一つもなくて。あなたのように可愛い娘ができたら嬉しかったのだけど……ありえないなら仕方ないわね。ありえないなら」

「……母上」

殊更に「ありえない」と強調する夫人の言葉を遮《さえぎ》るように、アストロードが低い声を上げる。

見れば、彼は眉間に深く皺《しわ》を寄せたまま、睨《にら》むように母親のほうをじっと見ていた。どうやら、夫人の言葉が相当に不愉快だったらしい。不機嫌そうな表情に、セラフィーナの胸が微かに軋《きし》む。

夫人からアストロードの恋人と間違われたときは、そんなわけがないと思った。その反面、夫人の親し気な態度を嬉しいと思う気持ちも、心の片隅に存在していた。

けれど今はそんな気持ちは掻き消え、ただ申し訳なかった。

貴族にとって、身分もない貧しい娘を恋人と間違われるだなんて耐えがたい屈辱だろう。せめて絶世の美女というのならまだ分かる。けれどセラフィーナは自分のことを十人並みだと思っているし、年頃の少女がよく抱く、貴族に見初《みそ》められるなんて夢を見たことすらない。

自分のせいでアストロードに嫌な思いをさせてしまった。

萎《しお》れたように俯いているあいだにも、夫人が息子へ向かって不満そうな声を上げる。

「まあ、そんなに怖い顔をしなくても良いじゃないの。わたくしはあなたの将来を心配しているのよ」

「そうですか。とてもそうは見えませんでしたが。むしろ面白がっていらっしゃったように感じましたが？」

「疑《うたぐ》り深いのも考えものよ。昔はあんなに素直で可愛らしい子だったのに」

「私をいくつだと思っているのですか。そもそも、母上に心配していただかなくても自分のことくらい自分で何とかします」

「そんなことを言ったってあなた、ついこの前もお兄様から結婚を急《せ》かされて――」

「母上！」

再び、アストロードが夫人の言葉を遮った。その話題は禁句らしい。

「もう遅いですから彼女を自宅まで送り届けないと」

「泊まっていただけば良いじゃないの」

こともなげに告げられた夫人の言葉に、扉に向かおうとしていたアストロードが躓《つまず》いた。

ガクンと傾いだ身体を何とか立て直し、頬を真っ赤に染めて大声を上げる。

「何を仰《おつしや》っているのですか!!」

「嫌だわ、そんなに真っ赤になって。一体何を期待しているのかしら」

「何も期待していません！　何か問題が起こったらどうするおつもりですか！」

「問題を起こさなければ良いじゃないの。それとも何か問題を起こすつもりなのかしら」

夫人はあっさりと言うが、アストロードの言うことは間違っていない。セラフィーナのような娘を家に泊めて、妙な噂が立っては彼が困るはずだ。

夫人の気持ちはありがたいが、ただでさえ世話になっているのに更に泊めてもらうだなんて申し訳なさすぎる。それに家でネリルがセラフィーナを待っている。早く帰ってやらないと心配してしまうだろう。

「すみません、せっかくですが家族が家で待っていますので、そろそろ失礼します。本当に、何から何までありがとうございました」

「あら、お帰りになるの？　大したお構いもできなくてごめんなさいね。お気をつけて」

アストロードの手を借りてソファから立ち上がったセラフィーナは、深々と夫人に礼をする。そうして夫人の笑みに見送られ、居間を後にした。

「――――素敵なお母さまですね」

帰りの馬車の中、セラフィーナは夫人の優しげな微笑を思い浮かべてそんなことを口にした。

貴族の夫人というものは、もっと取り澄まして気取っているものだと思っていた。というより、事実セラフィーナが知っている貴族はそういう印象の人間ばかりだ。けれどあの夫人に限っていえば、まったくそういったところはなかった。

大らかでどこか安心感を与える雰囲気は、少し亡き母に似ているかもしれない。

「多少常識知らずなところもあるが、しっかりした母ではある」

素直に頷いたところを見ると、アストロードも母を褒《ほ》められて満更《まんざら》でもないらしい。会話をしているときはぶっきらぼうな受け答えをしていたが、きっとあれも仲が良い故《ゆえ》の愛情表現の一種なのだろう。

「君の家はどこだ？」

「マルレーヌ街三丁目です……」

自分の住所を答えるのに、これほど躊躇《ちゅうちょ》したことはない。

貧しい生活を辛いと思ったことはあれど、恥ずかしいと思ったことはなかった。けれど、国中で一番ガラが悪いと言われている場所に、こんな立派な馬車で送り届けてもらうことを考えると、惨《みじ》めな気分になるのも仕方ない話だ。

セラフィーナの答えに、アストロードは少しだけ驚いた風であったが、すぐにその表情を消した。気を遣ってくれたのかもしれない。

御者に行き先を告げ、セラフィーナに向き直る。

「遅くなったから、ご両親が心配しているだろう。叱《しか》られるかもしれないから、私から一言ご挨拶《あいさつ》を……」

「いえ、両親はいませんので大丈夫です」

「では、ご夫君が？」

アストロードの眉間《みけん》にぎゅっと皺が寄る。まるで怒っているかのような表情だ。だが驚きのほうが大きくて、怯えるどころではなかった。

夫だなんて。この年になるまで恋人すらいたことがないのに。

「お、弟と二人暮らしです。父のことは知りませんし、母も亡くなりましたから」

驚きのあまり、言うつもりのなかったことまで口にしてしまう。そんなセラフィーナの答えに、アストロードの表情がたちまち和らいだ。そしてそれは、何とも言えず痛ましげなものに変わる。

「それは……申し訳ないことを」

目を伏せ、頭を下げる姿に、逆にセラフィーナのほうが申し訳なさを覚えるほどだ。

「もう数年前のことですから、お気になさらないでください」

「だが、大変だろう。君は一人で弟の面倒を見ているのか。失礼だが、花売りの仕事なんてそう金になるものでもないだろう」

それを別の人間に言われたのなら、侮辱と感じて腹を立てていたかもしれない。

けれどアストロードの口調は、あくまで事実を淡々と述べただけといった印象だ。恐らくは、純粋にセラフィーナの生活を心配して。

「確かに花売りだけでは少し心もとないですけど、花屋さんの仕事も手伝わせてもらっていますので、大丈夫です」

「だったら良いのだが……」

そう言って、アストロードは腕組みをしたまま黙り込む。

空気が重くなったのを感じ、セラフィーナは慌てて話題を変えることにした。

「そういえばアストロードさまはどうして、外国の士官学校に留学なさろうと思ったのですか？」

士官学校ならばこの国にももちろんある。貴族の子息も多く学び、卒業後は海軍や陸軍などに所属し、国防の任に就いている。

ルグリアほどではないけれど、オルヴェイユ軍の戦闘力もなかなかのものだ。大陸中の国を集めても、間違いなく三本の指には入るだろう。

それなのにあえて留学という道を選んだということは、何かそこによほどの理由があったとしか考えられない。

「兄のために武を磨こうと思った。しかし、他ならぬ兄がうるさくてな」

苦笑交じりにアストロードが溜め息を吐いた。

「腹違いなのだが、年が離れているせいか私に対してやたらと過保護というか過干渉というか……。とにかく〝軍などに入ったら滅多に会えなくなるではないか〟などと言って、裏から手を回して私を士官学校に入学させまいとするほどだ」

だから密かに、留学の手はずを整えたのだとアストロードは言った。

士官学校といえば生粋《きっすい》の貴族か、よほど優秀な者でなければ入れない。選《え》りすぐりの精鋭を集めた場所だ。もちろん試験も厳しく、一切の不正を受けつけない。そんなところに裏から手を回せるだなんて、アストロードの兄とやらはよほど権力のある人なのだろう。

「だから異国の士官学校を選んだ。そこでは誰も私のことを知らない。オルヴェイユにいたときのように身分に縛られることもなく、伸び伸びと生活できた。もちろん訓練は厳しかったが、良い仲間もできて楽しかったな」

「そうだったんですか……」

セラフィーナはしみじみと呟《つぶや》いた。

庶民に過ぎない彼女にとっては名門に生まれた者の苦労など想像すらつかないが、アストロードの様子から、貴族には貴族なりの苦労があるのだと察することはできる。

「アストロード様、そろそろ目的地に着きますが」

御者席からそんな声が聞こえ、セラフィーナは窓の外に目を向けた。

話し込んでいたため気づかなかったが、確かにそこには見慣れた景色が広がっている。

「馬車をつけるから、道順を指示してくれ。家の中まで抱いて運ぼう」

「いっ、いえ！　大丈夫です!!　ここからはすぐなので歩いて帰ります!!」

セラフィーナは慌てて手を振った。

卑屈《ひくつ》になるつもりはないけれど、あれほどの屋敷に住む人に、自分の住む集合住宅などとても見せられたものではない。何せ、雨の酷いときには雨漏りするような古い建物なのだ。

しかも、部屋の中には洗濯物を干したままにしてある。もちろん下着もだ。男性に見せられる状況ではない。

だが、そんなセラフィーナの葛藤《かっとう》にも気づかず、アストロードは大真面目にこう言うのだった。

「そういうわけにはいかない。君は足を怪我しているのだから、せめて今日、明日くらいは歩かず安静にしておいたほうが良い」

心配してくれるのはありがたいが、こうなってくると彼のその責任感の強さが少し恨《うら》めしい。

「本当に大丈夫です、あの角を曲がったところですから！」

セラフィーナは彼を納得させるため、とっさに、すぐ近くにあった適当な建物を指さした。

嘘は吐《つ》いていない。ただ、角を曲がってからやや距離があるというだけの話だ。

階段を上るのは少々難儀するだろうが、管理人のマルス氏ならまだ起きているだろうから、彼の手を借りれば何とかなるだろう。

そうして何度も「大丈夫」というセラフィーナの姿に、とうとうアストロードは折れた。

「そこまで言うなら無理強いはしないが……」

しぶしぶといった様子ではあったが引いてくれたことに、セラフィーナは心底ほっとした。

停まった馬車から降り、片足をなるべく使わないよう、飛び跳ねるようにしてひょこひょこと歩く。そうして馬車のほうを振り返り、窓から顔を出すアストロードに深く一礼した。

「今日はありがとうございました。あの、いつかお礼をさせてください」

「お礼……」

「もちろん、大したことはできませんけれど……。できることなら何でもします」

セラフィーナにできることなんて高が知れているけれど、何もしないとなると気が引ける。とりあえずは、帰ってからじっくり考えてみよう。

「そんなことは気にしなくて良い。ただ通りがかったから助けただけだ。大したことはしていない」

「でも……」

「それよりも君は、軽々しく男に〝何でもする〟なんて言わないほうが良い。良からぬことを考える輩《やから》に良いように解釈されたらどうする？」

「え？」

少し厳しい口調で問われ、セラフィーナはきょとんと目を瞬かせた。

良からぬことというのはどういうことなのだろう。お礼をしたいと思っただけなのだが、何か拙《まず》いことでもあっただろうか。

考え込むセラフィーナを呆れたように見ていたアストロードだが、やがて諦めたように肩を落とした。

「……分からないなら良い。ただ、そう誰でも簡単に信用しないほうが良い。表面上は親切にしていても、実はその人間が君に害を及ぼそうとしているともしれないからな」

「でも、アストロードさまは優しい方ですよね……？」

何を言いたいのかいま一つ分からずそう言えば、何かずれたことを言ってしまったらしい。彼はじっと黙った末に、小さな溜め息を落とした。

「だから、そういうところが……」

「え？」

「ああ、もう良い。早く帰りなさい」

手で犬を追い払うような仕草をされ、セラフィーナは慌ててもう一度頭を下げる。結局何を言いたいのかはよく分からなかったが、これ以上察しの悪いところを見せて呆れられるのも恥ずかしい。

――早く帰って、ネリルにお菓子を食べさせてあげよう。

辺りはすっかり暗く、月明かりを頼りに家を目指した。

……そうしてセラフィーナの姿が見えなくなった頃。アストロードは客車の小窓から御者へと呼びかけた。

「すまないが、頼みがある。彼女のことを調査しておいてくれ。素行、交友関係、親戚関係について」

御者は一瞬意外そうな顔をしたが、すぐに笑みを浮かべて頷いた。

「かしこまりました。すぐにお調べいたします」

「ああ、それから……。生活環境もだ。手伝っているという花屋についてと、いつもどの辺りで花を売っているのか。行き帰りはどの道を使っているのか」

「はあ」

「あとは、恋人の有無と、どんな男性が好みなのかを」

「あの……」

「聞こえなかったか。恋人の有無と、男性の好みを調べるように。これは最重要事項だ」

御者はどこか釈然としない顔をしていたが、アストロードにじろりと睨まれるなり、慌てて首を引っ込めた。

ぴしゃりと小窓を閉めたアストロードは、眉間に皺を寄せたまま腕組みする。

治安が悪いことで有名なこの町に、あんな若い娘が住んでいるなんて。

明るいうちはまだ良いだろう。けれど、夜になって歩くには危険すぎる場所だ。今でも、離れた場所からは野良犬の遠吠えと酔っ払いたちの濁声《だみごえ》が聞こえてきている。

いや、この町だけではない。あれほど可憐《かれん》で愛らしくて純粋そうな娘がいれば、どこにいても危険だ。今日だって不逞《ふてい》の輩に襲われていたし、どうにかして彼女の身の安全を守らなければ。

とりあえずは警邏隊《けいらたい》に、この地区を重点的に巡回強化するよう命じておこう。

馬車が動き出すまで、アストロードの視線はセラフィーナが去って行った方角へ向けられていた。

二話

それから数日間は、何事もなくいつも通りの日常が過ぎていった。

変わったことと言えば、セラフィーナの住むマルレーヌ街三丁目で、近頃警邏隊《けいらたい》の姿を頻繁《ひんぱん》に見かけるようになったことだろうか。

手伝いをしている花屋の女将が仕入れた情報によると、近頃マルレーヌ街一帯で見回りを強化したらしい。ゴロツキたちは警邏隊を恐れて、すっかり大人しくなっているのだとか。

「――――グランディナ公爵？」

「王族だよ。現国王リュディアス陛下の弟で、母親は王太后《おうたいごう》様の元侍女だったとかいうから、異母弟ってことになるのかね。その公爵様が、巡回強化をお命じになったんだってさ」

「王弟殿下が……」

「何でそんなすごいお人がこの地区に目を止めてくだすったかは分からないけどねぇ。単なる気まぐれだとしたって、ここに住んでるあたしらにとっちゃありがたい話だよ」

仕入れた花を道端で売りながら、セラフィーナは女将とのそんな会話を思い出していた。

「グランディナ公爵……かぁ」

行きかう人々をぼんやりと見つめながら、聞いたばかりのその名前を口の中で転がすように呟《つぶや》いた。

リュディアス王が確か、そろそろ五十代後半だったはず。その弟であるグランディナ公爵とやらも同じく、壮年と呼ばれるくらいの年頃なのだろうか。

王族となれば多少なりと、その人となりや言動が庶民の口の端に上るものだが……。あまり人前に出るのが好きではないのかもしれない。セラフィーナは今の国王に弟がいたということすら、初耳であった。

国民の暮らしを安全に保つために警邏隊の巡回を強化するような人物だ。きっと温厚で思いやり深い人には違いないのだろうけれど。

――人付き合いが苦手なんだとしたら、もしかして気難しそうな方かしら。それとも、お身体が弱くて滅多に人前に出てこないとか？

そんな想像を巡らせているときだった。警邏隊の制服を着た青年が一人、仲間たちから離れてセラフィーナのほうに近づいてきたのは。

ここ数日、よく見る顔だ。この地区の巡回を担当している警邏隊員なのだろう。

寒いせいか頬をほんのりと赤く染めている。

「お花がご入用《いりよう》ですか？　恋人に贈るのでしたら、ラプラニスかシューゼの花が人気ですよ」

「あ、えっと、その！　じゃあ、貴女《あなた》のお勧めをっ!!」

大声で勢いよく詰め寄られ、少々たじろぐ。

とはいっても、珍しいことではない。初めてできた恋人のために、普段買いもしない花をもの慣れぬ様子で求めにくる若者はそれなりにいるものだ。

緊張した初々《ういうい》しい様子を見るに、この青年もきっと恋人のための花を買いに来たのだろう。お勧めを、というからには、彼の恋人もセラフィーナと同じ年頃なのかもしれない。

相手の好みが分からないが、若い女性だから……という理由で、セラフィーナの好みを聞いて買って行く客も多い。

籠の中を覗き込んだセラフィーナは、迷った末、無難《ぶなん》にピンクの薔薇《ばら》の花を勧めておくことにした。小ぶりな愛らしい花を嫌いだという女性は、そうはいないだろう。

用意していた紙で丁寧に包み、代金をもらって花を差し出す。するとなぜか、警邏隊の青年はいつまで経っても受け取ろうとしなかった。

顔をそれまで以上に赤く染め、口の中で何かもごもごと言っている。かと思えばいきなりセラフィーナの手を力強く掴み、花ごと押し返した。

「こ、ここ、これは貴女に！　あげます‼　受け取ってくださいっ」

「えっ？　あ、あの？」

どういう意味かと聞き返す間もなく、青年はそそくさと仲間たちのほうへ戻っていってしまった。仲間たちはニヤニヤしながら青年を出迎え、口々に何か言いながら背中を叩いたり肩を小突いたりしている。

せっかくお金を出して買ったものなのに置いていくなんて。追いかけていって、代金を返すべきだろうか。

今なら、走ればまだ間に合う。

足を踏み出そうとしたセラフィーナだったが、不意に背後から名を呼ばれて立ち止まった。

「セラフィーナ」

「え……ア、アストロードさまっ⁉」

そこにいたのはつい先日、セラフィーナを助けてくれたあの貴族の男性だった。

きっちりと撫《な》でつけた鋼色の髪に、糊《のり》の利《き》いた軍服。あの日と同じ格好だ。

凛々《りり》しい佇《たたず》まいと滅多にないほどの長身に、通行人たちは老若男女問わず、アストロードへ興味深げな視線を投げかけていく。

けれど、それもそう長い時間ではない。いずれもアストロードと目が合いそうになると、慌《あわ》てて視線を明後日の方向へと向けてしまう。

それほどまでに、近寄りがたい雰囲気なのだ。

「お久しぶりです。今、お帰りですか？　こんな場所でお会いするなんて、偶然ですね」

少し離れた場所には、見覚えのある馬車が停めてある。彼が軍服姿であることを考えても、仕事帰りと考えるのが自然だろう。

ただ、彼の母ヴィエンヌ夫人の屋敷はこちらの方角ではなかったはずだ。こちら側の道を通れば、だいぶ遠回りになるはずだが……。

そんな疑問をぶつけると、少し間が空いた。

「…………………この近くの店に、用事があって。ちょうど通りがかったときに君の姿が見えたものでな」

「そうだったんですか……。あの、先日は大変お世話になりました。お母さま……ヴィエンヌ夫人はお元気でしょうか」

「ああ、母も君のことを気にしていた。——ところで、今のは誰だ。君に花を贈っていたように見えたが、恋人か？」

今日のアストロードはどこか不機嫌な様子だった。

眉間《みけん》に刻まれた皺《しわ》は濃く、先ほどの警邏隊の若者がいる方向へ厳しげな視線を投げかけている。どうやら、先ほどのやりとりを見られていたらしい。

「恋人なんていません！　先ほどの方は花を買いにいらっしゃったお客さまです」

セラフィーナは顔を真っ赤にして、慌てて首を横に振った。

「お勧めを聞かれたので、お答えしたんです。てっきり恋人に贈るためのお花かと思ったんですけど、なぜかそのままわたしにくださって……」

「何だ、そういうことか」

アストロードが口元に手をやり、ほっとしたように呟く。しかし再び表情を引きしめると、諭《さと》すように言った。

「あまり、愛嬌《あいきょう》を振りまくな」

——愛嬌を振りまくなって、お客さんに対してってこと……？

だとすれば、特に過剰に振りまいているつもりはないのだが。そもそもふつう、客には愛想良く接するものではないのだろうか。

「どんな下心を持った輩が近づくともしれない。君は若い女性なのだから、警戒して然《しか》るべきだ。相手が調子に乗ったらどうする」

「は、はい」

戸惑《とまど》いながらも、セラフィーナは頷《うなず》いた。

もしかするとアストロードは、先ほどの青年とのやりとりを見て、また怪しげな男に絡まれているとでも思ったのかもしれない。

確かに、先日のような危険な目に遭《あ》うことがまたこれから先ないとも言えないし、アストロードの言っていることは間違っていない。

「ご忠告、ありがとうございます。気をつけます」

「それで良い。いいか、男は野蛮《やばん》な生き物だ。目が合うのは君のスカートの中に興味がある証拠で、微笑まれれば暗がりに連れ込まれると考えてまず間違いない。話しかけられたら全速力で逃げなさい。そのくらい警戒してこその自己防衛だ！」

「あの……？」

捲《まく》し立てるような早口に、理解の速度が追いつかない。

――スカートの中ってどういうことなの。それに、話しかけられたくらいで逃げるなんて、ちょっと大げさすぎるのではないかしら。

まじまじとアストロードの顔を見ていると、彼は何かを勘違いしたらしい。

「もちろん、私の場合は例外だが!!」

と、慌てて付け加えている。アストロードでもこんな風に熱く語ることがあるのだ、とセラフィーナは意外に思った。言っていることはいま一つ理解できなかったが。

そうしてあっけにとられるセラフィーナの顔を見て、彼はどこかハッとした様子だった。自分でも熱くなりすぎていると感じたのだろう。こほん、と気まずげに咳《せき》ばらいを落とし、冷静さを取り戻した声で話題を変える。

「ま、まあそれは良いとして……足の具合はもう大丈夫か？」

「はい、おかげさまですっかり良くなりました」

「それは良かった。油断するとまた痛める場合があるから、あと一週間はなるべく安静にしておきなさい」

もしかしてアストロードは、それをわざわざ伝えるためにセラフィーナに声をかけてくれたのだろうか。無視して通り過ぎても良かったはずなのに、律儀な人だ。

「ありがとうございます。でもほら、もう全然痛くありませんから」

大丈夫であることを示すように、セラフィーナはその場で二、三度跳ねて見せる。しかし安心させるための行動であったにも拘《かかわ》らず、アストロードは顔色を変えて慌てふためいた。

「や、やめなさい、そんなことをして悪化してしまったらどうする」

咎《とが》め立てるような口調ではあったが、表情は心底心配そうだ。両手を大きく動かし、あた

ふたとしている。

大の男がこんなに慌てているところなんて、そう滅多に見られるものではない。

自分の怪我《けが》を心配してくれているが故のことだと分かっている。けれどどうしてもこらえきれなくて、セラフィーナは思わず声を上げてくすくすと笑ってしまった。

「……何かおかしかったか」

眦《まなじり》を上げて睨《にら》まれる。が、怖いとは思わなかった。セラフィーナには彼のその表情が、まるで子供が気まずさを誤魔化《ごまか》すために拗《す》ねているように見えていた。

「すみません、アストロードさまのお顔が面白くて……」

「面白い……私の顔が？」

何か付いているかなどと言いながら、アストロードはぺたぺたと自分の顔に触れる。大真面目にやるものだから余計におかしい。更なる笑いを誘われ、セラフィーナは口元を手で覆って前かがみになりながら笑い声を上げた。

そんなセラフィーナの様子に、もうどうにでもなれと思ったのだろう。アストロードは何とも言えない表情のまま、困ったように頭に手をやっていた。

厳しそうな印象の彼だが、そうしていると妙に人間臭くて親しみを感じる。

笑いを収めて、セラフィーナは目の端に浮かんだ涙を拭《ぬぐ》った。

「アストロードさまはお優しいですね。怪我のこと、気にかけてくださってありがとうございます」

「当然のことだ。もうあれ以降、妙な輩《やから》に絡まれたりはしていないか？」

「最近になって、マルレーヌ街の見回りが強化されたみたいで……。治安が良くなって、助かっています」

「そうか。それは良いことだ」

安堵《あんど》したように、アストロードが口元を綻《ほころ》ばせる。

何だかとても上機嫌に見えた。もしかするとヴィエンヌ夫人の住む屋敷の辺りも、巡回強化の恩恵を受けているのかもしれない。

普段厳し気なアストロードの表情の変化が嬉しくて、セラフィーナは元気よく頷いた。

「はい、本当に！　王弟殿下のグランディナ公爵さまがお命じになったそうなんですけど、アストロードさまはその方のことはご存知ですか？」

「……」

「アストロードさま？」

「あ、いや。そうだな、よく知っている」

「わあ、本当ですか？　それじゃ、もしお顔を合わせることがあったら、お礼を伝えておいて頂きたいです。近所の人やお花屋さんも、公爵さまにすごく感謝しているんです。もちろん、わたしも。本当に、優しくてご立派で素敵な方ですね」

「そ、そう思うか？」

「はい。わたし、公爵さまのこと全然知らなかったんですけど、ちゃんと国民のこと考えてくださっているんだなぁと思って、尊敬しました……あれ？　アストロードさま？」

嬉々《きき》としてグランディナ公爵のことを語っている最中、ふとアストロードのほうを見ると
なぜか彼は真っ赤な顔をして口元を押さえている。

「も、もう一回言ってくれないか……」

「え？」

「優しくて、辺りからもう一度」

「優しくてご立派で素敵な方ですね……？」

震《ふる》える声で懇願され、同じ言葉を繰り返した。が、言い終えるなり、アストロードは「く
う……」と小さな呻《うめ》き声を上げ、額を押さえて深く俯《うつむ》いてしまう。

「大丈夫ですか、具合でも悪いんですか？」

「いや、大丈夫だ。あまりに君が褒《ほ》めちぎるものだから、少し恥ずかしくなって……」

なぜ、グランディナ公爵を褒めたらアストロードが恥ずかしくなるのかよく分からない。

知り合いなりに、何か当人にしか分からない事情でもあるのだろうか。

ともかく、具合が悪いのでないなら良かった。

「ところで、花が欲しいのだが幾らだ？」

顔を上げたアストロードが、唐突にそんなことを言い出した。

セラフィーナの目の前で自らの懐に手を突っ込んだかと思えば、そこから財布を引っ張り
出す。革でできた上等の財布だ。

貴族の財布というものはもっと見るからにずっしり重たげで、己の財力を誇示《こじ》するようなものだと思っていたが、アストロードのそれはすっきりとして薄い。

いつもパンパンに膨らんでいるロベール男爵の財布を見慣れていただけに、少し驚いてしまった。

「一輪二ペールです……けど……」

反射的に答えると、アストロードは籠の中身にざっと目を通した。財布の中から金色の五十ペール硬貨を二枚取り出し、それを掌に握らせてくる。

「全部もらおう」

「えっ!?　多すぎます、一枚で充分です！」

いや、一枚ですらお釣りが出るほどだ。慌てて返そうとしたが、アストロードは頑《がん》として受け取らなかった。

「入れ物がないから籠ごと買っていく。その金で新しい籠を買えば良い」

「でも」

「今日の売り物を全部持っていった迷惑料だと思ってくれ」

感謝こそすれ迷惑だなんて思うはずもないのに、何を言っているのだろう。どんなに立派な花籠を買ったとしたって、これほどの大金は必要ない。

返そうとしたけれど、アストロードは籠を抱えたまま大股で去っていってしまった。急いでいるところを見ると、これから誰かと会う予定でもあるのかもしれない。

地位のある人だし、あれほど精悍《せいかん》な顔立ちだ。花を贈るような相手がいてもおかしくはないだろう。

それはともかくとして。

「どうしよう……」

セラフィーナは掌の金貨に目を落とす。

ほとんど手にしたことのない金貨の重みがずしりと感じられる。貴族にとっては何てことのない金額なのかもしれないが、差し出した品物以上の対価を受け取るわけにはいかない。

次に会えたときに、返せば良いだろうか。また会えるかどうか分からないから、家まで返しに行くのが正解なのかもしれない。

けれどどこのボロ布のような服を着て、再びあの立派な屋敷に行くのも憚《はばか》られる。

考えた末、とりあえずこのお金を預かっておくことに決めた。

今度会ったときに返そう。もし会えなかったら、そのときは恥を忍んで彼の母の屋敷へ返しに行こう。

そんな決意をしたセラフィーナであったが、意外にもアストロードはその翌日も、その翌々日も、彼女の前に現れた。

それはいつも決まって仕事帰りの、最初に花を買ってくれたときと同じくらいの時間帯だ。

もちろん真っ先にお金を返そうとした。けれどやはり、受け取ろうとしない。

仕方がないのでそのときは諦《あきら》めたが、それ以降も定価以上で花を買っていこうとするので、断るのに苦労した。

たくさんお金が入ればもちろん家計は助かるが、それでは何のために値段を定めているのか分からなくなってしまう。

だが、セラフィーナが困ったのはそれだけではなかった。アストロードはしばしば、ネリルのためにと高価な菓子折りまで持ってくるのだ。どうやら、あの日セラフィーナが弟のためにお菓子を持って帰りたい、と言ったことを覚えていてくれたらしい。

「お客さまからこんな立派なものは受け取れません」

いくらセラフィーナがそんな風に言っても、聞いてくれた例《ためし》がない。

話してくれている礼だと頑《かたく》なに言い張る姿に、セラフィーナはもう彼を説得するのは諦めることにした。

ただ話しているだけなのにお礼だなんて、と思わなくもない。が、ネリルが喜んでいる姿を見ることができるので、嬉しいと思う気持ちももちろんあった。

それにしても、身分差のある自分なんかと話して、アストロードは何か楽しいのだろうか。よく分からないが、貴族とは気まぐれなものだ。そのうち飽《あ》きるだろう。

そう考えると少し寂しかったが、元々例の一件がなければ出会うこともなかった、住む世界の違う人なのだ。

けれど予想に反し、アストロードはそれから一月もセラフィーナの許を訪れ続けた。

おかげで花売りの仕事をするときは、すっかりアストロードと他愛もない会話をすることが日課のようになってしまっている。

最初に見たときは怖そうな人だと思ったが、こうして話していると彼は意外と表情豊かだ。

表情筋が動くことはあまりないが、それでも微かな表情の変化から感情を感じ取ることはできる。

その日も、アストロードはセラフィーナの前に現れた。

「ご用事、長くかかるのですね。新しいお召《め》し物でも仕立ててらっしゃるんですか？」

「ああ、まあそんなところだ」

咳ばらいをしながら、アストロードが答える。

近頃寒くなってきたからか、薄《うっす》らと頬が赤い。新しく仕立てているという衣服はきっとコートか外套《がいとう》に違いない。

「そうだ、わたしアストロードさまに渡したいものがあるんです」

「渡したいもの……？」

「大したものではないんですけれど、以前助けてもらったお礼に。ちょっと待ってくださいね」

セラフィーナは、ポケットの中をごそごそと漁《あさ》った。

「はい、どうぞ」

取り出したのは、掌に収まる大きさの包みと、小さな箱だ。

「これは？」

リボンで括《くく》られた場所を指でつまみ、アストロードが包みを持ち上げる。こうして彼の手と比較すると、本当に小さい。

「手作りのポプリと、クッキーです……」

セラフィーナは少し恥ずかしがりながら答えた。

いつかお礼をさせてほしいとは言ったものの、何をすれば良いのかずっと迷っていたのだ。セラフィーナには金がないし、何か特別な技術があるわけでもない。

それでも何かできることはないか……と頭を捻《ひね》った結果が、このポプリとクッキーだった。手芸店で見つけた綺麗《きれい》な布切れとリボンで作った包みに、乾燥させた甘い香りの花を詰めたポプリ。

そしてクッキーは、普段は高価だからという理由で買わないバターを購入し、ドーソン夫人の助言を得ながら作ったものだ。

使った金は元はといえばアストロードが多めに支払ってくれた花代だから、純粋にお礼と呼べるのかは少し微妙なところだ。それに、地位も財産もある彼からすれば、こんなつまらないものと思われる可能性もあった。

けれど高価なお返しなど用意できるはずもなく、セラフィーナにできる精一杯のお礼がこれだった。少しでも感謝の気持ちが伝わるようにと、思いを込めながら作った品物だ。

恐る恐るアストロードの表情を窺《うかが》うと、彼は呆《ほう》けたような表情でそれらを見つめていた。

やがてゆるりと口の端を上げると、本当に微かな笑みを浮かべる。

鼻近くまでポプリを持っていき、匂いを嗅いだ。そうして、セラフィーナと視線を合わせる。

「良い香りだな、ありがとう。クッキーは屋敷に戻ってからいただこう」

「お口に合うかは分かりませんけれど、一応味見はしているので大丈夫だと思います」

ほっとしながら、誘われるように口元が綻ぶのを感じた。

――良かった。少しは喜んでもらえたのかもしれない。

ささやかな形ではあるが、ようやく礼の気持ちを受け取ってもらえたことに安堵しつつ、その日はいつもより軽い足取りで家路についた。


同じく馬車で母の屋敷まで帰る道中、アストロードはもらったばかりのポプリをずっと掌に握りしめていた。時折じっと見つめたり、表面を撫でたりしつつ、その向こうに作り手の姿が透けて見えたかのように微笑む。

このポプリは、軍服の上着に入れて肌身離さず持っておこう。セラフィーナが一生懸命作ってくれた品だ。大事にしなければ。

それにしても、生活が豊かなわけではないのに、その中で材料をそろえてクッキーまで作るのはどれほど大変だっただろう。

はにかみながら手渡してくれたセラフィーナの表情を思い出し、一層笑みは深くなる。

――初めて会ったときから、好ましい娘だと思った。

もう一度あの笑顔を見たい。そんな思いから、彼女がいつも花を売っている場所を調べさせた。ありもしない予定をでっち上げ、偶然を装って会いに行っていた。

会えば満足するだろうか。そう思っていたのに会うたび、会話をするたびに、想いは収まるどころかどんどん募っていく。

聞けば、病弱な弟を育てるため、十三歳の頃から働いてきたらしい。あれほど小さく細い身体で、頼る者もなく一体どれほど頑張ってきたのだろう。

貧しさの中にあってもひたむきで純粋な心と、見る者をあたたかな気持ちにする微笑み。そのどちらをも、素直に美しいと感じた。

アストロードはもう、どうしようもなくあの娘に惹《ひ》かれている。

美しい瑠璃《るり》色の瞳。白い肌。そして薄らと色づいた桃色の唇。あれに触れることができたなら、どんな素晴らしい心地になるだろう。

――唇同士でなくとも良い、指先で感触を確かめるだけでも……。きっと極上の柔《やわ》らかさに、魂《たましい》が溶けてしまうに違いない。

そんな妄想が表情に現れていたのだろう。アストロードは帰るなり、出迎えた母に怪訝《けげん》そうな顔をされた。

「何だかニヤニヤしているのね。良いことでもあったの？」

「別に……特には何もありません。そんなことより、土産の花です」

じっと見つめられ、慌てて仏頂面を取り繕いながら、花束を差し出す。セラフィーナから買ったものだ。

「まあ、ここのところ毎日のように買ってくるのね。突然親孝行に目覚めてくれて嬉しいけれど、一体どういった風の吹き回しなのかしら」

「何か仰りたいことでも？」

「いいえ。でも、何だかわたくしのためというより、別の目的を感じるのよね」

その言葉に、アストロードはぎくりと顔を強張らせた。女の勘とは恐ろしいものだ。

「何のことですか」

そんな風に適当に誤魔化しながら、母の追及から逃げるようにそそくさと部屋に戻った。わざわざ扉に鍵まで閉めてから、もらったばかりのクッキーの包みを開く。

一枚つまみ上げると、アストロードはそれを至高の宝石であるかのように、大切に掌でそっと包み込み胸に抱いた。

――私の顔を思い浮かべながら作ってくれていたら嬉しい。

そんな風に少々自分に都合の良いことを考えながら、アストロードはまるでネズミのようにチビチビとクッキーを齧《かじ》った。食べかす一つ零《こぼ》すまいと、きちんと片手を添えて。

何の変哲もないバタークッキーだ。けれどセラフィーナの手によるものだと思うと、どんな高級菓子よりも美味しく感じられる。もう一枚、と手を伸ばしかけたところで、アストロードは慌てて自らの手を叩いた。

せっかくもらったのだ。すぐになくなってしまってはもったいない。しばらく大事に保管して、一枚ずつ味わって食べよう。

アストロードは机の引き出しを開け、クッキーをしまい込んだ。

◆

「それじゃ、行ってくるね」

朝の支度を済ませ、花の仕入れに向かおうといつも通りネリルに声をかけたセラフィーナは、弟の顔色がいつも以上に白くなっていることに気づいた。

「ネリル……もしかして具合が悪いの？」

心配に顔を曇《くも》らせながら聞くと、ネリルは寝台の上で上半身だけを起こした状態で、首を横に振ってみせる。

「ううん、だいじょうぶ。ちょっとさむいだけ」

そう言いながらも、軽い咳を繰り返している。

セラフィーナは弟の額に触れてみた。少し、いつもより熱いような気がする。

「少し待ってて。ドーソンさんに、毛布を借りられないかお願いしてくるから」

「うん……」

コホコホと、ネリルは咳を何度も繰り返す。近頃めっきり寒くなってきたから、風邪でも引いたのかもしれない。

慌てて部屋を出て隣人の所に向かおうとしたセラフィーナだったが、その足を、激しい咳が押しとどめた。

弟が前《まえ》かがみになって苦しげに胸を押さえている。

発作が起きたのだ。このところずっと落ち着いていたはずなのに。

「ネリル……ネリル……!?」

血を吐かんばかりの勢いで咳を繰り返すネリルの姿に、心臓の辺りがすっと冷えるような感覚を覚える。

必死で背中を摩《さす》ってやりながら、セラフィーナは必死で扉の外へ呼びかけた。

「誰か、お願い、お医者さまを……!!」

その声を聞いたドーソン夫人によって、すぐに町医者が呼ばれた。

以前にも何度か診てもらったことがあったため、部屋に着くなり状況を把握したのだろう。老医師はネリルの胸に聴診器を当てたりし、大きな鞄の中から薬を取り出してそれを飲ませた。

やがてネリルの呼吸も落ち着き、すっと眠りに入ったのを見計らってから、医師は深刻な表情でセラフィーナを見る。

「とりあえず、今は薬で落ち着かせていますが……。病状が以前に比べて悪化しているため、このまま放置しておくと危険でしょう」

重たげに吐き出された言葉に、セラフィーナの頭は真っ白になった。

「——悪化？　危険？　それじゃネリルは一体どうなってしまうの？」

愕然として言葉もないセラフィーナに向けて、医師は更に言葉を続ける。

「治療のため、薬の投与が必要ですね。それも、なるべく早く」

「薬って……さっきの……？」

「あれはその場しのぎのものなので、飲んでも病が治るようなものではありません。また別の薬です。少し高額にはなりますが、彼が治るためにはその薬を飲み続けるしか……」

「高額って、どのくらいですか？」

医師の憐れみの籠った視線が、セラフィーナに向けられた。

「一ヶ月分で五百ペール。個人によって変わるとは思いますが、効果が確実に出始めるのに一年はかかるでしょう」

それを聞き、セラフィーナは膝から崩れ落ちそうになった。

一ヶ月で五百、一年ならば六千ペール。セラフィーナの月収は、多いときで一月四百ペールだ。そんな大金、用意できるはずがない。

他に方法はないのかと何度も聞いたけれど、そんなものがないことは他でもないセラフィーナが一番よく分かっていた。

以前から、何度も言われてきたことだった。ネリルを治すためには高額な薬の投与が必要だと。けれどそれを買うための金もないため、騙し騙しやってきたのだ。

医師の厚意で呼吸を楽にするための薬を少し余分にもらいはしたものの、これも数日しか持たないだろう。そしてこうしている間にも、ネリルの身体はどんどん病に蝕《むしば》まれている……。

何とかして、治療代を工面《くめん》しなければ。

そのとき、一瞬だけアストロードの顔が脳裏を過《よぎ》った。彼ならばきっと、頼めばお金を貸してくれるだろう。けれど、できることならアストロードにこれ以上借りは作りたくなかった。

セラフィーナは、彼のことを恩人として大事に思っている。厚かましいかもしれないが、友情のような気持ちも抱いていた。

それなのに、そんな彼からお金まで借りてしまっては、もう今までのように気安く会話をすることはできなくなってしまう。アストロードが許しても、自分が納得いかないのだ。

医師が帰った後、セラフィーナはドーソン夫人にネリルのことを頼み、急いでロベール男爵邸へ向かった。

アストロードに迷惑をかけるくらいなら、金貸しを生業《なりわい》にしている男爵を頼ったほうがまだ良い。たとえ、彼への借金がまた増えることになっても。

男爵邸を訪れたセラフィーナは、メイドたちが制止するのも聞かずに階段を駆け上がり、二階の角部屋へ向かった。

扉を叩くのも忘れて中に飛び込むと、男爵は書類片手に紅茶を飲んでいる最中だった。急な来訪者に驚いたように瞬きを繰り返している。

「セラフィーナ、一体どうしたんだね」

こんな男に頼みたくはない。けれど、他に頼る相手はいなかった。

深く頭を下げ、セラフィーナは震える声でこう告げた。

「男爵さまにお願いがあります……。お金をお借りしたいのです」

「お金を？」

同じ言葉を男爵が繰り返す。羞恥と屈辱を感じながら、セラフィーナは顔を上げた。

「弟の病気が悪化して、高額な薬の投与が必要なのです。薬がなければ弟は死んでしまいます……！　厚かましいお願いだとは分かっていますが、必ずお返しします。ですから、どうか……!!」

「まずは落ち着きなさい」

今にも泣きそうな顔で懇願するセラフィーナを前に、男爵は立ち上がった。

そして彼女の顎《あご》に手を掛け、俯かせていた顔を上げさせる。

あまりにも切迫していたからだろう。セラフィーナは、男爵に触れられるのを気持ち悪いと感じる心の余裕すらなかった。

「それで、いくら必要なのだね」

「六千ペール……です」

「ほう」

男爵は思案顔になり、しばし黙り込む。セラフィーナは祈るような気持ちで、彼が頷いてくれるのを待った。

「良いだろう。そのくらいなら、用立ててあげられる」

果たして、男爵は首を縦に振った。

駄目で元々と頼ってみたのだ。正直言って、こんなにあっさりと承諾してくれるとは思っていなかった。

――――これでネリルは助かる……！

安堵《あんど》のあまり膝から崩れ落ちそうになりながら、涙ぐんだ。

だが、そんなセラフィーナの喜びに水を差すように、男爵が冷静な声で告げる。

「ただしこれには条件がある」

「……条件？」

「君は今、私にいくら借金があるか知っているかね」

言って、男爵は書類の束の中から二枚の紙を引っ張り出し、セラフィーナの目の前に翳《かざ》す。

それは、セラフィーナ名義の書類だった。

一枚は、母の葬儀の際にかかった費用を、全てロベール男爵に負担してもらったという証明書である。そしてもう一枚は、男爵に借りた金の額と、これまで返済した額が記されていた。

「君の母上の葬儀の際に、私が負担した費用は三千五百ペール。君は四年もかけて、まだたったの五百ペール……。つまり七分の一しか返せていないね」

責められているのだと思い、セラフィーナは居《い》た堪《たま》れない気持ちになりながら黙り込んだ。

セラフィーナ程度の稼ぎでは返済に充《あ》てられる額など高が知れている。

生活もぎりぎりまで切りつめているが、これ以上返済額を増やせば、きっと姉弟二人して餓死《がし》してしまうだろう。

「で、できるだけ早くお返しできるようにします」

「できるだけ早くと言っても、これでは全額返済するのは何年先になることか……」

「申し訳ありません――」

「勘違いしないでくれ、君を責めているわけじゃないんだよ。むしろ可哀想《かわいそう》に思っている」

頭を下げかけたセラフィーナを押しとどめるように、男爵が足を前に踏み出す。何をするつもりなのだろうか。

身構えたセラフィーナの両肩に、男爵が手を掛けた。

「セラフィーナ」

「っ……はい」

耳元で名前を呼ばれ、生ぬるい息にぞっと怖気《おぞけ》が立つ。悲鳴が上がりそうになるのを危ういところでこらえた。

「君は頑張っている。そんな君のために、私も本当はお金を貸してあげたい。だが、花売りや花屋での仕事以外に金を稼ぐあてはないのだろう？　それとも、何か他の仕事でも見つけたかね」

言い返す言葉もなく、セラフィーナは黙りこくった。

確かにこの先、学も技術もないセラフィーナが別の職に就ける可能性は無いに等しい。俯くセラフィーナに、男爵が微笑みかける。

「だから君に、提案があるんだ」

ぎゅっと、肩を掴む指に力が籠《こも》った。嫌な予感がする。

心臓の音がドクドクと速まるのを感じながら、セラフィーナは強張《こわば》った表情と声で答えた。

「何の……提案でしょうか」

「――――私の愛人にならないかい？」

あっさりと言い放たれた言葉に、セラフィーナは思わず後ずさりして、無意識に男爵の手を払いのけていた。

――――愛人？　一体この人は、何を言っているの……!?

あまりにもおぞましい提案に、頭がその単語を理解するのを拒絶する。

顔を合わせるのでさえ生理的に受けつけないのに、愛人になんてなれるはずがない。想像するだけで吐き気がこみ上げてきそうだ。

男爵はセラフィーナがそんな提案を気に入るとでも思っているのだろうか。

「愛人になれば、君に六千ペールを貸してあげよう。いや、六千と言わず一万でも二万でも好きなだけ使えば良い。それで弟の治療代も払えるだろう。私が良い医者を紹介してやっても良い」

「そんな……」

彼はこんなときにまで、自らの欲望を優先させようというのか。きっと、弟の命を盾に取られればセラフィーナが逆らえないと思ったに違いない。

生死が関わっているときに他人の足元を見るなんて、何と卑怯《ひきょう》なのだろう。

男爵に対する軽蔑《けいべつ》が心の底から湧き上がる。

けれどそんなセラフィーナの内心など全てお見通しとでも言うように、男爵は薄らとした笑みを浮かべた。

「私も慈善で金をばらまいているわけではないのでね。他にも、恵まれない生活をしている者はたくさんいる。君だけを特別扱《あつか》いするわけにはいかないのだよ」

冷酷《れいこく》にも聞こえる言葉だが、男爵の言うことは正論だった。それでも、この人にそんなことを言われるなんて。

悔しさに唇をぎゅっと噛みしめ、セラフィーナは目を伏せた。

「わたしが、愛人になれば……ネリルを助けてくださるのですか……？」

「もちろんだよ！　私は約束は守る男だ、何せ商売人は信頼が第一だからね。信用してくれたまえ。君が愛人となれば、そこで私が金を出す理由が生まれる。そうだろう？」

絞り出すようなセラフィーナの声音とは正反対に、男爵の声はこの場の重い空気とは不釣り合いなほどに軽快だ。

「これも仕事のうちと思えば良いんだよ。愛人になれば、花売りをやるよりよほど楽だし良い思いもできる。新しい家も与えるし、流行の服や香水も買ってあげよう。君も年頃だ。着古した物ばかりではなく、もっとお洒落《しゃれ》をしたいと思わないかね。君は綺麗な格好をして、私の隣で笑っていれば良いんだ」

それではまるで意思のないただの愛玩《あいがん》人形だ。馬鹿にされたと感じ、セラフィーナの頬に熱が集まる。

昔からセラフィーナは母に、こう言われてきた。幸せな結婚をしてほしい。心から愛する人と一緒になり、あたたかい家庭を築いてもらいたい……と。

男爵の提案は、それとは正反対のことだ。貴族男性にとっては愛人を持つことなんて普通なのかもしれないけれど、セラフィーナの価値観は違う。母の願いを無下《むげ》にして得る贅沢《ぜいたく》なんていらない。そんな道に外れた立場に押し込められるなんて。

だが、男爵は更にこう言って畳みかける。

「君の弟はまだ七歳だったね。可哀想に、病弱でほとんど寝たきりだと聞いていたが、本当は外に出て、他の子供たちと一緒に目いっぱい遊びたいのではないかね」

確かにその通りだ。

ネリルはよく窓から外を眺めては、楽しそうに駆け回る子供たちをじっと見つめている。その寂しそうな横顔に、何度となく胸が締めつけられた。

セラフィーナの沈黙を、肯定の意思と受け取ったのだろう。男爵は、上機嫌にこう言った。

「もちろん正妻を娶《めと》ってからも、君のことを蔑《ないがし》ろにするような真似はしないから心配する必要はない。君は私に愛されながら、弟のネリルと一緒に別荘で楽しく暮らせば良いのだから」

男爵の掌が、愛《め》でるようにセラフィーナの輪郭《りんかく》をなぞる。

その瞬間。忘れていた怖気が急速に戻ってきて、セラフィーナの肌を粟立《あわだ》てた。反射的に男爵の手から逃れ、自らの身を守るように抱きしめていた。

「少し……考えさせてください……！」

半ば叫ぶような声に、意外にもあっさりと男爵の手が離れる。

「君がそう言うのなら、私はいつまでも待とう。だが、君がそうやって迷っている間にも、弟の病は酷くなっていく。なるべく早く、覚悟を決めたほうが良い」

取り返しがつかなくなる前に。

それから、どうやって家にたどり着いたのかも覚えていない。自分がいつ男爵邸を出たのか、どの道を通って帰ったのか。それすらも。

頭の中をずっと、男爵の言葉が駆け巡っていたからだ。

――ロベール男爵の愛人になれば、ネリルは助かる。

男爵の言った通り、彼は約束を破ることはないだろう。六千ペールなんて彼にとっては、はした金に過ぎない。それでセラフィーナが提案を呑《の》むというのなら、むしろ喜んで出すはずだ。

考えさせてほしいとは言ったものの、いざ想像するととてつもない嫌悪がこみ上げる。

愛人になるということは、当然ながら肉体関係を結ぶということだ。正直気持ち悪い。きっぱり弟のためだからと割り切ることができれば、どんなに良かっただろう。そうできない自分はもしかして、薄情な姉なのだろうか。

様々な思考と感情とで頭がいっぱいになり、ぐちゃぐちゃになる。どうして良いのか分からない。

そんなときふと、セラフィーナの視界にあるものが飛び込んできた。

それは路上で客引きをする、若い女の姿だ。

手に籠を持っているところを見ると、彼女も花売り娘なのだろう。濃い化粧を施し、普段着にしてはやけに煽情的《せんじょうてき》な衣服を身に着けている。

その女は身なりの良い紳士に目をつけると、声をかけて近寄っていった。そうして二、三言葉を交わしたかと思えば、紳士の腕にしなだれかかるようにしてその場を後にする。

女を伴った紳士は、近くにある建物の中に消えていった。娼婦と客が逢引《あいびき》する場所として有名な安宿だ。

ぼんやりとそちらを見ながら、セラフィーナは以前、小耳に挟んだ話を思い出していた。

娼館にいる娼婦は初めて客を取る際、処女だからという理由で普通より高く売れるのだそうだ。どんなに手頃な娼館だとしても、最低でも八千ペールは固いという。

娼館でなくとも、処女だと言えば大金を出して買ってくれる金持ちはきっといるだろう。

セラフィーナはぎゅっと、服の上から胸元の指輪を握り込んだ。

男爵の愛人となってこの先一生を彼の許で暮らすくらいなら、見知らぬ金持ちに一晩身体を売って金を稼いだほうがまだマシだ。

「お母さん……」

ごめんなさい、と心の中で詫《わ》びた。

これは、娘に幸せな結婚をと望んだ母の願いを裏切る選択だ。けれど、ネリルの命を救うためなら、きっと、天国にいる母だって分かってくれるはず。

普通の女としての人生を送ることはできなくなってしまうだろう。でも、自分がそうすることでネリルが助かるのならそれで良い。

家に帰り着いたセラフィーナは、その日のうちにさっそく自分の処女を買ってくれる相手を探すことに決めた。

モタモタしている暇はない。なるべく早く金を手に入れないと、ネリルが危険だ。

薬のおかげでだいぶ呼吸が楽そうになっていたが、それでもネリルの顔色は青ざめたままだった。

薬を預け、明日の朝までネリルの面倒を見ていてくれるようドーソン夫人に頼んだ。夫人は何か勘づいたのだろう。もの言いたげにセラフィーナの顔を見ていたが、結局は無言で頷いてくれた。

ただ単純に遠慮したのかもしれないし、思いつめたセラフィーナの表情に何を言っても無駄だと感じたのかもしれない。

「おねえちゃん、どこいくの？」

「心配しないで、明日の朝には戻るから。ドーソンさんの言うことをよく聞いて、良い子で待っていてね」

不安げなネリルをドーソン夫人に預け、傍《そば》にいてという声を振り切って家を出てきた。できるだけ金持ちが多く歩いていそうな場所が良い。

そう思い選んだのは、いつも花を売るために訪れている場所から、少し離れた通りだ。道の両側には金持ちしか用のないような高級店が多く立ち並んでおり、道行く人々は皆、身なりが良く洗練されている。

綺麗な羽飾りのついた帽子を被った貴婦人に、良く手入れされたふわふわの毛並みを持つ犬を連れた紳士。色とりどりのドレスが行き交う様は、まるで花の宴《うたげ》のようだ。

そこにみすぼらしい格好で立っていることに少々居心地の悪さを感じるが、空が暗い分まだ、あまりじろじろ見られることもなかった。

夕暮れの冷たい空気が服の上から身体を撫でつけていく。震えながら、セラフィーナは自分の身体を抱き込んだ。

薄いワンピースの上に、ストール一枚。たったそれだけの格好でしのげる気温ではない。だがこの震えはきっと、寒さのせいだけではないだろう。

先ほどから何度か一人で歩いている紳士に声をかけようとしては、そのたびに躊躇《ためら》ってしまう。決心したはずなのに、足が竦《すく》んで最後の一歩が踏み出せないのだ。

罪悪感と、恐怖と、緊張。それらがセラフィーナの勇気をどうしても凍りつかせてしまう。

やがて空はどんどんと暗さを増していき、通行人は明らかに減っていく。

焦《あせ》りだけが募っていく、そんなときだった。

「おねえちゃん……！」

ゼエゼエと息を切らしながらいきなり目の前に現れた弟の姿に、セラフィーナは瞠目《どうもく》する。

「ネリル！　どうやってここまで来たの!?　ドーソンさんは？」

「おばあちゃん、ごはんのじゅんびしてるから、そのあいだにぬけだしてきたの」

よくみればネリルは裸足で、寝間着の上から小さな毛布を身体に巻きつけていた。こんな体調で、もしや家からここまで歩いてきたのか。

「待っててねって言ったじゃない」

視線を合わせるようにその場に跪《ひざまず》くと、セラフィーナは羽織っていたストールを急いで弟に着せかけた。ネリルの体調のことを思えば、自身の寒さなど何てことはなかった。

「だって、おねえちゃん、なんかへんだった。こわいかおしてたから、ぼく、おねえちゃんがかえってこないんじゃないかって……いなくなるんじゃないかって……」

ぐすぐすと泣きながら、ネリルがセラフィーナに抱きついた。幼いながら、姉の表情から何か様子が普段と違っていることを感じ取ったのだろう。

いつもと同じように振る舞っていたつもりだったのに。

「馬鹿ね、お姉ちゃんがいなくなるわけないでしょう」

冷気から弟を守るようにぎゅっと抱き込んだセラフィーナは、そのまま小さな身体を抱え上げた。七歳の男の子とはいえ痩《や》せた身体は平均より明らかに軽く、セラフィーナでも抱き上げることはできる。

とにかくネリルを家に連れ帰らなければ。

今日のところは客を取るのは諦めて、また明日にでも出直そう……。そう思ったセラフィーナの視界が、不意に翳《かげ》った。

「よう、お嬢ちゃん。久しぶりじゃねえか」

見覚えがある男だった。あの日、セラフィーナを追いかけ回して乱暴しようとしたあの三人組のうちの一人だ。

とっさに危険を感じ、逃げようとした。踵《きびす》を返したセラフィーナだったが、振り向きざま何かに顔をぶつけてしまう。

「どこに行こうってんだい？」

いつの間に背後に忍び寄っていたのだろう。残る二人が、退路を断つようにセラフィーナの前に立ちふさがっていた。

「先日はよくも逃げ回ってくれたなぁ」

「おかげであれ以来警邏隊の巡回もきつくなって、こっちはまともに女も口説けやしねぇ」

あれを「口説く」と本気で思っているのだとすれば、彼らとは一生分かり合えそうにない。分かり合いたいとも思わないが。

大柄な男たちに囲まれあの日の恐怖が蘇《よみがえ》るが、今は彼らに構っている場合ではない。一刻も早く、ネリルを休ませてやらないといけないのだ。

「すみませんが、急いでいるので失礼します」

勇気を振り絞って毅然《きぜん》と男たちの隙間を通り過ぎようとしたセラフィーナだったが、男の一人がその肩を摑んで押しとどめた。

「そう急ぐなって。俺たちもあのときはちょいと乱暴にしすぎて悪かったと思ってんだよ」

「ま、あのときのことは水に流してくれよ。俺たちこれでも反省してんだ」

少しも悪いと思っていないニヤついた表情で、男たちは言う。

顔が近づいた際にぷん、と強い酒の臭いが漂《ただよ》い、セラフィーナは思わず顔を顰《しか》めた。よく見れば男たちの顔は赤い。あの日と同じく、酔っているらしい。

周囲を見渡すが、頼りの警邏隊の姿が見当たらない。時間が遅いせいか、あるいは違う場所を巡回中なのか――。

「お嬢ちゃん、こんな時間ににこんな場所に立ってるってことは、やっぱり娼婦なんだろ。客を探してんなら、俺たちが相手してやっても良いぜ」

「おねえちゃん……」

ネリルが心配そうにセラフィーナを見上げる。大丈夫だからと答えるより先に、男たちが「へぇ」と興味深そうな声を上げた。

「お嬢ちゃんの弟かい。あんまり似てねぇな」

「妹だったら一緒に可愛がってやったんだがな。あいにく男を可愛がる趣味はねぇんだ」

「だったらオメェ、女だったらこのくらい小っこくても良いってのか？　とんだ変態だな！」

下卑《げび》た笑い声が上がる。意味が分からずとも、あまり良くないことを言われていることは分かったのだろう。腕の中でネリルの小さな身体が強張り、セラフィーナの衣服を掴む手にギュっと力が籠った。

「怖がるなよ坊主。俺たちゃ、ちょっとお前の姉さんに用事があるだけだからよ」

「ははっ、ちょっとで済むのかよ」

「うるせぇ。ほら坊主、お前からも姉ちゃんに言ってやんな。おじさんたちと仲良くするようにってよ」

怯《おび》えるネリルに、男が手を伸ばす。セラフィーナはネリルを庇うように、身体を背けた。

「弟に触らないで!!」

「おいおい、そんなに警戒すんなよ。こんなガキ相手に殴ったりなんかしねぇからよ」

「まあ、お嬢ちゃんが従わないってんなら話は別だけどな」

グイ、とセラフィーナの肩を男が引っ張る。

「離して……っ」

大声を上げようとした瞬間、セラフィーナの声より先にネリルの甲高《かんだか》い悲鳴が夕闇を引き裂いた。こんな小さな身体のどこから、これほど大きな声が出ているのか。そう思えるほどの大音声に、通行人たちが次々と足を止める。

だが、セラフィーナにとってはもう周囲の様子などどうでも良かった。

「ネリルッ!!」

大声を出したせいか、腕の中で、ネリルがゼエゼエと苦しげに呼吸を繰り返しながら胸の辺りを押《お》さえている。その姿に、セラフィーナは今自分が置かれている状況も忘れるほど激しく狼狽《ろうばい》した。

咳き込み始めたネリルを一旦地面に下ろし、背中を懸命に摩《さす》る。けれど咳は一向に収まる気配を見せない。

まだ今晩の分の薬を飲んでいないのだろう。

やがてネリルは胸を押さえたままその場にうずくまり、前のめりに倒れてぴくりとも動かなくなる。慌てて呼吸を確認したが、青ざめた唇から吐き出される呼気は弱々しく、今にも絶えてしまいそうだった。

死、という文字が頭の中を過《よぎ》り、セラフィーナはネリルの身体を軽く揺さぶった。

「嘘……っ、ネリル、しっかりして……!!」

青ざめながら弟に呼びかけるセラフィーナの姿と、徐々に人が集まってきたこととに、さすがにまずいと思ったのだろう。

男たちはしまったとでもいうように顔を見合わせ、「俺たちは何もしてないからな!」などと口々に言い訳をしながら、バタバタ足音を立てて去っていった。

セラフィーナはそんな男たちに見向きもせず、必死に周囲へ呼びかける
「お願い誰か……、誰か助けて、お医者さまを呼んで下さい!!」

悲痛な叫びに、けれど遠巻きにこちらを見ている人々から助けの手が差し伸べられることはなかった。皆気まずげに視線を逸らすばかりで、声をかけようともしない。

この町のどこに医者がいるのか、セラフィーナは知らない。いたとしたって、今から徒歩で向かって戻ってくるまでネリルの身体がもつかどうか。

涙が零れそうになり、とっさに歯を食いしばる。ここで泣いたって、誰も助けてくれない。状況が良くなるわけでも。

――――でも、だったら一体どうすれば……。

「セラフィーナ?」

途方に暮れていたとき、ふと頭上から低い声が降ってきた。

見上げればそこにアストロードがいて、心配そうにセラフィーナを見下ろしている。

こんな遅い時間に、どうして軍服姿のまま外にいるのだろう。もうとっくに、屋敷に帰り着いている時間帯なのに。

「一体どうしたんだ。いつも立っている場所にいないから、探していたのだが……」

心底セラフィーナのことを心配してくれている。そんな表情だった。

セラフィーナの姿が見えないから。たったそれだけの理由で、わざわざ探してくれていたのか。仕事帰りで疲れているだろうに、こんな時間まで。

「アスト……ロードさま……」

「大丈夫か？　一体何があった。その子は？」

穏やかな声を耳にするなり、セラフィーナの涙腺は完全に決壊した。

ぽろぽろと涙を零しながら、アストロードの腕に縋《すが》りつく。

「お願いです、ネリルを……弟を助けて！　弟は病気なんです、このままだと死んでしまうかも……!!」

躊躇《ためら》いや遠慮をかなぐり捨てて、泣きながら訴《うった》える。この状況ではもう彼に頼る他に方法がなく、余計なことなど考えている余裕はなかった。

必死の訴えを、アストロードはすぐに聞き入れてくれた。彼はすかさずその場に跪くと、ぐったりしたネリルの身体を逞《たくま》しい腕で抱え上げる。

「ついてこい」

短い言葉だったが、それがどれほどセラフィーナにとって頼もしかったことだろう。

大股で歩き出したアストロードの後ろを、セラフィーナは小走りで追いかけていった。

「急いで屋敷まで戻るぞ、急病人だ！」

馬車まで戻ったアストロードは、御者《ぎょしゃ》に向かって大声を投げかける。

三人を乗せた馬車は間もなく走り出し、アストロードの母の屋敷を目指した。

屋敷に到着してすぐ、ネリルは客間の寝台に寝かされた。ほどなくして駆けつけた医師によって診察が始まる。

邪魔になるからと、セラフィーナはアストロードと共に、居間で診察が終わるのを待つことになった。本当はネリルの傍についていてやりたかったが、医者の言うことには従うしかない。

セラフィーナも、そしてアストロードも無言だ。柱時計が時間を刻む音だけが響く居間で、セラフィーナはただひたすら弟の無事を祈り続けた。

怖くて怖くてたまらないが、今は信じることしかできない。セラフィーナは、縋るように胸元の指輪を握りしめた。

――母さん。どうかネリルを守って……！

そうして、どれほどの時間が経った頃だろうか。

医師が呼んでいると、一人のメイドがセラフィーナたちに告げに来た。

恐る恐る客間に足を踏み入れると、消毒薬の臭いがツンと鼻を突く。医師が、注射器や聴診器を往診用の鞄にしまい込みながら、セラフィーナに目を向けた。

「危ないところでした。あと少しでも遅れていれば、助からなかったかもしれません」

「ネリルは……」

「薬を投与しました。今は容体も落ち着いていますので心配ありません。また明日、様子を見に伺《うかが》いますから、ゆっくり休ませるように」

医師が部屋を出るより早く、セラフィーナは震える足で、ネリルの寝かされている寝台へと近づく。

先ほどより幾分か血色が良くなり、呼吸は落ち着いている。すやすやと聞こえてくる健やかな寝息の音に、セラフィーナはその場でへなへなと崩れ落ちそうになった。

安堵しすぎて足に力が入らない。アストロードがすかさず支えてくれなければ、そのまま床にへたり込んでいたところだっただろう。

「君も疲れきった顔をしている。とりあえず弟の様子はメイドに見させておくから、こちらで少し休みなさい」

「でも」

「大丈夫だ。先ほど先生も、心配ないとおっしゃっていただろう」

本当はずっと傍についていてやりたかったが、セラフィーナが心労で倒れでもしたら、逆にネリルに心配をかけてしまうことになる。

大人しくアストロードの言葉に従うことにして、セラフィーナは後ろ髪を引かれる思いでその部屋を後にした。

「――――ほら、あたためたミルクだ。蜂蜜を入れてある」

「……ありがとうございます、いただきます」

居間のソファに身体を落ち着けたセラフィーナは、ミルクを一口含んでようやく人心地ついた。あたたかく、甘くて、優しい味が身体に染みわたる。

気が緩むと同時にまた涙が溢《あふ》れてきて、カップの中に一粒落ちた。慌てて目元を拭ったが、アストロードはそれを見逃さない。

「大丈夫か」

差し出されたハンカチに顔を埋めながら、セラフィーナは不格好な笑みを浮かべた。

「ごっ、ごめんなさい……。ネリルが……あ、弟の名前なんですけど。無事だと思うとほっとしてしまって」

怖かった。

あのままネリルが死んでしまうのではないかと本気で考え、心臓が凍りつくかと思った。

母亡き今、セラフィーナにとって弟が全てだ。ネリルの笑顔があるから、仕事が辛くても頑張れる。生活が苦しくても笑っていられる。

ネリルを失っていたかもしれない。そう考えるだけで改めて恐怖が襲ってきて、足が竦んだ。助かって、良かった。アストロードがいてくれて良かった。

不安と安堵が綯《な》い交ぜになり、胸と頭の中がぐちゃぐちゃになって、もう自分でもどちらが理由で泣いているのか分からない。

他人の前で泣きじゃくっているこの状況を、頭ではみっともないと分かっている。泣き止もうとしたが、上手くいかなかった。

こうして泣いたのはいつぶりだろう。頼るべき母を失ってからというもの、セラフィーナは強くあらねばならなかった。一人で気を張って、他人に甘えることもなく必死で生きてきたのだ。

だから余計に、差し伸べられた優しさに無意識に縋りついてしまう。

アストロードは、泣くなとは言わなかった。何を言うでもなく、ただずっと傍にいて、セラフィーナの背中を撫で続けてくれた。優しい掌の感触に、また涙を誘われる。

やがて入り乱れていた感情が落ち着くと同時に、ようやく涙も止まった。

ぐずぐずと鼻を啜《すす》るセラフィーナの頭を、アストロードは子供にそうするようにぽんぽんと優しく撫でつける。

水分を吸ってぐしょぐしょになったハンカチを見て、セラフィーナは申し訳なさでいっぱいだった。差し出されるがままに受け取ったが、人の物をこんなに汚してしまうなんて。

「これ……洗ってからお返しします。すみません」

「ああ、気にしなくて良い」

「アストロードさまには重ね重ね、ご迷惑ばかりおかけして……」

「セラフィーナ」

改まって名を呼んだかと思えば、アストロードはその紺色の瞳で、真正面からセラフィーナを見据《みす》えた。

「君は余計なことは考えず、弟のことだけを考えていれば良い。こんなときにまで他人に気を使うな」

穏やかな、落ち着いた声音でそう言うと、今度は部屋の外へ向かって呼びかけた。

「誰か、来てくれ。セラフィーナに部屋を。百合《ゆり》の間を急いで用意してくれ」

すぐにメイドの返答があり、部屋の外で慌ただしく廊下を行き来する音が聞こえ始める。

「今日はもう泊まっていきなさい。君の弟が寝ている客間の隣室を今、準備させているから」

「……でも」

「言っただろう。君は弟のことだけを考えなさい」

アストロードの申し出に、セラフィーナは遠慮がちに頷いた。

本来ならば遠慮するべきだ。けれど、ネリルを連れて帰ることができない以上、自分一人家に帰るのは心細い。

それに弟が目覚めたとき、見知らぬ場所に一人でいれば驚いてしまうだろう。すぐ顔を見せてやれる距離にいたい。

何度も礼を述べたセラフィーナは、メイドの先導に従って『百合の間』に通される。

用意してもらった湯船に浸《つ》かり、借りた寝間着に着替えてから寝台に潜り込んだ。

安物の固い寝台とは違う、ふわふわのクッションと枕。羽毛をたっぷり使ったあたたかな掛布。久しぶりのあたたかい寝床に、疲れた身体はたちまち眠りへと誘われていった。

◆

翌朝、まだ空も暗いうちから身支度を整えたセラフィーナは、足音を立てないようそっと部屋を抜け出し隣室へ向かった。

——ネリルはまだ眠っているかもしれないけれど……。

そっと扉を開いたセラフィーナは、そこにアストロードの姿があるのを見つけ、目を何度も瞬《しばたた》かせた。寝台の傍《かたわ》らで椅子に座り、腕組みをしたまま眠っている。

椅子の背もたれには軍服の上着が掛けてあった。他はそのままだ。

もしや昨日からずっとここにいたのだろうか。ネリルを見守るために。

嬉しさと、そしてそれ以上に申し訳なさが胸を締めつけた。セラフィーナにはゆっくり休めと言っておきながら、ここまでしてくれるなんて。

胸に熱いものがこみ上げる。どこまで優しい人なのだろう。

眠っている彼の肩に遠慮がちに触れる。

セラフィーナの軽い揺さぶりに、アストロードはぴくりと身じろぎした。目が開き、薄ぼんやりとした表情でこちらを見ている。そのまま起きるかと思いきや、次に彼が取った行動はセラフィーナには予想もできないものだった。

しばらくセラフィーナをじっと見ていたアストロードだったが、やがてその表情がふっと緩み、どことなく夢見心地な様子で微笑む。その笑みに見とれた瞬間。

「きゃっ!?」

肩に置いた手にそっと上から掌を添えられたかと思うと、気づいたときには手を強く引っ張られ、体勢を崩してアストロードのほうへ倒れ込んでしまっていた。

転ぶと思って反射的に目を瞑《つぶ》ったセラフィーナだったが、いつまで経っても痛みが襲い来ることはない。代わりに彼女を受け止めたのは、アストロードの広い胸だった。

「ア、アストロードさまっ……、すみませんわたし」

慌てて離れようとしたが、すかさず背中に回った逞しい腕がそれを許してくれない。強く抱きしめられ、彼の胸板に頭を預ける体勢となり、セラフィーナは一体今何が起こっているのか分からず混乱してしまった。

どうやら彼は寝ぼけているらしい。それだけは分かった。

「セラフィーナ……」

不意に柔らかい声で名を呼ばれ、心臓が壊れてしまいそうなほどに激しく高鳴る。アストロードから微かに漂う爽《さわ》やかな柑橘《かんきつ》系の香りが、じんと脳髄《のうずい》を痺《しび》れさせた。間近で感じる熱が心地いい。抱きしめる腕の強さに身を任せ、彼の背に縋ってしまいそうになる。

セラフィーナが緊張による身体の強張りを徐々に弛緩《しかん》させ始めた、そのときだった。

寝台のほうから微かな声が上がり、ネリルが身じろぎをしたのは。

その瞬間、セラフィーナはハッと現実に戻り、慌ててアストロードの腕の中から抜け出した。

――――何をやっているの、わたしったら……！

強く抱きしめられていたはずなのに、セラフィーナが腕を突っ張れば驚くほど簡単にアストロードの腕は離れた。

その後、ゆっくりと瞼《まぶた》が持ち上がる。紺の瞳がセラフィーナを捉え、ぱちぱちと瞬《またた》いた。

「セラ……フィーナ？」

なぜ君がここに、とでも言いたげな声音だった。寝起きで頭がまだぼうっとしているらしい。表情もどことなく締まらない様子である。

どうやらたった今まで自分がしていたことは覚えていないらしい。寝ぼけていたのなら当然だろう。

先ほどまでの名残に加え、寝起きのあどけない表情に虚《きょ》を衝《つ》かれ、セラフィーナは妙に落ち着かない心地にさせられた。いつも厳しげな顔をしている彼でも、こんな表情を見せることがあるのか。

「お、はようございます……。あの、覚えていらっしゃいますか？　昨日、助けてもらって、泊めていただいて……」

「ああ……そういえばそうだったな。おはよう」

僅かに乱れた髪を掻き上げながら、アストロードは寝台のネリルに目を落とす。健やかな寝息が規則的に上がっているのを見て、ほっとしたように呟いた。

「大丈夫そうだな」

「アストロードさま、もしかして昨日からずっとネリルの傍についていてくださったんですか……？」

「ああ」

こともなげに、アストロードは頷いた。

「念のためにと思ったが、問題なかったようだ。今日もまた先生が来るから、何も心配はいらない」

先生、の言葉に、セラフィーナは弾かれたように口を開いていた。

「あの、診察代は必ず――」

「気にしなくて良い」

必ず返す、と言おうとしたのに、アストロードはその言葉を遮《さえぎ》った。

そんなことを言われても、それではこちらの気が収まらない。なおも言い募ろうとしたとき、横からネリルの声が上がった。

「おねえ、ちゃん……。ぼく、どうしたの……？　ここ、どこ？」

「ネリル！」

寝台の脇に跪くと、セラフィーナは弟の手を取って顔を覗き込んだ。

ネリルは瞼を開き、焦点の合わないぼんやりとした瞳でセラフィーナを見ている。顔色は昨日に比べてだいぶ良く、呼吸にも変な音が混じることはない。

「もう何も心配いらないわ。この方が助けてくださったの。アストロードさまと仰るのよ」

じっ、とネリルの二つの瞳がアストロードへ向けられた。アストロードもまたその瞳を見つめ返しながら、穏やかな声で問いかける。

「ここは私の家だ。苦しいところはもうないか？」

「うん、だいじょうぶだよ」

「今日は、ゆっくり休んでおくと良い。君のお姉さんも、傍にいるからな」

「ありがとう、おにいちゃん……」

セラフィーナは意外に思った。

ネリルは人見知りだ。外に出る機会が極端に少ないせいもあるだろうが、セラフィーナとドーソン夫人以外の前では萎縮《いしゅく》したようになってしまう。

それがどうだろう。アストロードに対しては、笑顔すら浮かべて普通に会話を交わしている。アストロードには悪いが、てっきり怯えて掛布の中にでも潜《もぐ》り込むかと思っていたのに。

「私は出るが、何か困ったことがあればメイドや母に言いつけてくれ。先生もうそろそろ来るだろう」

「アストロードさま」

先ほどの話の続きをしようと思わずアストロードの袖《そで》を掴むと、彼は一瞬驚いたような表情をした後、目を細めて笑った。

「心配しなくて良い、うちの者は皆、親切だ。君の力になってくれるだろう」

そういうことが言いたいのではないのだけれど。

だがそんなセラフィーナの言葉は、喉の奥で留まったまま出てくることはなかった。

アストロードの優しい笑みに、視線も意識も吸い寄せられてしまったのだ。

「夕刻頃には戻る」

「い、いってらっしゃい……ませ……」

反射的に見送りの言葉を口にすると、アストロードはぽかんとしていた。

「え？　あ、ああ……」

わけの分からない言葉を呟いた後、口元を手で覆い隠すと、ぼそぼそと呟く。

「行ってくる」

――くしゃみでも出そうだったのかしら。

椅子で眠ったせいで風邪でも引いてしまったかもしれない。

セラフィーナは改めて、彼に申し訳なく思った。

◆

その後すぐに医師が来て、ネリルを診察してくれた。

聴診器を当てたり、脈を測ったりする様子をハラハラと見守っていたセラフィーナだが、このまま薬を飲み続ければきっと良くなるだろうとの言葉に胸を撫で下ろす。

「良かったわねぇ、セラフィーナさん」

朝食の席で、向かい合って食事をとりながら弟の容体を報告すると、アストロードの母であるヴィエンヌ夫人は、自分のことのように喜んでくれた。

彼女も息子を持つ身だ。ネリルが倒れてセラフィーナがどれだけ心配したのか、その気持ちが理解できるのだろう。

「はい、おかげさまで……。奥さまにもご迷惑をおかけしまして」

「まあ、良いのよそんなこと！　それに迷惑だなんて思っていないわ。あなたがいてくれるおかげで、いつものように孤独な昼食をとらなくて済むわけなのだし」

朗《ほが》らかに言いながら、夫人がスープを口にする。

そういうちょっとした動作や身のこなしからも気品が溢れていて、美しい。

セラフィーナにはこれまで、上流階級のマナーなど知るすべもなかった。自分が何か粗相《そそう》をしないか心配するあまり、食事の味すらほとんど分からなかった。

「ね、セラフィーナさん。着替えがなくて困るでしょう」

食事をとり終えると、夫人はそう言ってセラフィーナを自分の部屋に招いた。

衣装部屋には、淡い色の物から濃い色の物までたくさんのドレスが並んでいる。若い娘のものほど華やかではないけれど、当然ながらどれも高級な仕立てだ。

急に、自分がつぎはぎだらけのワンピースを着ていることが恥ずかしくなった。

「これね、わたくしが若い頃に着ていた物なのだけれど、まだ綺麗だからあなたに差し上げるわ」

急にもじもじし始めたセラフィーナの態度に気づいていないのか、それとも見ないふりをしてくれたのか。夫人は衣装の中から取り出した一着を、さりげなくセラフィーナに差し出してくる。

それは、淡い水色のドレスだった。今、町で流行しているような派手なものではない。どちらかというと落ち着いた雰囲気の、清楚《せいそ》で可憐《かれん》なドレスだ。

「こんな素敵なドレス、いただけません」

もらったって着ていく場所がないのなら、せっかくのドレスも宝の持ち腐れだ。慌てて夫人に突き返そうとしたが、やんわりと押しとどめられた。

「もらってちょうだい。わたくしにはもう若すぎる仕立てだし、誰かにあげようと思っていたの。だけどうちには娘がいないし、あなたがもらってくれたらきっとドレスも喜ぶわ」

「でも……」

「ね、お願いだから着ているところを見せて。あなたのその瑠璃色の瞳に似合うと思うのよ。せっかくだから髪も結《ゆ》い上げて、おめかししましょう？」

言いながら、夫人は傍にあった引き出しを開けてせっせと装身具を選び始める。どうやら人形遊びと同じ感覚らしい。

これはどうかしら、こっちは、などとぶつぶつ呟く横顔があまりにも楽しげだ。そこまでされれば、セラフィーナももう何も言う気がしなくなってしまった。

観念して、大人しく夫人に従うことに決めた。衝立《ついたて》の向こう側に隠れてボロボロのワンピースを脱ぎ捨て、ドレスに身を包む。

こんな丈の長く、ひらひらとした衣装を着るのは初めてだ。胸元も、普段身に着けているものよりかなり大胆に開いている。着慣れない意匠や上等な肌触りに、何だかムズムズする思いだった。

「まあやっぱり！　よく似合うのね」

衝立《ついたて》の後ろから出ていくと、夫人は手を叩いて大げさなほど喜ぶ。

お世辞だと分かっているけれど、ただでさえ慣れない格好に気恥ずかしい思いでいるのに、何だか余計にくすぐったい。

「さあ、こちらに掛けてちょうだい。髪を結いましょうね」

衣装部屋を出ると、今度は鏡台の前に座らされた。

ブラシを片手に、夫人は丁寧にセラフィーナの髪を梳《す》き始める。その手つきは、貴族の奥方の割にはやけに手慣れていた。

「奥さま、慣れていらっしゃるんですね」

会話のきっかけになればと、思ったことをそのまま口にすると、夫人はセラフィーナの髪を梳《くしけず》る手を止めないままに、こう答えた。

「これでも昔、王宮で女官を務めていたことがあるのよ」

王宮女官と言えば、家柄、容姿、成績など厳しい選考基準を満たした者だけが選抜されることで有名だ。

女性王族に仕えて身の回りの世話をするのが主な役目であり、社交の場にも付き添わなければいけない。豊かな知識と社交性も重要視されている。

この国で女性が就ける職業の中で、最も高い地位に存在するのが女官だ。いわゆるセラフィーナのような庶民には手の届かない職業である。

「じゃあ、そこでアストロードさまのお父さまとお知り合いになったのですね」

「えっ？　まあ、そうね」

夫人はどことなく曖昧《あいまい》な、淡い笑みを浮かべた。

そうして会話を交わしているあいだにも、セラフィーナの髪は手際よく編み上げられていく。ねじったりピンで留めたり、複雑すぎて途中からはどうやっていたのかも分からない。

「セラフィーナさんの髪は、ツヤツヤしていて綺麗ね。何か特別なお手入れをしているの？」

「特には、何も……」

「あら、それじゃ元々綺麗なのね。赤味がかってて、普通の金髪とも少し違うみたい」

一房すくい上げ、まじまじと見つめながら夫人は言う。

確かにセラフィーナの髪は、赤味を含んだ金髪だ。どちらかと言えば茶や黒など、濃い髪色の多いこの国では少し珍しいかもしれない。

「そうねぇ……たとえるなら、はちみつに赤い薔薇の花弁《かべん》を一片《ひとひら》落としたような色かしら。せっかくの可愛い色だから、邪魔しないように薄い色のリボンで纏めましょうね」

詩的な表現で手放しに褒められ、セラフィーナは嬉しくなった。平凡な容姿の中で、唯一誇れるものがそれだったからだ。

大した手入れなどしていなくても、セラフィーナの髪はつややかで美しい。

「よし、できた。とても素敵よ、セラフィーナさん」

夫人が手鏡を持って、セラフィーナの頭の後ろに翳《かざ》す。いっそ芸術品とも呼べるほどに綺麗に結い上げられた髪が、そこにあった。

「ちょっとだけ、紅も差しましょうね。元々肌が白くて綺麗だから、ほとんどお化粧する必要がないものね」

小瓶の中に入った口紅を薬指でとり、夫人はセラフィーナの唇に丁寧に色を乗せる。

そうして手を引かれて全身鏡の前に立ったとき、セラフィーナは一瞬、そこにいたのが自分だと分からなかったほどだ。

馬子《まご》にも衣装とはこのようなことを言うのだろう。ドレスと髪型のおかげでそれらしく見えるのだからすごい。

とろりとした赤い色の紅のおかげか、普段より少し大人びて見えるような気がした。

貴族の令嬢たちは皆、毎日のようにこんな綺麗なドレスを着て夜会や舞踏会に赴《おもむ》いているのだろうか。分不相応《ぶんふそうおう》な考えかもしれないが、少しうらやましい。

「アストもきっと、見とれるわね」

「いえ、そんな……。アストロードさまは綺麗な女性なんて見慣れているでしょうし」

セラフィーナは苦笑した。夫人は自分のことを気に入ってくれているらしいが、少し買い被りすぎではないだろうか。

ほんの少し、期待する気持ちもないわけではないが、そこまで己惚《うぬぼ》れるほど愚かではない。

貴族であるアストロードは、当然ながら社交の場に何度も顔を出しているはずだ。そこには宝石のように美しい女性や、花のように可憐な女性がひしめき合っていることだろう。

今更セラフィーナのような凡庸《ぼんよう》な娘が少し着飾ったところで、何とも思わないに違いない。


「わあ。おねえちゃん、きれい！　おひめさまみたい」

昼食を終え、夫人とお茶をしながらの歓談を楽しんだセラフィーナは、身体を休めるため昼寝をしていたネリルが目覚めたと聞き、彼の寝ている部屋を訪ねていた。

セラフィーナを見るなり、ネリルはぱっと花開くような笑顔を浮かべ、何度もきれい、きれいと繰り返す。目をきらきら輝かせ、いつもと違う姉の姿に見入っていた。

「ネリルったら。でも嬉しい、ありがとう」

大げさな褒め言葉が何だかむずがゆい。

――――ネリルはお姉ちゃんっ子だから、きっと身内の欲目で見てしまうのね。

くすりと笑いながら、セラフィーナは傍にあった木椅子を引っ張って、寝台のすぐ傍に座った。

「ねえおねえちゃん、ぼくたちいつまでここにいるの？」

「どうして？　もうおうちに帰りたい？」

「ううん。そうじゃなくて、おねえちゃん、あのおにいちゃんとケッコンするのかなぁっておもったの」

「えっ!?」

思いもよらぬ弟の一言に、セラフィーナは素っ頓狂《すっとんきょう》な声を上げてしまった。

――――結婚？　アストロードさまとわたしが？

そんなことあるはずがない。だが、ネリルの目からはそういう関係に見えたのだろうか。

「どうしてそう思ったの？」

「だって、おにいちゃんすっごくやさしいし、ぼくのおにいちゃんになってほしいなって」

照れたように言うネリルの姿に、セラフィーナは己の早合点《はやがてん》を悟って急に恥ずかしくなった。ネリルは二人を見ていてそう思ったのではなく、ただそうなってほしいという願望を口にしただけなのだ。それなのに一人で勘違いして、妙に焦ってしまった。

額に滲《にじ》んだ妙な汗を拭《ふ》いていると、かちゃりと扉が開く音がし、ネリルがそちらに目を向けた。

「あ、おにいちゃん！」

その言葉に、セラフィーナは思わずびくんと身体を強張らせてしまう。

軍服姿のアストロードがそこにいた。どうやら今、帰宅したようだ。窓の外から、馬車を移動させる音が聞こえてくる。

もしかして、先ほどのネリルの発言を聞かれてしまっただろうか。いつから扉の前にいたのかは分からないが、結構大きな声だったから廊下にも聞こえていたに違いない。

聞いていたとしたら、どこから聞いていたのだろう。どう思っただろう。

「お、お帰りなさい……」

彼がどんな顔をしているのか見るのが怖くて、振り向く動作も出迎えの挨拶《あいさつ》もぎこちなくなってしまう。無理に笑顔を浮かべながら平静を装ったが、頬はじんと熱かった。

「ただい――――」

アストロードの言葉は、そこで不自然に途切れた。

その視線は、ドレス姿のセラフィーナにまじまじと注がれている。彼は明らかに驚いていた。

無理もない。朝までみすぼらしいワンピースを着ていた娘がいきなり夢のように美しいドレスに着替えていたら、セラフィーナだってそうなってしまうだろう。

「おにいちゃん、おかえりなさい！　ねえみてみて！　おねえちゃんきれいでしょう？」

「ネ、ネリルったら……！　すみませんアストロードさま。奥さまにいただいたドレスなんです」

かぁっと顔全体が火照《ほて》るのを感じ、セラフィーナは思わず両手で顔を押さえた。そんな言い方をされたら、アストロードもおいそれと否定することができないではないか。

案の定、アストロードは困ったように視線を彷徨《さまよ》わせながら、セラフィーナから不自然に視線を逸《そ》らした。

「そ……、そうだな」

たったそれだけを言って、部屋を後にする。過剰反応をしたのが恥ずかしいくらい、あまりにも素っ気《そけ》ない返事だった。

アストロードにとっても、思いもよらぬ問いかけだったのだろう。何と答えていいか迷った末に、ようやく出た言葉だったに違いない。

去り際に扉部分の段差に足を引っかけ、よろめいていたのが良い証拠だ。

「おにいちゃんなんかおかしかったね」

「ネリルがあんなこと言ったから、アストロードさまも驚いちゃったのよ」

軽く弟を窘《たしな》めながら、セラフィーナは先ほどのアストロードの表情を思い出していた。

少し気まずそうに、セラフィーナの姿を視界から追い出していた。見るに堪《た》えないほど、似合っていなかっただろうか。

綺麗なドレスで浮き立っていた心が、急速に萎《しぼ》んでしまう。

「おねえちゃん、どうしたの？」

急に黙り込んだ姉を心配し、ネリルが眉を顰《ひそ》める。

「ううん、何でもないの。ちょっとお腹が空いただけ」

淡い笑みを浮かべ、誤魔化した。

浅はかにも、アストロードに似合うと言ってもらえることを期待していたらしい。釣り合わない品であることなど自分が一番分かっていたはずなのに、落胆してしまうなんてどうかしている。

セラフィーナは、着たばかりのドレスをなぜか無性に脱ぎたくなった。

◆

その日の夕食の席で、セラフィーナは明日、ここを出て行くことを告げた。

「まあ、何もそんなに急がなくても良いじゃないの。いつまでもいてくれて構わないのよ」

夫人は心底残念そうにしている。アストロードは食事の手こそ止めているものの、何も言わない。

「お気持ちは嬉しいですが、仕事もありますので」

「お仕事って、たしかお花を売っているのだったわよね？　少しくらいお休みしても……」

「いいえ、お恥ずかしい話ですが……お金を返さなければなりませんので」

気は重いが、次の返済日はもうすぐだ。仕事を休んでいたら、いつまで経っても借金は減らない。明日からはこの夢のような時間は終わりで、日常に戻るのだ。

本来セラフィーナは、このような人々と気軽に接し合える身分ではない。寂しいけれど、仕方のないことなのだ。

「短い間でしたが、親切にしていただいてありがとうございました。診察代や、食事にかかったお金は、少し遅れるかもしれませんが、後日必ずお返ししますので」

「そんなこと気にしなくて良いのよ。ねえ、アストからも何とか言ってちょうだい」

夫人の発言に、けれどアストロードはむすりとしてセラフィーナを見ようともしない。

「別に、出て行きたいのなら私が止める理由なんてないでしょう」

食事の途中であったにも拘らず、彼は素っ気なくそう言うと、大きく椅子の音を鳴らしていなくなってしまった。

階段を上る荒い足音が、食堂にまで響いてくる。

夫人は呆れたように、肩を竦めていた。

「あの子ったら。何を不機嫌になっているのかしら。セラフィーナさん、気を悪くしたらごめんなさいね。本当、男の子っていつまでも子供なんだから」

「いいえ、そんな……」

謝るとしたらむしろこちらのほうだろう。

セラフィーナの発言か、態度か。あるいはその両方が彼の機嫌を損ねたことは、状況を見ても間違いない。

「わたし、追いかけてきます」

「あ、セラフィーナさんのせいじゃないのだから、良いのよ」

夫人はそう言ってくれたが、セラフィーナはいても立ってもいられず、アストロードを追いかけるようにして食堂を後にした。

ドレスの裾を大きくたくし上げて階段を駆け上がり、廊下を駆け抜ける。するとちょうど、アストロードが自分の部屋に入ろうとしているところだった。

「アストロードさま!」

大声で呼び止めると、扉を開こうとしたアストロードの動きがぴたりと止まる。けれどそれも、一瞬のことだった。

明らかにセラフィーナの声が聞こえていたにも拘《かかわ》らず、彼はそれを無視して部屋の中に入る。ガチャンと鍵をかける、冷たい音が響いた。

セラフィーナは廊下に立ち尽くしたまま、自分を拒絶するように閉じた扉をしばらくぼんやりと見つめていた。

一体、何が気に障《さわ》ったのだろう。

明日は笑顔で「ありがとう」と言って、この家を出て行きたかったのに……。

のろのろと百合の間へ戻ったセラフィーナは、寝支度を整えて寝台に入った。けれど寝心地のいい寝台に身体を預けても、一向に眠気が襲ってくる気配はない。

アストロードの不機嫌そうな顔が眼裏《まなうら》にこびりついている。それでも何とか睡眠を取ろうと寝返りを打つが、やはり眠れなかった。

明日は花の仕入れのために、早く起きなければならないのに。

むくりと起き上がり、溜め息交じりの呟きを漏らす。

もしかして、診察代を返すのが遅くなるかもしれないと言ったのが気に障ったのだろうか。

それ以外に思いつかない。

けれど、医師に処方された薬はきっと高価なものだ。たった二日分とはいえ、セラフィーナの蓄《たくわ》えでは到底足りないだろう。

元々決めていた通り処女を売りさえすれば、大金が入る。それを返済に充《あ》てれば良い。

だけど、この期に及んでセラフィーナの胸には迷いが生じていた。

見知らぬ人に身体を売るなんて、自分にできるのだろうか。道端で、声をかけることすらできなかった自分に。

「……そうだ」

考え抜いた末、セラフィーナはあることを思いついた。

だったら、アストロードに処女を奪ってもらえば良いのではないか――――？

その思いつきに、どくんと心臓が重く鼓動を打つ。

この先ネリルの治療代を稼ぐためには、どちらにせよ身体を売って生活しなければならない。

ならば大金を得る機会を失ってでも、初めての相手は見知らぬ誰かよりアストロードのほうが良い。

知らない男に触れられることを考えるとそれだけでゾっとしたけれど、彼に初めてを奪ってもらえばきっと踏ん切りもつくはずだ。せめて返済が遅れるお詫《わ》びとして、そして今回の親切の礼という名目で、処女を差し出そう。

果たしてアストロードのような女に不自由していなさそうな人にとって、セラフィーナのような小娘の「初めて」が価値のあるものかは分からない。

それに、私欲が入っていることも否定はできないけれど……。これが今のセラフィーナが思いつく限り、精一杯の誠意の表し方だ。

今、彼にあげられるものなんてこれくらいしかない。セラフィーナはそっと寝台を抜け出した。

鼓動は胸を突き破りそうなほどに高鳴っている。耳の中で木霊《こだま》するその音に、より緊張が高まった。

頭のどこかでは、冷静な自分がこんなことはやめろと警告しているのが分かる。

アストロードは素敵な男性だ。恋人だっているかもしれない。あるいは、想い人が。なのに薬代を身体で払うだなんて馬鹿なことを言って、余計に軽蔑《けいべつ》されたらどうする、と。

床を踏みしめるたびに膝は震え、今にも引き返しそうになってしまう。それでもセラフィーナは前に進み続けた。本当は怖いけれど、こうするしかない。

アストロードの部屋の前に到着し、控えめに扉を叩いた。

眠っているかもしれないと思ったが、耳を澄ませば中からは物音が聞こえてくる。

――この部屋の前にいるところを誰かに見られて咎められたら、何て言い訳をしよう。

そんなことを考えながら、アストロードが出てくるのを待ち続けた。

そうしてしばらく待っていると、中から扉がスッと開いた。

「セラフィーナ？」

湯あみを終えたばかりだったらしく、ガウン姿のアストロードの髪からは水滴が滴《したた》っていた。

「遅くにすみません。お話があるので、入ってもよろしいでしょうか」

「…………話ならここで聞こう」

話の内容が内容なだけに、できれば人目につかないところで話したかったのだが、アストロードはそれを許してくれなかった。

セラフィーナが思いつめた顔をしていたせいか、追い返されこそしなかったものの、やはり、機嫌が良いとは言いがたい表情だ。先ほどの不機嫌さの名残か、どことなく全身でセラフィーナを拒絶しているような感じすら見受けられる。

だが、ここまで来て後戻りはできない。セラフィーナは寝衣の裾をぎゅっと摑み、大きく深呼吸をした。

「診察代のことなんですけど、すぐにお返しできなくてすみません。でも必ずお返しします。ご心配なら、誓約書を書いても構いません」

「ああ」

何となく、アストロードが気の抜けたような声を発する。

「もしかしてそれを気にして、明日出て行くなどと言ったのか」

「……」

「そうなのだな？」

気のせいだろうか、妙にアストロードの声が明るく聞こえるのは。セラフィーナが気に病んでいることを知り、少しは機嫌を治してくれたのかもしれない。

「そのようなことは何も気にしないで良い。母は君を気に入っているし、わ、私もいつまでいてもらっても構わないと思って――」

「アストロードさま」

決意を込めて名を呼び、彼の言葉を遮った。

思いつめたような表情から、アストロードも何かを感じ取ったのだろう。首を微かに傾げ、探るような瞳を向けてくる。

「……どうかしたのか？」

セラフィーナは震える足にぐっと力を込めながら、アストロードを見上げる。

緊張で声が震えないようにと願いながら、ここに来るまでに頭の中で何度も繰り返した台詞《せりふ》を思いきって口にした。

「どうか、身体でお礼をさせてください」

三話

アストロードは一瞬、自分が何を言われたのかまったく理解できなかった。

――身体で礼？　どういう意味だ。

だが、意を決したようなセラフィーナの表情を見ているうちに、段々と彼女がどんな意図で自分を訪ねてきたのか脳が理解を始める。

つまりセラフィーナは、抱いてくれと言っているのだ。

その瞬間、頭を横殴りにされたような衝撃に襲われた。

一般的にこの国で花売り娘といえば、身体を売っている者が多い。その職業に就く娘は下層階級が多く、花代だけでは生活費にならないからだ。

けれど、セラフィーナだけは違うと思っていた。彼女からは、そういう身体を売る女特有の媚《こ》びや婀娜《あだ》っぽさといったものが一切感じられなかったし、何よりアストロード自身がそう信じたかった。手作りのポプリを贈ってくれたセラフィーナの笑顔や、純粋さを。

けれど、どうやら違ったようだ。

セラフィーナはきっと、アストロードの金目当てに愛嬌《あいきょう》を振りまいていただけだったのだろう。金持ちなら相手は誰でも良かったのだ。

こうなってくると、初めて出会ったときに彼女が暴漢に襲われていたのでさえ、もしや仕組まれていたのかと疑ってしまう。さすがにそこまではしていないだろうが、ちらりとそんな考えが過《よぎ》るほどにはアストロードは落胆していた。

何か大切なものを失ったかのような喪失感に苛《さいな》まれる。やがてそれが通りすぎると、次に虚《むな》しさを覚えた。

一体、何を期待していたのだろう。従者に彼女の身辺調査をさせた際に、ロベール男爵に借金があることも調べ、ある程度予想はついていたことではないか。

ロベール男爵は女好きで有名だった。結婚こそしていないものの、社交界ではしょっちゅう別の女性と浮名を流しており、噂《うわさ》では自宅で雇っているメイドたちにも手を出しているそうだ。

セラフィーナは魅力ある可愛《かわい》らしい少女だ。いわゆる美人というのとは違うけれど、その場にいる者を穏やかな気持ちにさせる、不思議なあたたかさを持っている。そんな少女が金を借りている状況で、好色な男爵が手を出さないわけがない。

セラフィーナは男爵と関係しているかもしれない。その予感が今、確信に変わった。

いつまでもいて良いと母が引き留めたにも拘《かかわ》らず、「借金を返さなければならない」と頑《かたく》なに明日出て行こうとするセラフィーナ。

あの男爵のことだ。借金のカタとして自分の身体を差し出すセラフィーナに、ついでに駄賃でも渡しているのだろう。

そして彼女はそれに味を占め、男爵だけでなくアストロードにまで目をつけ、こうしてやってきたというわけだ。

――何て貪欲な女だ。

唇が歪《ゆが》み、乾いた笑みが零れる。

身体を売って金を稼ごうが、それは彼女の勝手だ。貧しい娘が金を得るために身体を売ることは奨励すべきではないが、生活のために仕方のない場合があることも分かっている。

それなのに無性に胸の中がささくれ立ったような気分になるのは、自分がセラフィーナの策にあっさり嵌《はま》ってしまった屈辱故だろうか。

「良いだろう。入りなさい」

自分でも驚くくらいに乾いた、冷たい声が出た。

怯えたように後ずさるセラフィーナに気づかないふりをして、扉を大きく開く。

今更、何を躊躇《ためら》っているのだ。自ら望んでここに来たくせに。そんな思いで待ち続けていると、セラフィーナは何度か周囲を気にしながら中へ入った。

扉を閉め、アストロードはセラフィーナに向き直る。

「礼と言うのなら、それなりに奉仕して満足させてくれるのだろうな」

「ほ、奉仕……って」

「まずは口でしてもらおうか。私のものを舐《な》めて悦《よろこ》ばせるくらいのことはしてもらわないと」

彼女のほうから来たのだ。遠慮などしないし、する必要もないだろう。

——せいぜい、楽しませてもらおうか。男爵を相手に培《つちか》った手練手管《てれんてくだ》で。

灯りを落として、セラフィーナを手招きする。自らの前に跪《ひざまず》かせ、ガウンの前を寛《くつろ》げた。

あらわになった男のものに、セラフィーナは目を見開く。困ったような視線がアストロードを見上げた。

だがアストロードが何も言わないのを見ると、やがて観念したようにそれに顔を近づける。

「きちんと手を添えて」

促《うなが》すと、おずおずと指先が触れる。ぴくりとアストロードが身じろぎしたのを見て、セラフィーナは火傷《やけど》したかのように手を引っ込めた。

痛がらせたと勘違いでもしたのかもしれない。だが、アストロードの様子から触れても大丈夫なことを察したのか、再びセラフィーナは雄茎に手を伸ばした。

感触を確かめるように、触れるか触れないかの位置で指が表面をなぞる。水仕事が多いせいか、皮膚《じ》は少し荒れていた。

「つ、焦らして……いるつもりか？　もったいぶらなくても良いから、早く」

「す、すみませ……」

言いながら、ようやくセラフィーナがそこに舌を這《は》わせた。おずおずと触れて、少し舐めたかと思うとすぐに離れていく。

軽い口づけと変わらないほどの、ささやかな触れ方はあまりにもどかしい。

たどたどしいやり方で男の気を引くなんて、安い娼婦でもそんなやり方はしない。

慣れていない男ならその初心《うぶ》な演技に騙《だま》されるのだろうが、あいにくとアストロードももう二十七歳だ。生きてきた分だけそれなりに経験もある。

「きちんと口に含んで舐めなさい」

有無を言わさぬ声で告げながら、セラフィーナの小さな唇を開かせて、その中に男の欲望を押し込める。

唾液《だえき》で濡れた口内はあたたかく、包み込まれるとまるで女の中に挿入しているのと同じようで、気持ち良かった。

荒れた手と反対に、唇は想像以上に柔らかくしっとりとしている。

「んっ、う……」

セラフィーナは顔を顰《しか》め、ぎこちなく舌を動かしていた。

歯が掠《かす》める感覚に、アストロードは眉を寄せる。身体を売っているくせに、口淫《こういん》にはあまり慣れていないのだろうか。

「歯を立てるな。男のものをしゃぶるのなんて、花売り娘にはお手の物ではないのか？」

口の中で軽く前後させると、苦しいのかセラフィーナが更に表情を歪める。

だがようやくやる気になったのか、舌がねっとりと欲望にまとわりつき、柔《やわ》らかい刺激を与えてきた。

唾液が溢《あふ》れてきて、唇の端から伝っている。それを飲み下そうとしているせいか、自然セラフィーナの口の中に力が籠《こも》る。

「んくっ、ん……」

「っ……」

口内で締めつけられ、男の欲望は徐々に芯を持ち始める。固くなったアストロードの欲望に、セラフィーナは一生懸命舌と指を這わせていた。

血管が歪《いびつ》に浮かび上がった赤黒い棒が、少女の薄桃の唇を犯している。その情景に、男の支配欲がじわじわと満たされていく。

そのうちに細い指が熱杭を包み込み、ぎゅっと握りしめた。室内が少し寒いせいか、それともアストロードの体温が徐々に上昇しているせいか、セラフィーナの指先をひんやりと冷たく感じる。

やがて少しずつ要領を得てきたのだろう。セラフィーナは苦しそうに涙目になりながらも、大きな飴玉《あめだま》をしゃぶるかのように舌を小刻みに動かし、先端や裏筋を愛撫《あいぶ》する。

ちゅぷ、ちゅぷと淫《みだ》らな水音がたち、そのたびにアストロードは熱い吐息を漏らし天井を仰いだ。

「は……」

「んっ、ん……ふぅ……」

上手だとはお世辞にも言えなかったが、清楚《せいそ》な見た目も相俟《あいま》って、まるで素人《しろうと》の少女に奉仕させているような感覚に陥《おちい》ってしまう。罪悪感と愉悦が混ざり合い、何ともいえぬ背徳感が背筋をぞくぞくと駆け抜けていった。

息が苦しくなったのか、セラフィーナが唇を離し、息継ぎをした。唾液か、先走りか。透明の粘液《ねんえき》が糸を引き、銀色に光っている。

やがてその糸が途切れる頃、セラフィーナはアストロードの先端から滴《したた》る液体に舌を這わせた。まるで蜂蜜でも舐めるかのように舌先で丁寧に拭《ぬぐ》い取り、ますますその硬度と質量を増した肉竿を口いっぱいに頬張る。

どんな淫らな顔で自分のものを咥《くわ》えているのか、しっかり目に焼きつけておきたい。

「セラフィーナ、もっと……、頬に力を入れなさい……。奥まで咥え込んで」

頬を染めて懸命に奉仕している姿に否《いや》が応でも興奮してしまい、命じる声は自然、途切れ途切れになる。

セラフィーナは何かを言われるたび、背くことなく従順に従った。

「んむ、ん……」

ちゅっ、と音を立てて吸い上げ、上目遣いでアストロードの様子を窺《うかが》う。気持ち良いかと視線で問うような表情だ。瑠璃《るり》色の瞳が、どこか物欲しげな光を宿しているように見えた。

「つは、」

もう限界だった。

アストロードは両手でセラフィーナの頭を抱え込むと、自らの腰を彼女の顔にぶつけるように前後させる。

セラフィーナは驚いて身を引こうとしたようだが、頭を押さえつけられていては不可能だ。

「ふぅ……っ!? ん、んぐっ」

「少し、我慢してくれ……」

性急に口内を蹂躙《じゅうりん》され、セラフィーナは苦しさと驚きに目を白黒させている。それでも歯を立てないよう気をつけているらしく、アストロードが痛みを感じることは一切なかった。

ただただ、目も眩《くら》むような陶酔《とうすい》の波が寄せては返す。頭の中が白く弾けてしまいそうだった。

「んーっ！ うっ、んむっ」

少女の口を犯し、苦しそうにしているのも構わず喉を突いた。口内の唾液の量も増し、ぐぷぐぷと淫らな音が上がり続けた。

セラフィーナの瞳から生理的な涙が散る。

やがてそれは訪れた。

下肢に血が集まり、快感が最大限に膨《ふく》れ上がる。内側に留まりきれなかった熱が外へと行き場を求めて爆発しそうになるのを、アストロードは我慢しない。

ぶるりと身が震《ふる》え、熱が爆《は》ぜた。どくどくと勢いよく白濁《はくだく》が迸《ほとばし》り、セラフィーナの口の中を満たす。

最後まで余さず注ぎ終えても、セラフィーナが苦し気にアストロードの腿《もも》を叩いても、彼はしばらくそのままじっとしていた。

あまりに気持ち良かった。

「んっ、んっ……く」

セラフィーナが懸命にこくりと喉を上下させ、口の中のものを嚥下《えんげ》する感覚が振動で伝わってくる。そこまでさせるつもりはなかったのだが、飲み込んでしまったものは仕方がない。

呼吸が落ち着いてからようやく己をずるりと引き抜くと、セラフィーナが自由になった口を手で押さえながら、ケホケホと咳《せ》き込んでいた。粘液が喉に絡まったのだろう。

アストロードは急いでガウンの裾《すそ》を正すと、部屋の隅のテーブルへ向かった。そこに置いてある水差しを手に取り、グラスに水を注ぐ。

それを持って戻るともうセラフィーナの咳はやんでおり、半ば放心状態でぺたりとその場に座り込んでいる。涙の滲《にじ》んだ目が、どうしていいか分からないといった様子でアストロードに向けられた。

受け止めきれなかった精が彼女の口元と頬を汚しており、ぽたぽたと床に落ちて染みを描く。申し訳なさと満足感と欲情が入り交じった、何とも言えない気持ちにさせられた。

「水だ。口の中が気持ち悪いだろう、飲みなさい」

「は……ぁ、ありがとうございます……」

座ったままのセラフィーナにグラスを差し出すと、彼女は手の甲で唇を拭ってから、一気にそれを飲み干した。

長い間アストロードの物を咥えていたせいで力が入らないのか、飲み下せなかった水が唇の端から顎《あご》を伝い、筋を描いて零《こぼ》れ落ちていく。

水はそのままセラフィーナの胸の中に流れ込み、寝衣を濡らした。胸元がうっすらと透けて見えるが、セラフィーナは気づかず、口元を濡らす水を舐めとっている。

赤い舌が唇から覗《のぞ》くのを見た瞬間、アストロードは自分でもよく分からない衝動に突き動かされ、セラフィーナの手首を摑《つか》み上げていた。

「きゃっ!?」

力の加減にまで気が回っていなかったため、痛みを与えてしまったかもしれない。

セラフィーナの手の中からグラスが落ち、床にぶつかって無残に割れる。小さく悲鳴が上がるが、アストロードは構わなかった。

今はただ、早くこの熱を鎮《しず》めたい。

ぐいぐいとやや乱暴にセラフィーナを引っ張り、突き飛ばすようにして寝台に押し倒した。

金の髪がぱっと散り、ほのかな灯りを反射して月のように淡く光る。

「アストロードさま!?」

驚愕の声を上げて起き上がろうとするのを阻止するように、上から伸《の》し掛《か》かる。ガウンを脱ぎ捨て寝台の下に放り投げたアストロードは、今度はセラフィーナの寝衣に手を掛けた。

「や、やだ……!」

「身体で礼をすると言ったのは君だ。暴れると寝間着が破れてしまうから、大人しくしなさい」

身を捩《よじ》るセラフィーナの両手をまとめて頭上で押さえつけながら、手早く寝衣をたくし上げ、そのまま脱がせた。

母が用意したものだろうか。明らかに上等な仕立てと分かる白いレースの下着が、セラフィーナの身体を可憐《かれん》に彩《いろど》っていた。

腕を離してやると、セラフィーナは寒さに耐えるように己の身を両腕で抱いた。白い肌が薄明りの下で小刻みに震えている。

どうやら緊張しているようだ。そして羞恥《しゅうち》も覚えているらしい。セラフィーナの顔から胸元にかけては、薄紅をはたいたかのように赤く染まっていた。

セラフィーナはひたすらに横を向いている。単に視線を合わせたくないのか、羞恥をやり過ごそうとしているのか、アストロードには分からない。ただ、後者であればとどこかで願っていた。

じっくりと彼女の身体を眺《なが》め回す。

全体的に肉付きが薄く、ほっそりとした華奢《きゃしゃ》な身体つきだ。けれど衣服の上から見たときより、胸元はふくよかな印象だった。

服の下に隠していたらしく、セラフィーナはネックレスを身に着けていた。二つの膨らみのあいだに、細い鎖に通した金色の指輪が光っている。

はじめは、客かロベール男爵からの贈り物かと思ったが、どうもそういった感じではない。だいぶ古いものらしく少しくすんだ色をしており、彫《ほ》り込まれた模様が何なのかパッと見た

もの慣れぬ様子も頷ける。

名を呼ばれ、アストロードの意識が指輪から逸《そ》れる。

セラフィーナの表情は相変わらず、少し硬い。もしかして、男に身体を売るようになってからそう日は経っていないのかもしれない。だとすれば、先ほどの口淫の拙《つたな》さも、今現在のもの慣れぬ様子も頷ける。

「怖がらなくて良い、私には女性を痛めつける趣味などないから安心しなさい」

ロベール男爵はどうだか知らないが、と。付け加えるように呟《つぶや》いたその言葉は、きっとセラフィーナの耳には届かなかっただろう。自分で言ったにも拘らず、それは棘《とげ》のようにアストロードの胸に突き刺さった。

こんなときに別の男の名前を出すなんて、自虐的《じぎやく》にもほどがある。

「あ……」

自らの言葉を証明するかのように、アストロードはセラフィーナの首筋に唇を寄せ、浮き出た血管をなぞるように優しく口づける。石鹸《せっけん》の香りがまだ強く残っていた。母の気に入っている、蜂蜜《はちみつ》のような甘い匂いのする石鹸だ。

そのせいか、セラフィーナの肌を舐めた際、ほんのりと甘く感じられる気さえした。

唇で吸いつき、ちゅっと音を立てて肌を吸い上げる。肌が白いため、それほど力を込めたつもりもないのに簡単に赤い花弁《かべん》が浮かんだ。

女に所有印をつけたいと思ったことなど一度もなかったのに、この白い肌は不思議と、触れた証を残さずにはいられない気持ちにさせる。

点々と、赤い花弁を散らしていく。触れれば触れるだけ、甘い香りが濃密になっていく気がした。

「ん……、ん……っ」

口づけるたび薄い身体がぴくりと跳ねるのを見て、アストロードはセラフィーナの平たい腹に手を当てた。柔肌の感触は、驚くほどにすべすべとして滑《なめ》らかだった。そして驚くほどに、薄い。抱え上げたときの印象そのままの、細い身体だった。

余すところなく触れたいと暴走しそうになる己を律するために、わざと硬い表情を作る。

「――――君は、少し痩《や》せすぎだ」

強く抱きしめれば潰れてしまいそうだ。腕だって少しでも強く力を込めれば、ぽきりと折れてしまいそうなほどに細い。

「ご、ごめ、なさ……」

批難されたと感じたのか、彼女は微かに青ざめた。

怖がらせるつもりなどなかっただけに、焦《あせ》ってしまった。慌てて取り繕う。

「責めているわけではない。ただ、健康のためにもう少し肉を付けたほうが良いと思っただけだ」

「あっ……」

焦れた手つきで組み紐を解《ほど》き、胸元の下着を適当に投げ捨てた。

ふるりと零れ出た乳房がアストロードの目に晒されたのはほんの一瞬で、すぐにセラフィーナの両手が覆い隠したせいで見えなくなった。

「セラフィーナ」

「……」

「見せなさい」

短く命じたが、返ってきたのはふるふると首を横に振る仕草——拒否だった。往生際《おうじょうぎわ》の悪いことだ。恥じらいも興奮を煽《あお》る要素にはなるが、行き過ぎると邪魔になる。

両腕を摑んで胸から引きはがし、敷布の上に縫いとめた。

形の良い双丘が、なだらかな曲線を描いている。先端は何者にも触れられたことのない薔《ば》薇《ら》の蕾《つぼみ》のように、淡く慎ましい色をしていた。

若く、瑞々《みずみず》しい身体だ。そういえば彼女はまだ、十七歳だったたか。

金目当てで近づいたことに落胆していても、男の欲望は正直だ。十歳も年下の少女に欲情し、一刻も早く自分の熱を刻みつけたいと思っているのだから。

一度見られてしまって、諦《あきら》めもついたのだろうか。手を解放しても、もうセラフィーナは自分の身体を隠そうとはしなかった。その代わりにぎゅっと目を瞑《つぶ》って、視界を遮《さえぎ》る。そんなことをしたって、アストロードの視線から逃れられるわけではないのに。

だがそんな無駄な行動を見ていても、不思議と苛立《いらだ》ちはなかった。むしろ可愛らしいとさえ思う。これで演技でないとすれば、セラフィーナは無意識に男を煽る才能に恵まれている。

「あ……」

アストロードは欲望の赴《おもむ》くままにセラフィーナの胸に手を伸ばし、生地をこねるように熱心に揉《も》みしだいた。ほどよい弾力がありながらも、指が沈み込むほど柔らかいそれは、掌に沿って自在に形を変える。

まるでアストロードのためにあつらえたかのように、ぴったりと掌になじんだ。

そうしているうちに、手の中で胸の先が尖《とが》り始める。

アストロードの掌は固い。幼少の頃から剣の稽古《けいこ》は欠かさなかったし、士官学校に籍を置いてからは昼夜問わずふるい続けてきた。肉刺《まめ》が潰れてその部分が硬化した手は剣ダコだらけだ。その固い皮膚に刺激されるたび、セラフィーナは身を捩って声が出るのをこらえている。

「ふ……うっ」

耐えている姿にもそそられるが、せっかくだからもっと感じている声が聞きたい。

食い込んだ指の隙間から覗いている赤い尖りに、アストロードは迷わず舌を寄せた。尖らせた舌先で突くと、セラフィーナの背がびくりと仰《の》け反《ぞ》る。

「あっ！　い、いや……」

「誰にも聞こえないから、声を遠慮しなくて良い」

絶対というわけではないが、あながち嘘でもない。母や使用人たちの部屋は一階にあるし、二階にはアストロードの部屋の他、客間しかない。今現在その客間の内の一つを使っているのはネリルだけで、幼い彼はもうとっくに夢の中だろう。

こんな時間に誰かが上がってくる可能性も、ほぼないと考えて良い。セラフィーナが声を抑える必要はどこにもないのだ。

「あ、ぁ……っ、や、ぁ、アストロードさま」

指で捻《ひね》り上げ、軽く引っ張る。それを繰り返しているうちに痛々しいほど熟《う》れて真っ赤になるけれど、セラフィーナが少しも痛がっていないことはその甘い声を聞けば明らかだ。

もっともっとセラフィーナの乱れるところが見たい。アストロードは誘われるように、胸元に顔を寄せた。

「あぁっ！」

セラフィーナの手が敷布を掻き毟《むし》る。

男の身であっても、敏感な部分を柔らかな舌で搦《から》めとられる快楽がいかほどのものかは想像に難《かた》くない。細い指先が敷布を乱すのをどこか嬉し気に見遣《みや》り、アストロードは尚も口で刺激を与え続けた。

木の実のように固く膨れたそれを舌先で転がし、刷毛《はけ》で撫《な》でるように舌全体でねっとり舐《ねぶ》る。歯を立てると、強く噛まれるかもしれないという本能的な恐怖からか、組み敷いた細い身体が緊張に強張《こわば》った。

アストロードは宥《なだ》めるように、セラフィーナのわき腹を手で撫でる。

「言っただろう。私に、女性を痛めつけて喜ぶ趣味はない」

「……っん」

そうして今度は胸を吸い立てながら、彼女の足の付け根に手を伸ばした。

下着の際から指を侵入させる。指先に触れる濡れた感触と、くちゅりと上がった小さな水音に、思わず唇の端がつり上がった。

まだ少ししか触れていないのに、随分と濡らしたものだ。

見上げれば、セラフィーナがカッと頬に血の気を昇らせている。自分でもそこまで濡れているとは思わなかったのだろう。

「や、だめ……」

褥《しとね》で女が言う「駄目」や「嫌」という言葉は「もっとして」と同義だ。経験則からそのように決めつけたアストロードは、中指をぐっと突き入れ、解《ほぐ》すように掻き回す。音を立てて胸を吸うたび、中が狭まってアストロードの指をきつく締めつけた。

「あっ……あ、いや」

「こんなに食いついているのに？」

中で円を描くようにぐるりと動かしたアストロードは、一旦その指を抜き取り、今度は人差し指も添えて差し入れる。

「い……っ、ぁ」

このときセラフィーナは「痛い」と言いかけたのだが、アストロードは「良い」と言おう

としたのだと勝手に判断し、有頂天になった。自分の与える愛撫によって悦んでいる。そう実感できて悪い気がする男などいない。

指二本でこのきつさなら、己の身を沈めたときはどれほどの愉悦が待っているのだろう。期待に胸が高鳴り、自然と湧き出た生唾を飲み下す。

「指を火傷しそうだ」

中で指を前後させると、強請《ねだ》るように吸いついてくる。媚肉《びにく》の感触はどこまでも柔らかいのに、驚くほどに狭かった。

指をばらばらに動かすと、小さな泡が弾けるような音が立つ。けれどそれだけでは物足りなくて、アストロードはわざと音が立つように指の動きを速めた。

「い、いやッ、あ……っ」

時折戯《たわむ》れのように親指で花芽《かが》を弄《いじ》ると、セラフィーナは面白いほどに狼狽《うろた》えてびくびくと喉を反らせる。そのたびに胸がふるふると揺れるのが眼福《がんぷく》だった。

「はぁ、あっ、ふ、ぅあ……ッ」

控えめだつた水音がぐちゅぐちゅと露骨《ろこつ》になっていくに従い、セラフィーナから立ち上る甘い香りに淫靡《いんび》な雌の香りが混じり始める。それはまるで、アストロードの脳髄《のうずい》をくらくらと蕩《とろ》かせる媚薬《びやく》のようだった。

「ふっ、あ、あぁッ、やだ、アスト……ッさま」

「一度達しておきなさい」

「ひぁっ……！　あっ、はぁ、は……」

ぐりぐりと花芽を押し潰すと、セラフィーナの喉から引きつった悲鳴が零れた。

けれど身体の反応を見れば、苦痛だけでないことは分かりきっている。より深い悦楽を望むかのようにひくりと戦慄《わなな》く中へ、アストロードは薬指も添えて抜き差しする。さすがに三本もまとめて入れれば少し抵抗はあったものの、愛撫によってほぐれた蜜口はアストロードの指を美味しそうに飲み込んでいた。

「や、ぁ、待って、やめて、いや……！」

絶頂の予感に、セラフィーナが首を振って拒絶する。当然、待ってやるつもりなどない。アストロードは逃げ場を失くすように、指の動きをより激しくした。

膣壁《ちつへき》を指先で叩き、媚肉を腹のほうへぐっと押し上げる。弱い部分を掠めるたび、セラフィーナは甘い悲鳴を上げていた。

「あっ、あぁぁぁッ!!」

やがて一際甲高い叫び声が上がり、セラフィーナの背が敷布から大きく浮く。反り返った背中はしばらくそのままで、小刻みに痙攣《けいれん》を繰り返していた。

やがて身体が再び敷布に沈む頃には、セラフィーナの表情は完全に蕩けきっていた。唾液で濡れた口を半開きにし、潤んだ瞳でぼんやりと虚空《こくう》を見つめている。

「は……、ぁあ……ぁ……」

蜜まみれになった指にアストロードが舌を這わせても、ぴくりとも反応しなかった。

「セラフィーナ」

名を呼ぶと、虚《うつ》ろだった瞳が徐々に力を取り戻し、アストロードを見た。

「避妊薬は？」

「も、持って……いません、そんな……もの……」

「そんなもの……？　まさかとは思うが——使ったことがないのか？」

迷った末こくんと首を縦に振るのを見て、アストロードは自分でも驚くほどに腹が立つのを感じていた。同時に、それと等しいほどの焦りも。

「何を考えている⁉　もっと自分を大切にしなさい！」

女を組み敷いている状況でこれほど似つかわしくない台詞もないだろうが、言わずにはいられなかった。

普通身体を売ることを生業《なりわい》としている女は、当然のたしなみとして避妊薬を常備しているものである。それは望まぬ妊娠を避けるための自衛手段でもあり、相手の男にいらぬ責任を負わせないための配慮でもある。

妊娠した責任を取らせるためにわざと薬を飲まないような女もいるにはいるが、まともな娼館に行けばまずありえない。

にも拘らず、一体セラフィーナは何を考えているのだろうか。

アストロードの怒りの矛先《ほこさき》は、何もセラフィーナだけというわけではなかった。

避妊薬を手に入れるための金もないほどに困窮《こんきゅう》しているのだとすれば、ロベール男爵がどうにかしてやるべきだろう。

雇っている侍女に次々手を出している彼に、責任を取るような甲斐性《かいしよう》があるとも思えない。これまでは運よく妊娠することもなかったが、この先そのようなことがあったとして、セラフィーナはきっとあっさり捨てられるだろう。

「すみ、ません……」

「……まったく」

小さく舌打ちをしたアストロードは、腕を伸ばして寝台のすぐそばにある引き出しを開けた。そこに入っていた銀色の容器を取り出し、中から白い錠剤を一粒取り出し口に含む。

これは男性用の避妊薬だ。即効性があり、これといった副作用もない。念のために常備しているが、こんな風に役立つときがやってこようとは。

薬を飲み下したアストロードはセラフィーナの下着に手を掛けた。一気にずりおろし、足から抜く。

セラフィーナは、一糸まとわぬ生まれたての姿となった。唯一、指輪を通した細い鎖だけを身に着けているのが、えも言われぬ淫靡な雰囲気を醸《かも》し出している。

足を閉じようとするのは予想済みだったので、急いで足のあいだに自分の身体を割り込ませた。片方の足首を摑んで肩にかけると、蜜に濡れた秘所が隠しようもなくさらけだされた。

改めて見れば想像以上に濡れており、セラフィーナから滴った蜜が敷布に大きな染みを作っている。桃色の花弁はひくひくと蠢《うごめ》いており、男の欲望を与えられるのを今か今かと待っているようであった。

「や……っ、見ないで……!!」

アストロードがじっと見ていることに気づき、セラフィーナがうつ伏せになって逃れようとする。けれど足首を掴まれていては叶うはずもない。

中途半端に上半身を捻っただけに終わり、セラフィーナは枕に頬を押しつけいやいやと頭《かぶり》を振っていた。

しがみつくのならば自分にしがみついてほしい。そう思ったが、口にはしなかった。競う相手が枕だなんてあまりに虚《むな》しすぎる。

アストロードは先ほどから痛いほどに張りつめていた自身に手を添え、蜜口に狙いを定めた。先ほどその場所が指を締めつけたときの感触を思い出し、期待に胸が高まる。

「挿《い》れるぞ」

「あ……」

くぷりと先端を埋める。あたたかくぬめっていて気持ちが良い。早く全てを収めたい。逸《はや》る思いのままに、そこから一気にセラフィーナを貫いた。その、瞬間。

「――――痛ッ、あぁぁぁ！」

悲痛な叫び声に、頭が真っ白に染まった。

え、と間の抜けた声が零れる。

――――今、痛いと言ったか？

聞き間違いでなければ、確かにセラフィーナはそう叫んだ。いや、これほど至近距離にいるのだ。聞き間違いであるはずがない。

嫌な予感に額から冷汗が吹き出し、アストロードは恐る恐る結合部分に視線を落とす。

そして。

頭のみならず顔色まで真っ白になった。

「な……」

〝なぜ〟頭の中に、その一言しか浮かばない。

目に痛いほど真っ赤な鮮血が、敷布を無残に汚している。セラフィーナの大腿《だいたい》を伝い、じわじわと面積を広げていた。

「あ……ぅ、……っく」

「セラフィーナ、君は……」

先ほどまで熱に浮かされたようになっていた頭は、まるで冷水を浴びせられたかのように一気に冷えた。アストロードは指先一つ動かせない。

セラフィーナは男に身体を売っているのではなかったのか。いいや、そのはずだ。そうでなければ、身体でお礼をするなんて言葉が出てくるはずがない。

これは何かの間違いだと、心の中で何度も繰り返す。けれどどんなに己の正当性を主張しようとしても、目の前の状況が全てを物語っていた。

セラフィーナは処女で、アストロードが初めてを奪った。

意図しなかったこととはいえ、己は婚前の乙女を穢《けが》したのだ。

その事実を理解することを頭が拒む。けれどぼろぼろと涙を零す彼女にこれ以上苦痛を与えてはいけないと、頭のどこか冷静な部分が訴《うった》えていた。

「すまない、わ、私は何ということを……っ」

狼狽《ろうばい》しながらも、アストロードはセラフィーナからその身を離そうとする。早く、早くこの行為を止めなければ。

そんな彼を引き留めたのは、ほかならぬセラフィーナであった。

小さな白い手が縋《すが》るように二の腕に絡みつく。大した力は籠っていないはずなのに、アストロードはまるで縛られでもしたかのようにそこから動けなくなってしまった。

「セ、ラ……」

二の腕から背中に移動し、次に後頭部に添えられたセラフィーナの手に力が入る。自らのほうへアストロードの顔を引き寄せる彼女の行動に、抗《あらが》えなかった。

吐息が混じり合い、小さな唇がアストロードのそれを塞《ふさ》ぐ。ひどい痛みを覚えているためか、セラフィーナの唇と頬は冷えていた。

この状況でなぜ口づけなんか、と戸惑《とまど》うアストロードを置き去りに、セラフィーナは拙《つたな》い口づけを繰り返す。

角度を変えて何度か口づけを繰り返す姿に、アストロードはようやくその行動の意味を理解した気がした。

彼女は、先ほどのアストロードの発言を覚えていて、最後まで実行しようとしているのだ。すなわち、「礼と言うのなら、それなりに奉仕して満足させてくれるのだろうな」という言葉を。

今考えれば、生娘《きむすめ》を相手に何という暴言なのだろう。

「セラフィーナ、もう」

良い、という言葉は、けれど音になる前に喉の奥で掻《か》き消えた。セラフィーナがアストロードの腰に足を絡ませ、結合を深めるように引き寄せたからだ。

「お願い、アストロードさま……」

「私は君にこれ以上痛みを与えたくは――」

「やめないで、最後まで……してください。痛くても我慢できますから、アストロードさまが満足するまで……お礼、させて……」

涙に濡れた瞳を向けながら弱々しくも懇願するその声と、視線に、カッと心臓が熱を持った。

セラフィーナは、礼をしようと一生懸命になりすぎて、何も考えずそんな言葉を口にしたのだろう。

平時であれば、そんな背伸びした姿を可愛らしいと大らかに受け止められたかもしれない。けれど男の欲に応えようとする彼女の健気さは、アストロードを冷静にするどころかむしろ、彼の中に潜《ひそ》んでいた獣を呼び覚ますきっかけとなってしまった。

身を引くべきであった。それなのに気づけば、ずっ、ずっ、と引きかけた腰を徐々に奥へ奥へと沈めていた。濡れた媚肉は多少抵抗しつつもアストロードの熱杭を受け入れる。

「んんっ、あぁぁッ！」

激しい動きでは、もちろんない。けれど膜を破られたばかりの傷ついた内壁を擦られ、痛まないはずがなかった。

セラフィーナの唇から、絶え間なく苦痛の呻《うめ》きと叫びが上がる。止まっていた涙がまた溢れ出し、セラフィーナのこめかみを伝って枕を濡らした。

突き当りに行き着くまでのあいだ、あまりに狭苦しい締めつけにアストロードは歯を食いしばって吐精をこらえていた。

ここまで狭いと、快楽というよりもむしろ痛いと感じるほどだ。けれどそれも今、己がセラフィーナに与えているであろう痛みと比べればかなりマシなのだろう。男の身では破瓜《はか》の痛みがどれほどか知るべくもないが、彼女の様子から推《お》し量《はか》ることはできる。

「いっ、痛、あ……ッ、ん……」

痛い、と口にしそうになるたび、セラフィーナは唇を噛みしめている。恐らくはアストロードにその言葉を聞かせまいとしているのだろう。呼吸は乱れ、浮かんだ冷汗で髪が額に張りついていた

「力を抜いて。痛いなら私に爪を立てなさい」

「あ……ぅっ」

痛みは和《やわ》らがないが、紛《まぎ》らわす程度の役には立つだろう。

二の腕に触れていたセラフィーナの手を背中に回すよう導いてやると、ぎゅっと力が籠った。まるで自ら望んで抱きついているかのような姿勢だ……悪い気はしない。

爪を立てることを許可したにも拘らず、セラフィーナがそうすることはなかった。指が強く食い込みはするものの、それだけだ。

気をつけているのか、アストロードの背中にはいつまで経っても痛みが訪れない。

激しい痛みのさなかにあってもそのようなことを気にするいじらしさに、アストロードの胸が甘酸っぱく疼く。

「ひっ、ぁ……、あ」

ゆるゆると中を探るように動かしながら、アストロードは繋がっている場所に手を伸ばし、愛らしく膨れた花芯《かしん》を弄《いじ》る。

早く痛みを取り去ってやりたい。

上に引っ張り包皮を剥《む》けば、真っ赤に充血した肉芽《にくが》が現れる。蜜をたっぷり纏《まと》った指でそれをグリグリと押し潰した。痛みの中にも愉悦が見え隠れしたらしく、セラフィーナの声に、微かに甘いものが混じる。

「あ、あ、あぁ……っふぅ」

そのまま、痛みではなく快楽のほうに意識を集中していれば良い。やがて中でも感じることができるようになるはずだ。

少しでもその時が早く来るように、アストロードは執拗《しつよう》に肉芽を嬲《なぶ》った。先ほど胸の先端にそうしたように指でぎゅっとつまみ上げたり、時に軽く爪を立てたりする。そうすると中から溢れ出る蜜が量を増し、動くのもやっとだった中を徐々に潤わせていく。

「やぁ、ん、ん……」

きゅうきゅうと締めつけてくるけれど、頑なに男を追い出そうとしていた先ほどまでとは違い、柔らかく解れていくのが実感できた。

アストロードの愛撫が功を奏したのか、彼女の秘部からぐちゃぐちゃと露骨な水音が立ち始めるまでに、それほどの時間はかからなかった。

粘着質な熱い体液が熱杭に絡みつき、繋がった部分の微かな隙間から零れていく。揺さぶるたび、ふるふると揺れる胸のあいだで光る金色の輝きが白い肌を彩り、妙に蠱惑《こわく》的だった。

「やっ、あっ、あ、ふあ……ッんう」

「痛みはだいぶ取れたか……。もう少し動いても良いか？」

「は、い、あぁ……っ」

喘《あえ》ぎの合間に、セラフィーナは返事をする。

はじめは、反応を探るようにゆっくりと。それで問題がなさそうだと表情から判断し、アストロードは腰の動きを徐々に大きくしていく。

「あっ、はぁっ！　は、あぁ……」

「ああ、良い……」

思わずそんな感想が零れるほどに、彼女の中はまるでアストロードのためにあつらえられたかのようにぴったりと吸いつき、いつまでも埋めていたいと思うほどに心地好かった。

噛みしめていたせいかセラフィーナの唇は赤く染まり、半開きのそれが唾液に濡れているのがいやらしい。それを見ているうちにふと、口づけをしたい衝動に駆られた。

先ほどまではセラフィーナに対して抱いていた失望と怒りで、そんな気になれなかった。けれど今は、無性に彼女の唇を味わいたい。

「セラフィーナ、口づけをしても?」

瞳を覗き込みながら問えば、セラフィーナはこくこくと頷《うなず》いた。そのことに、心底ほっとする。

了承を得たと同時に、アストロードは小さな唇を塞ぐ。はじめは触れるだけの軽い口づけをするつもりだったのに、気づけば深く口づけ自らの舌をねじ込んでいた。

舌先が触れ合う。怯《おび》えたように引っ込んだセラフィーナのそれを、アストロードはすぐに追いかけて搦めとった。腰の動きは止めないままに舌同士を擦り合わせ、吸い上げる。頬の内側の粘膜を丹念に舐り、歯列をなぞる。

まるで、男女の交合そのものを思わせるような淫らな口づけは、それだけで気持ち良い。

彼女も同じことを感じているのだろう。苦しそうに眉を寄せながらも、喉の奥からひっきりなしに猫が甘えるような声を上げている。

「ん、ん、ぅ、ふっ」

上でも、下でも繋がり、体液を掻き混ぜる淫らな音が響く。もはやどちらから上がったものかも分からない。濃厚な口づけは、しばらく続いた。

「は、ぁんっ、ん、ぅく……」

唇を離すと、絡まった唾液がまだ離れたくないとばかりに名残惜し気に二人を繋ぐ。

半開きの唇の端から唾液を零し、とろんと蕩けた瞳でアストロードを見上げるセラフィーナの表情は、完全に「女」のそれだった。

それなのにセラフィーナはすぐ、恥じらい気味に睫毛《まつげ》を伏せると消え入りそうな声でこんなことを呟く。

「口づけ……」

「……どうした？」

「口づけ、されたの……初めてです」

現在進行形でもっと過激なことをしているにも拘らず、ほんのりと耳まで赤く染めてもぞもぞと呟く姿に、きゅんと胸の辺りが甘酸《あまず》っぱく疼《うず》く。

「そう、か」

もっと言うべきことやこの場に相応《ふさわ》しい発言があったかもしれないが、アストロードの口から出たのは結局それだけだった。

感動で胸が熱くなって、それしか言えなかったのだ。

疼きは一度では収まらない。きゅんきゅんと何度も疼いて、まるで心臓を柔らかな紐で優しくじわじわと締めつけているような感覚をもたらしている。

ときめきと、嬉しさと、気恥ずかしさと、それから何だろうか。この複雑な感情をどう表現して良いのか、自分でも分からない。

一度、男を知っているのだと勘違いして落胆していた。それだけに、口づけすらまだの清らかな身だったという事実に心が歓喜の声を上げているのだ。

自分がセラフィーナの初めての相手だ。自分が。自分だけが。

アストロードは今、無性にその事実を叫びたい衝動に駆られていた。

――むしろ走り回って全世界に伝えたい。嫌われたくないからやめておくが。

この腕の中で、彼女はどんな顔をして初めての絶頂を迎えるのだろう。急《せ》く思いに彼女の両足を抱え直し、己の腕に引っかける。

痛みを与えた分、それ以上の悦楽を与えたい。アストロードは先ほど見つけたばかりの、彼女の感じる部分を重点的に擦り上げる。

「あっ、あ、ん、やぁっ」

「はっ、セラフィーナ……。中がうねって……、そんなに締めつけられると、少し苦しい」

「あ、はっ、そんな……分からな、あぁぁッ、ん、くぅ……ッ」

じゅぶ、じゅぶっ、と、蜜と空気が混じって派手な音を立てる。もう痛みはすっかりと失せてしまったようで、セラフィーナはひたすら甘い声を上げながら身体を捩って快楽に耐えている。

アストロードは両の乳房を掴み、強く揉みしだきながらひたすらに、下がりきった子宮口を膨らんだ切っ先で叩き続けた。

「は、あ、あぁっ、あんッ、アスト……さま」

しこった胸の尖りを掌で擦られる感覚と、奥をこじ開けるかのような突き上げに、セラフィーナの唇からはあられもない声がひっきりなしに零れる。

甘く蕩けるような声に再び苦痛が入り交じり始めたのは、それからすぐだった。

「や、あぁっ、ん！　あっ！　あ、だめ、いや、待って……！」

アストロードの動きを邪魔するように、セラフィーナが胸板に手をついて突っぱる。どうやら二度目の絶頂が近いらしいが、経験のほとんどない彼女には、ただただ怖いのだろう。

唐突に訪れた強い悦楽の波に、怯えをあらわにしている。

「大丈夫だ、セラフィーナ」

「ん……っ、や、わ、わたし変……」

「普通の反応だ」

「でも、怖い……あぁッ！」

「私が傍《そば》にいる」

ほら、とセラフィーナの手を取り、指を絡めた。そうしてこつんと額を突き合わせる。

間近に感じる熱に、安心したのだろう。セラフィーナの瞳に宿っていた怯えが、漣《さざなみ》のよ

うに静かに引いていく。

手を繋いだまま、アストロードはセラフィーナの奥を穿《うが》つ。腰が肌を打つ高い音が規則的に響き、それは徐々に速度を増していった。

「いっ、ンぁ、あぁ！　あぁぁッ！」

「は……セラフィーナ、気持ち良い……とても」

「ふあっ、あ、うっ、んぁっ」

大きく開いた足の中心を貫かれたまま、セラフィーナは仰け反り、身をくねらせ、甲高《かんだか》い声で喘ぎ続ける。肌はほんのりと赤く染まり、汗でしっとりと濡れていた。

立ち上る蜂蜜の香りが、肌の熱でより濃く香る。そこに淫らな女の蜜と欲情した雄の匂いが混じり、むせ返りそうなほど濃密な、甘い空気を作り出していた。

「あ！　あ！　や、あ、な、何か来る……っ、やだ、や」

得体の知れない感覚に、セラフィーナが怯えたように首を振る。アストロードは彼女の髪に鼻先を埋《うず》め、宥《なだ》めるように優しい声をかける。

「そのまま抗わずに、身を任せて――」

「いやっ、あ、ひぁ……あぁっ……ん、やー……ッ！」

やがてセラフィーナの中が一際大きく収縮するのと、アストロードの熱杭が膨張するのとは、ほぼ同時だった。

「受け、止めてくれ……セラフィーナ……ッ」

「ひっ、あ、あ……あぁぁぁ―――――……ッ！」

「く、うっ……」

熱が爆《は》ぜ、めくるめく官能に頭の中で白い火花が弾ける。

それはセラフィーナも同じだろう。びゅくびゅくと震えながら吐き出される熱い飛沫《しぶき》を受け止めながら、甲高い悲鳴を上げアストロードの背にしがみついていた。

荒野を全力疾走で駆け抜けたような疲労感と虚脱《きょだつ》感がどっと押し寄せ、アストロードはセラフィーナの上に倒れ込む。上りつめた興奮に、心臓が破れてしまいそうなほどに高鳴り、耳の奥でどくどくとうるさく鳴り響いていた。

しばらくその体勢のまま動かずに呼吸を整えていたアストロードだったが、自らの下で小さな呻き声が漏れるのを聞き、慌《あわ》てて自身を引き抜き身体を離した。

セラフィーナは意識を完全にどこかへ飛ばしている。虚ろな目からは涙を流し、びくびくと痙攣を繰り返していた。

「あ……あぁ……」

荒い呼吸と共に覚束《おぼつか》ない声を上げ唇の端から唾液を零す姿に、性懲《しょうこ》りもなくまた欲情がこみ上げてくる。

けれど、セラフィーナの足の間から流れるものを見ているうちに、アストロードは段々と頭が冷えていくのを感じた。

破瓜《はか》の血に白濁とした液体が混ざって、薄桃色に染まっていた。それは処女の証を色濃く残した敷布に、どろりと零れ落ちる。

「セラフィーナ……」

返事はなかった。いつの間にか彼女は眠りに落ちており、健やかな寝息を立てている。

その表情は、たった今まで男を受け入れ喘《あえ》いでいたのと同じ少女とも思えない。あどけなく、愛らしい寝顔だった。

それを見ているうちに、盛大な後悔に襲われる。

欲望と懇願に抗えず抱いてしまったが、もっと早くに止めるべきだった。

今思えば、どうして生娘であると気づかなかったのだろう。よくよく彼女の様子を見ていれば、そうと気づくためのきっかけはいくつもあったはずなのに。

大体、セラフィーナもセラフィーナだ。

恐らくは診療代を払えないからと思いつめた末に、身体で礼をすることを思いついたのだろう。見くびられたものだ。アストロードがすぐに返せないからといって詰《なじ》るような、そんな度量の狭い男とでも思ったのだろうか。

それなのに、恋人でもない相手に大事な処女を捧げるなんて。

だが、アストロードには彼女を責める資格などどこにもなかった。なぜなら彼は、喜んでいたからだ。セラフィーナの初めての男に、自分がなれたということを。

最低だという自覚はあった。それでも、湧き上がる歓喜は止められない。

セラフィーナは今、どんな気持ちで眠りに就いているのだろう。弟のため、好きでもない男にその身を捧げたことを、後悔しているだろうか。やめておけば良かったと思っているだろうか。

目覚めたら、まず真っ先に謝って、それから。……それから、どうしよう。

いくら彼女のほうから誘ったとはいえ、謝って赦《ゆる》される問題でないことは分かっている。

アストロードがやったことは、もし彼女の親が健在であれば、問答無用で殴り飛ばされても仕方のない所業だ。いやそれどころか、殺されたって文句は言えない。

何とかして償《つぐな》わなければ。

アストロードは深い溜め息を吐き、頭を冷やすため浴室へ向かった。

できることなら少し前の自分に氷水を浴びせてやりたかった。

◆

窓の外から差し込む光に瞼《まぶた》を刺激され、セラフィーナは眩《まぶ》しさに目を覚ました。

見慣れない天井と、身体を受け止める柔らかい寝台の感触に、一瞬自分がどこにいるか分からず、慌てて上体を起こす。

「っ……」

急に下腹部にずくんと重い痛みを感じ、顔を顰《しか》めた。

下腹部だけではない。人にはとても言えないような場所が、じくじくと火傷したような痛みを訴えている。

視線を落とすと、何も身に着けていない裸の肌が目に入り、どきりとする。

と同時に、昨日の夜の記憶が一気に頭に蘇った。

そうだ。昨晩自分は、アストロードに抱かれたのだった。

処女を差し出すのが、あれほどの痛みを伴うことだなんてセラフィーナは思いもしていなかった。あんなに恥ずかしい行為を色々しなければならないことも。

――やめないで、最後まで……してください。

そう言ってしがみついたことを思い出し、セラフィーナは自分の顔が熱くなるのを感じていた。

切羽詰《せっぱつ》まっていたとはいえ、あの状況で男性相手にあんなはしたないことを言うだなんて。

今思い出すと消えてしまいたくなる。

けれどアストロードは、少しは満足してくれただろうか。これで世話になった礼を、返せただろうか。

横に目をやるが、そこに彼の姿はなかった。いや、そもそもこの寝台で共に眠ったのかどうかさえ怪しい。

アストロードに激しく揺さぶられ、頭の中で白い火花が飛び散り始めた辺りから記憶が曖《あい》昧《まい》だ。自分がいつ眠りに就いたのかも定かではない。

セラフィーナが上手にできなかったから、機嫌を損ねて出て行ったのかもしれない。ぼんやりと、そんなことを思った。

胸が微かに軋《きし》む音を立てる。もうこれ以降アストロードに会うこともないだろうから、せめて最後に挨拶《あいさつ》くらいしておきたかったのだけれど……。

とにかく、いつまでもここでノロノロしているわけにもいかない。時計がないから正確な時間は分からないが、外の明るさからするともうとっくに仕事に出ていなければならないはずだ。

枕元には、綺麗《きれい》にたたまれた衣類が置いてあった。恐らくアストロードが準備しておいてくれたのだろう。

だるくて思うように動かない身体とは反対に、頭の中にはやるべきことが次々と浮かび上がる。

着替えて、ネリルを起こして、お礼を言ってここを出て、花を仕入れて――――。それから……。

「身体を……売らなくちゃ……」

自分で口にした言葉が、ずしりと胸に伸し掛かる。

アストロードに抱かれたことにより、身体を売るという行為の重さをより強く思い知ることとなってしまった。

あんなことを、できるのだろうか。相手がアストロードだから、優しくしてくれたから、平気だった。けれど他の男を相手に同じことをして、果たして平静でいられるのだろうか。

ば。

でも、やらなければネリルは生きていけない。早くこんな迷いなんて捨ててしまわなければ。

アストロードに抱かれた思い出さえあれば、やっていけるだろう。

用意されていたワンピースに何とか着替え、重い身体を引きずるようにして立ち上がる。

しかし足腰に力が入らず、二、三歩もしないうちに無様に倒れ込んでしまった。

身体を床にぶつけた衝撃で、また下腹部が激しく痛む。

どうにか立ち上がろうとした瞬間、がちゃりと寝室に繋がる扉が開いた。

すっかりと朝の用意を済ませたアストロードが、私服姿で立っている。彼は、床に転がるセラフィーナの姿を見るなり血相を変えた。

「――セラフィーナッ！」

慌てた声を上げ、セラフィーナの許に飛んでくる。

どうして彼がいるのだろう。もうとっくに仕事に行っているはずではないのか。

戸惑うセラフィーナを急いで抱え上げると、アストロードは寝台にそっと下ろした。そして今にも掴みかからん勢いで、焦ったように大声を上げる。

「そんな身体で無理をしてはいけない！」

「えっ、でも……」

怒っているのかと思ってたじろげば、そんなセラフィーナの表情を見てアストロードはハッとしたように口元を押さえた。

「つす、すまない、つい声を荒らげてしまって……！　大丈夫か、セラフィーナ。どこか痛いところは？　怪我はしていないか？」

「は、はい」

切迫した空気に呑《の》まれて、セラフィーナはただこくこくと頷くことしかできない。

「そ、それなら良かった」

ほう、と大きく溜め息を吐き、アストロードが脱力したように肩を落とす。

一体、何をそんなに慌てているのだろうか。そしてどうして、少し涙ぐんでいるのだろう。

まじまじと見ていると、彼は気まずげに視線を逸らしながら、咳ばらいを一つ落とす。

「昨晩は随分《ずいぶん》と無理をさせたから、心配した。その……今更言い訳にもならないと思うが、まさか初めてだとは思っていなかったから、君には申し訳ないことを……。自分でも、どうしてあんなに興奮……いや、見境なく盛って……ではなくて、あんな酷い……ことをしたのか……」

つっかえつっかえになりながらぽそぽそと呟かれる言葉は要領を得ず、何が言いたいのかいま一つよく分からない。

セラフィーナが首を傾げると、アストロードは耳まで赤くしながら、セラフィーナの両手を取った。

「と、とにかく申し訳なかった！　金で済む問題とは思っていないが、慰謝料はもちろん払うし、責任はきちんと取る」

「せきにん……」

思いもよらぬ言葉に、セラフィーナは瞬《まばた》きをしながら同じ言葉を繰り返した。

真面目な顔で謝ったかと思えば慰謝料だとか責任を取るだとか、一体アストロードは何を言っているのだろう。そもそも昨日の一件は、セラフィーナが望んだことなのに。

はじめはからかわれているのかもしれないと思ったが、どうもそういう様子はない。アストロードは本気で、セラフィーナに負い目を感じているらしい。

「あの、アストロードさま。わたし――」

「な、何だろうか！　何でも良い、私にできることがあるなら遠慮なく言いなさい」

気負うように言いながら、アストロードが勢いよく前のめりになる。

「いえ、その……そろそろ出ないと時間が……」

ぼすん、と鈍い音が立った方向を見れば、なぜかアストロードが脱力したように寝台に突っ伏していた。

「君は……こんなときにまでそんなことを気にするのか……」

アストロードが敷布に顔を沈めたまま、地獄の底からはいずり出してきたような低い声を上げる。何やら非常な虚脱感に苛まれているようだ。彼もセラフィーナと同じように、昨日の行為で疲れてしまったのだろうか。

「でもあのっ、早く行かないと安くて良いお花が仕入れられないので……」

アストロードにとってはどうでも良いことかもしれないが、セラフィーナにとっては大事なことだ。身体を売るとは決めたものの、花売りの仕事も今まで通りやっていきたい。

しばらく寝台に頭を埋めていたアストロードだが、やがて立ち直ったようにパッと顔を上げた。

「セラフィーナ！」

「は、はいっ」

意を決した声で唐突に名を呼ばれ、何を言われるのかと動揺するあまり声が裏返ってしまう。

アストロードは何だか怒ったような顔をして、セラフィーナをまっすぐ見つめていた。そうして、セラフィーナが想像もしていなかったことを口にする。

「花売りはもう辞めなさい」

「えっ!?」

唐突な申し出に啞然《あぜん》としたセラフィーナに構わず、アストロードは話を続けた。

「私がもっと良い別の仕事を用意する。住み込みで、食事つき、休みは週に二日だ。悪い条件ではないだろう」

「そ、それはそうですけれど、別のって、そんなこと急に言われても……。それに住み込みは無理です。弟の面倒を見ないといけませんから、家から近い範囲でないと」

「ネリルなら、この家で預かっても良い」

「そ、そこまでご迷惑をおかけするわけには……！」

「気にしなくて良い。母は子供好きだし、ここには面倒を見る人間がたくさんいる。もちろん、休日にはいつでも会いに来て良い。人手不足で困っているのを、助けると思ってはくれないか。もちろん給金の額は今まで君がもらっていたものより多く払うことを約束しよう。そうだな……月々一万ペールでどうだろうか」

「一万……!?」

信じられないほどの好待遇に、セラフィーナの心は大きく揺らぐ。

確かに、冬を越せるかも分からないあの安い集合住宅よりは、ヴィエンヌ夫人にネリルを預かってもらったほうがずっと安心だ。

それだけの給金をもらえるのなら治療費だって楽に払えるし、わざわざ身体を売る必要もなくなる。

――――きっとアストロードさまは、わたしに同情してくれたのね……。

しかし親切な申し出は本当にありがたいが、新しい仕事先できちんとやっていけるのだろうか。

自分を卑下《ひげ》したくはない。でも、セラフィーナが学も教養もないことは確かだ。どんな仕事か分からないが、とても給金に見合った働きができるとは思えない。もちろん、人手不足で困っていると聞いたからにはできる限り役に立ちたいとは思っているけれど。

そのことを正直に伝えると、アストロードはすかさず首を横に振った。

「幸いにして君は言葉遣いや立ち居振る舞いも綺麗だ。貴族の侍女として働くには何ら問題ないだろう」

その点については、母に厳しくしつけられてきたため少しは自信がある。が、それだけの要素で侍女なんて務まるだろうか。

「でも、もしそこでご迷惑をかけたら、アストロードさまの顔に泥を塗ってしまうのではないかと……」

「そこは心配しなくていい。君が働くのは私の下で、ということになる。気負わなくてもそう難しい仕事はないし、やってみないか」

そういえば彼はここではなく、また別の場所に住んでいるという話だった。

雇い主がアストロードだということなら信頼できる。

受けた恩を返すという意味でも、傍で精一杯仕えることができるのは良いことかもしれない。迷うセラフィーナの背中を更に押しやるように、アストロードは極めつけの一言を放った。

「前金で、ひとまず一月分の給金を渡しておこう。色々と入用なものもあるだろうし、それで借金でも何でも返せば良い」

その言葉で、セラフィーナの心は完全に傾いた。

一月分、つまり一万ペールもらえるということなら、男爵に借りている金を全て返してもお釣りが来る。

セラフィーナは迷いを捨て、頷いた。

「それじゃ……。よろしくお願いします」

◆

二週間後、セラフィーナはアストロードと共に馬車に揺られて、新しい職場へと向かっていた。

アストロードはすぐにでも来てほしいと言っていたが、そういうわけにもいかない。

手伝いをしていた花屋に辞めることを告げ、男爵にも金を返しに行った。

セラフィーナとの縁がこれで切れてしまうことに男爵はどことなく不服そうだったが、借金を返し終えた以上は、男爵にセラフィーナを引き留める権利はない。渋々《しぶしぶ》とだが、引き下がっていた。

新しい職場には、アストロードがセラフィーナのために使用人部屋を用意してくれているらしい。セラフィーナは管理人のマルス氏や、ドーソン夫人とも別れの挨拶《あいさつ》を交わし、僅かな荷物をまとめて集合住宅の部屋を引き払った。

そのあいだ、ネリルはずっとヴィエンヌ夫人の所に預けていた。

子供好きという言葉通り、夫人はネリルを実の子のように可愛がってくれており、ネリルもまた彼女に懐《なつ》いているようであった。

この様子なら何の心配もいらない。心置きなくアストロードの許で働ける。

「休日には顔を見に来るから、皆さんの言うことを聞いて良い子にしているのよ」

「うん、おねえちゃん！　がんばってね」

一月前に比べて少しふっくらとした顔に笑顔を浮かべながら、ネリルは姉を送り出した。

馬車の中で、セラフィーナは新しい職場についてあれこれ思いを馳《は》せる。

そこはどんな場所で、どんな人々が働いているのだろう。どんな仕事をするのだろう。

そわそわするセラフィーナの腰の下には、分厚いクッションが敷いてある。少し遠いから、なるべく馬車の振動を感じないようアストロードが用意してくれたものだ。

足を覆うひざ掛けも同じく、身体を冷やさないようにと貸してもらったものだ。

よく気のつく人だ。表情はいつも不愛想だけれど笑った顔は優しいし、かけてくれる言葉もいつもあたたかい。

一見とっつきにくい印象があるが、少し話せば誰でもきっと、すぐに彼の魅力に気づいて好意を抱くだろう。

このときには既に、自分がアストロードに多少なり異性として好意を抱いていることに、セラフィーナはぼんやりとだが気づいていた。

ずっと以前からそうした想いは徐々に降り積もっていたのだろうが、恐らく決定打となったのは、ネリルを助けてくれたあの晩のできごとだ。

不安に震える心ごと包み込むような優しげな眼差しに、知らず知らずのうちに引き寄せられていた。

もちろん、困らせるだけだから伝えるつもりはないけれど。

好意と言ってもこれは憧《あこが》れのようなもので、『淡い恋心』などと表現するほどのことでもない。そっと自分の胸にしまっているうちに、いつの間にか青春の甘酸っぱい思い出として昇華していく。そういった類の感情だ。

そんな風に考えながら、窓の外を見つめるアストロードをぼんやり眺めていると、ふと視線が合った。

「そのドレス、よく似合っている」

「ありがとうございます。奥さまに借りたんですけど、わたしでも少しはマシに見える気がします」

「いや、そんなことはない。き、綺麗だ」

「え……」

「母の見立ては正解だな。君の髪色に淡いオレンジは映《は》える」

――な、何だ、髪のことね……。

ほっとしたような、少し残念なような気がした。

内心の動揺を悟られないように顔を伏せたセラフィーナの、下ろしたままの髪を一房、アストロードがすくい上げる。

「近くで見ると少し赤味がかっているのだな」

指先がセラフィーナの頬をほんの僅《わず》かに掠めていった。

「は、い。父譲りだと母からは聞いています」

真正面から見つめられているのがなぜか居《い》た堪《たま》れず、セラフィーナは顔を背けるようにして彼の視線から逃れた。

アストロードの手はあっさりと離れ、髪がパサリと胸元に落ちてくる。

たったそれだけのことなのに、心臓が淡く熱を持っていた。それは徐々に上昇し、セラフィーナの耳までほんのりと熱くする。

今更ながら、この人と肌を重ねたのだという実感がじわじわとこみ上げてくる。と同時に、先ほどまで大して意識もしていなかったこの二人きりの空間というものに、急激に居心地の悪さを覚えてしまった。

アストロードと顔を合わせるのは、随分久しぶりだ。

ここ二週間は、引っ越すための準備や世話になった人への挨拶で慌ただしく、他のことを考える心の余裕がなかった。

あの夜のことは、たった今まで記憶の端に追いやっていたはずなのだ。しかし改めて冷静になって振り返ると、とても恥ずかしくてまともに彼の顔を見られる気がしない。

アストロードを見ているだけで、あのとき彼の指が自分のどの辺りに、どんな風に触れたかなどを反射的に思い出してしまい、勝手に鼓動が速まる。

アストロードは、あの夜のことをどう思っているのだろう。気まずくはないのだろうか。平気な顔をしているように見えるから、もうとっくに忘れているのかもしれない。

セラフィーナにとっては初めての経験でも、彼にとっては数多くある経験の中のたった一つに過ぎないだろうから。

平常心平常心と何度も心の中で唱えながら移動時間をやり過ごしたセラフィーナだったが、目的地に到着した瞬間、また別の意味で動揺させられることとなる。

馬車から降りた途端《とたん》目の前に広がった光景に、セラフィーナは口をぽかんと大きく開け、立ち尽くしてしまった。

薔薇の花が咲き乱れる庭園。絶え間なく水を噴き出す噴水。そして甲冑《かっちゅう》を身に着け槍《やり》を持った兵士と、その背後に聳《そび》え立つ壮麗な石造りの建造物――。

背後で馬車が動き出す音に振り向けば、そこには大きな壁が立ちはだかっていて、すっかり外界と隔絶《かくぜつ》されてしまっている。

セラフィーナの記憶違いでなければ、こんなに高い壁に囲まれた建物は、この国には一つしか存在しない。

「アストロードさま、ここって……」

きょろきょろと落ち着かなげに、セラフィーナは視線を彷徨《さまよ》わせた。一番大きな石造りの建造物を中心として、他にも周囲に小さな建物が点在しているが、どこまで敷地が続いているのかも分からない。

遥か彼方に見える緑は、森だろうか。広い空の下に木々が生い茂っている様を遠くから見ると、まるで青と緑、二色の絵の具を零したかのように鮮やかな色合いが印象的だ。

「ここはデリーヌ城だ」

手を差し出しながら、アストロードが答える。やはり予想通りの答えだった。デリーヌ城――代々オルヴェイユを治める国王が住まう居城である。

この場所からは見えないが、中には王宮をはじめとして様々な施設や設備があり、アストロードの勤める軍も同じくこの城壁内に本部を構えている。

だが次に彼が口にしたのは、セラフィーナが予想すらしない言葉だった。

「私はここに住んでいる」

城に住むことができるのは、王族か重臣、あるいは彼らに仕える使用人だけと聞いたことがある。そして当然ながら、貴族であり軍人のアストロードが使用人などであるはずがない。

一体彼は何者なのだろう。戸惑いつつそれを聞こうと口を開いた瞬間、すぐ後ろから声がした。

「まあ、殿下。殿下ではございませんか」

殿下？　と、その呼称に違和感を覚えつつ、セラフィーナは声のした方向を振り向いた。

そこにいたのは、セラフィーナより二つ、三つ年上に見える妙齢の女性だ。

豪奢《ごうしゃ》な黒い巻き毛を綺麗に結い上げ、宝石や造花できらびやかに飾っている。胸元の大きく開いた大胆なドレスを身に着けているが、身に纏《まと》う気品のおかげか少しも下品な印象ではない。ぽってりとした唇が色っぽい令嬢だった。同性のセラフィーナから見ても、思わずドキリとするほど美しい。

「ルシエラ殿」

どうやら顔見知りらしい。アストロードが名を呼ぶと女性は花のような笑みを浮かべ、ドレスの裾をつまんで優雅に礼をした。

非の打ちどころのない、完璧な礼だった。

「ごきげんよう。こんなところでお会いできるなんて、嬉しいですわ」

「茶会の帰りか」

浮かれた雰囲気のルシエラとは正反対に、アストロードの態度は素っ気《そけ》ない。セラフィーナの想像する貴族の男性というのは、貴婦人に対して歯の浮くような台詞の一つや二つ口にして、手の甲にそっと唇でも落とすものだったが……。

たとえば、そう、ロベール男爵がまさにそんな感じだ。

あそこまであからさまに女性に対して媚びを売るのもどうかと思うが、これほどの美女を前にして笑み一つ浮かばないのはある意味すごい。

だが慣れているのか、ルシエラがそれで気分を害した様子はなかった。

「ええ、そうですの。今日はフィリーネ公爵令嬢やラヴィニエ男爵令嬢たちと、温室で。――ところでそちらの可愛らしいお嬢様は……？」

ルシエラが、アストロードの背後に立つセラフィーナに控えめに視線を送る。セラフィーナは思わず姿勢を正し、ぎこちなくルシエラへ向けて頭を下げた。

アストロードの知り合いに失礼があってはいけない。

「は、初めまして！　わたし、アストロードさまに侍女としてお仕えすることになりました、セラフィーナ・コンフィと申します」

「侍女……そうでしたの」

ルシエラはどことなく安堵《あんど》したように呟くと、今度はセラフィーナに向かって微笑みかける。

「初めまして、セラフィーナ」

気おくれするほど美しい微笑みと丁寧な挨拶に、セラフィーナはますますぎこちなく縮こまった。

生きている世界が違うというのは、こういうことなのだろう。

よく手入れされた髪に、細く白い指先。上等な仕立てのドレス。ほのかに漂《ただよ》う香水は甘く良い香りで、まるで砂糖菓子のようだ。

仕事で荒れた指を、思わず後ろ手に隠してしまいたくなった。

「わたくしは内務大臣ユジェスティス伯爵の娘、ルシエラ。アストロード殿下の婚約者候補ですの」

「えっ!?」

セラフィーナは弾かれたように、すぐ隣にいるアストロードを見上げた。

ルシエラの発した言葉は、セラフィーナに二重の衝撃を与えた。まず一つは、アストロードに婚約者がいたということ。そしてもう一つ、ルシエラが彼に向かって二度も「殿下」と呼びかけたことだ。

『殿下』は普通、王子や王女など王族に対してのみ用いられる尊称だ。彼は単なる貴族ではなかったのか。

だがアストロードはそんなセラフィーナの様子を気に留める様子もなく、礼儀正しく、けれどどこか事務的な様子でルシエラに話しかけた。

「申し訳ないがルシエラ殿、これから彼女を部屋へ案内するので失礼する」

「まあ、それはお引き留めして申し訳ありませんでした。わたくしも、そろそろ行かないといけませんので」

「それでは」

アストロードはこちらのほうがハラハラしてしまうほどに、最後まで仏頂面だった。

笑顔で去っていくルシエラを見送ることもなく、セラフィーナの背中を押して再び王宮に向かって歩き出す。今度は少し早足だった。

「アストロードさま、殿下って……」

セラフィーナは転びそうになりながらも歩き続けたが、途中で背後のアストロードを振り向いてそう話しかける。

アストロードが足を止め、小さく溜め息を吐いた。

「……アストロード・フェル・グランディナというのが私の本名だ」

「グランディナって……！」

聞き覚えのある名前に、セラフィーナは驚きを隠せない。

グランディナ――警邏隊《けいらたい》に見回りの強化を命じた公爵の名前ではないか。

「でも、アストロードさまの苗字は確かヴィエンヌでは……」

「それは偽名だ。留学中から身分を隠すため、母の姓を使っていた」

「じゃ……アストロードさまが王弟殿下なんですか？」

「そういうことになるな」

つまり、彼の言っていた「過保護な兄」というのは国王リュディアスのことらしい。

なるほど、確かに大物だ。アストロードが士官学校に入るのを、事前に手を回して阻止できるだけのことはある。

しばらく目を見開いて黙り込んでいたセラフィーナだが、やがて瞳を輝かせて、アストロードの両手を握りしめた。

「じゃあ、警邏隊の巡回が強化されたのは、アストロードさまのおかげだったんですね！　もっと早く教えてもらえたら良かったのに」

彼がグランディナ公爵をよく知っているだなんて言うから、まさか本人とは思わずに「お礼を伝えてほしい」だなんて言ってしまった。

「アストロードさまは、わたしを何回も助けてくれた恩人です！　ありがとうございます！」

握ったままの手を、セラフィーナは何度も上下に揺さぶった。勢いに気圧《けお》されたのか、アストロードは目を瞠《みは》ったまま、されるがままに任せている。

セラフィーナが彼の手を離したのは、そんな光景を遠巻きに眺めている人々の視線に気づいてからのことだった。

「あ……っ、ごめんなさい。わたしったら、アストロードさまがグランディナ公爵だったと聞いて、嬉しくてつい……」

「あ、ああ……」

動揺から抜け切れていないのか、アストロードの反応ははっきりとしないものだった。

一人で興奮してしまったのが急に恥ずかしくなる。セラフィーナは若干声を低くし、今度は気分を落ち着かせてから話しかけた。

「わたし、何となくグランディナ公爵ってもっとおじさんかと思っていました」

「おじ……、まあ私は父が年を取ってから生まれた子だからな。兄とも二十歳近く離れている。だからか、やれ早く結婚しろだの軍を辞めて自分の補佐をしろだのと、まるで父親のように口うるさい」

「そういえば奥さまが……」

初めてアストロードと出会った日、手当てを終えたヴィエンヌ夫人の口にした言葉を思い出す。

『あなたのお兄様も結婚を急かして――』

あれはリュディアス王のことを言っていたのだろう。

「それじゃ、アストロードさまはルシエラさまとご結婚されるんですね！　美男美女でお似合いです」

伯爵令嬢ならば身分的にも釣合いがとれる。ルシエラはアストロードに好意を抱いているように見えたし、年齢を考えても結婚は近いのではないだろうか。

彼に対する好意を自覚した胸に小さなささくれが刺さったような気がしたが、セラフィーナは気取られないよう満面の笑みを浮かべた。

お似合いと言ったのも、祝福の気持ちも嘘ではない。この小さな胸の痛みも、すぐに忘れてしまえるだろう。

しかし微笑むセラフィーナに対し、アストロードは苦虫を嚙み潰したような顔になった。

「君は、何とも思わないのか」

「何ともって……？」

「たとえばこう、胸がモヤモヤするとかムカムカするとか」

「え、と……特に体調は悪くありませんけれど。お気づかいありがとうございます……？」

なぜいきなり体調を心配されたのか分からず、礼を言う声は疑問形になってしまう。

するとアストロードはなぜか、がっくりと項垂《うなだ》れた。

よく分からないが、具合が悪いと言っておいたほうが良かったのだろうか。戸惑っていると、アストロードはセラフィーナをどことなく恨めしげに睨《にら》みながら、低い声で話を続けた。

「婚約者候補だと言っていただろう。彼女は兄の決めた候補のうちの一人だ。結婚するつもりなんてない。正直お似合いだなんて言われても困るだけだ」

「でも、あんなに綺麗な方なのに……」

もったいない、と思った。

ヴィエンヌ夫人も同じくらい綺麗だが、それとはまた種類が違う。まるでその場がパッと華やぐような、明るくなるような、大輪の花のように目を引く美しさだった。

彼女に微笑まれれば、十人中十人……いや、百人中百人の男性が骨抜きになるのではないだろうか。

それなのに「好みではない」の一言で切り捨てるなんて、贅沢《ぜいたく》な話のような気もする。

「私はああいう派手な女性より、一緒にいて心安らぐような女性が良い。たとえば、兄弟思いで優しく、ひたむきな性格の、そうだな……花の名前に詳しい、気立ての良い娘だ。髪は淡い色のほうが良い。たとえば、き、金髪とか」

やけに具体的な好みである。

――あ、そっか。

そういえばアストロードは、毎回セラフィーナの許を訪れては花を買い占めていたのだ。あれは、「花の名前に詳しい」恋人がいたからなのだろう。

確かに恋人がいるのに、兄に婚約者候補なんて決められても困るだけに違いない。

「そうでした、アストロードさまには恋人がいるんでしたよね。すみません、すっかり忘れてました」

言い終えるなり、すぐ隣でガクンとアストロードの身体が傾いだ。どうやら足元の石に躓《つまず》き、転びそうになってしまったようだ。

「あの、大丈夫ですか?」

「――――君は!」

アストロードが真っ赤な顔をセラフィーナに向けた。どうやら何かに怒っているらしい。躓いたことが気まずくて怒りで誤魔化《ごまか》そうとしているのだろうか。だとすれば何だか子供みたいで可愛らしい。

呑気《のんき》に微笑ましく思うセラフィーナだったが、アストロードは相変わらず苛立った様子であった。

「っ、なぜそんな風に思ったんだ」

「だってアストロードさま、いつもたくさんお花を買っていらっしゃいましたし、てっきり恋人に贈るものだとばかり……」

「あれは母への土産だ!!」

アストロードは顔を真っ赤にしながら、半ば喚《わめ》いている。

それを見てセラフィーナは、なぜそんなに照れているのか不思議に思った。

この年になってもお母さま想いだなんて素敵なことだと思うけれど、人に知られると恥ずかしいのかしら……と。

アストロードはどことなく苛々した様子で前髪を掻き上げる。

「君は、私を恋人がいるのにあのようなことをする男だと思っているのか……!?」

「あのようなこと?」

きょとんとして問い返すと、アストロードの眉間《みけん》の皺《しわ》はますます深くなった。

「だからっ! 私が君をだ、抱い、抱いたことだ……!!」

周囲を気にするように声を潜め、つっかえながらもはっきりと言われ、今度はセラフィーナが真っ赤になる番だった。こんな明るい場所でする会話ではない。

「あ、あれは……! だって、ただのお礼ですし……」

「た、ただの……!?」

アストロードは何かに衝撃を受けたかのように、目を見開いていた。握りしめた拳《こぶし》がわなわなと震えている。

先ほどから、普段の冷静な姿が嘘のように、多様性に富んだ反応である。

やがて拳を震わせながら、彼はきっ、と睨むようにセラフィーナを見据《みす》えた。

「ただの……礼だろうと何だろうと、そんな行動をするのは不誠実だろう」

「あの、気にしないでください。男性の下半身と頭は別の生き物だって母さ……母が昔言ってましたし、不誠実だなんて思いません!」

そう、今は亡き母が昔、口を酸っぱくしてセラフィーナに言っていたことだ。

たとえ相手がいる男性といえど、年頃になったら警戒しないといけない。なぜなら男性の下半身と頭は別の生き物であり、欲望が理性に勝ればそのようなことなど関係なくなるからだ、と。

そのときはよく意味が分かっていなかったが、今なら何となく分かる。

「わたし、あのことを誰かに話すつもりなんてありませんから、安心してください。そうだ、大型犬にでも噛まれたと思って忘れますから、気にしないでください！　アストロードさまと恋人の方の邪魔になるようなことはしませんから」

そうだ、それが良い。

変に意識するからドキドキしてしまうのだ。例のことは単なるお礼だし、アストロードだって特に気にした様子はなかったではないか。

幸いにして自覚したばかりの彼への好意はまだ大したことはないし、このくらいでとどめて胸にしまっておけば何ら問題はない。これが恋心へ発展する前で本当に良かった。

――わたしとアストロードさまは、使用人と雇い主なんだから。

そう考えれば、何となく気が楽になってくる。

「い、犬……そうか、犬か……犬……」

顔を引きつらせてその言葉を何度かぶつぶつと繰り返したアストロードの姿に、ようやく犬扱いはまずかったかと気づいたセラフィーナだったが、彼はそれ以上その件について何かを言うことはなかった。

やがて唇を固く引き結ぶと、彼はふて腐《くさ》れたようにセラフィーナに背を向けた。

「……もう良い。早くこちらへ来なさい」

　歩き出したアストロードの足取りはふらふらしていて、どこか力ない。後について歩きながらセラフィーナは、先ほど石に躓いたときに足首でも痛めたのかしら……と見当違いの考えを抱いていた。

　懸命に言葉を尽くしてアストロードを安心させようとしたセラフィーナだったが、まさかその発言が逆に彼に衝撃を与えていただなんて、想像もしていなかったのだ。

四話

翌日から、セラフィーナの王宮での生活が始まった。

セラフィーナの他にアストロード付きの侍女は一人で、セラフィーナよりだいぶ年上だった。家庭を持っているため以前からもう一人侍女仲間が欲しいと思っていたそうで、セラフィーナが来てくれて助かったと喜んでくれた。

侍女のための控え部屋には一応四人分の寝床があったが、先輩侍女は仕事が終われば家族のいる使用人棟に帰っていくため、ここで寝泊まりするのはセラフィーナ一人ということになる。

元々住んでいた集合住宅の部屋とは比べものにならないほど広い部屋で一人きりで過ごすのは、どうにも落ち着かない。ふかふかのベッドに身を預けながらも、前日はなかなか寝付けず寝不足気味になってしまった。

用意された黒いワンピースに着替えてフリルのエプロンをつけてから、先輩侍女について仕事の内容を教わる。

「――――この部屋で殿下はお食事をとられるわ。朝は厨房まで用意された料理を取りに行ってここまで運び、殿下がお食事を終えられたら食器類は返却口へ持っていくように」

アストロードの部屋を案内されながら、セラフィーナは意外に思った。

王弟の部屋というからには、きっときらびやかで豪華な内装なのだろうと思っていたけれど、まったくそんなことはない。

広さこそあるものの驚くほどに飾り気のない、簡素な印象の部屋だった。

重厚なチョコレート色のテーブルと、同じ色の椅子。絵の一つも飾られていない部屋に色どりを添えるのは、地味な紫紺《しこん》色のカーテンだけだ。

生活に必要最低限な物しか置いておらず無駄がない、実用一辺倒《いっぺんとう》の部屋である。

こんな素っ気ない部屋が王宮にあるだなんて。

王弟どころか、まるで使用人が住んでいるのかと疑いたくなるほどである。セラフィーナに宛がわれた部屋のほうが、まだ華やかなのではないだろうか。

「殿下は堅実な方で、贅沢《ぜいたく》を好まないの」

あからさまに驚くセラフィーナに、先輩侍女は苦笑しながら教えてくれた。

「私たちの主な仕事は、殿下の身の回りのお世話と諸々の雑務。日中は殿下が軍務でいらっしゃらないので、昼食の準備は必要ないわ。殿下がご不在のあいだにやることは、お部屋のお掃除や寝室の準備ね」

案内のために厨房や清掃道具置き場に向かう途中で、何人かの女性とすれ違った。かっちりとした詰襟《つめえり》の、動きやすそうな葡萄《ぶどう》色のドレスを身に着けている。

先輩侍女が言うには、あのドレスを身につけているのが王宮に仕える女官だそうだ。個々人に仕えて雑用をする侍女と違い、広く王宮の仕事について取り仕切っている。下級貴族の娘や夫人が多いため、王宮内での立場は侍女より上とされている。

「ごきげんよう」

「ごきげんよう。……あら、そちらの方は？」

すれ違いざま挨拶《あいさつ》を交わしながら、彼女たちはセラフィーナに好奇の目を向けてくる。

「アストロード殿下付きの新しい侍女ですの」

先輩侍女がそう説明すると、誰もがとても驚いた顔をして、しげしげとセラフィーナの顔を見つめてきた。

「わたしの顔、何かついていますか？」

女官たちがいない場所で不思議に思って先輩侍女に聞くと、苦笑しつつこう答えられた。

「今まで殿下が若い侍女を雇われることなんてなかったからでしょうね。皆さん、興味津々《きょうみしんしん》なのよ」

聞けば、アストロードはこれまで若い侍女を部屋付きにしたことがないらしく、一部では年上好きとの噂《うわさ》まで流れたほどだったらしい。

王族に仕える侍女となれば、主人のお手付きとなる可能性も高くなる。王妃の侍女でありながら、王の子を産んだヴィエンヌ夫人が良い例だ。

アストロードが年上好きという事の真偽は定かではないが、若い女は雇《やと》わないと決めていたのに雇ってもらえたのだとしたら、本当にありがたいことだ。一刻も早く仕事を覚え、役に立てるよう精一杯頑張らなければ。

「夕刻になると殿下がお戻りになりますので、すぐに湯あみができるよう準備をしておかなければなりません。お湯にはこれを二滴落としてね」

「これ、何ですか？」

手渡された黒い小瓶の中で、何かの液体が透けて見えている。

「香油よ。柑橘《かんきつ》系の良い香りがして落ち着くから、殿下が好まれるの」

なるほど、てっきり香水でも付けているのかと思っていたが、あれは入浴時についた香りだったらしい。

「お着替えはここ。たたんでこの籠《かご》の中に入れておくように。そして湯あみをなさっている間に、夕食の準備を済ませておくの」

「入浴のお手伝いはいらないんですか？」

セラフィーナの頭の中で、貴人というものは着替えでも入浴でも何でも使用人に手伝わせるものだという印象だったのだが。

「本来なら入浴の際もお手伝いが入るのが普通なのだけどね。アストロード殿下は誰かに湯あみを手伝わせるのがお嫌いなの。いつも一人でお済ませになるわ」

「そうなんですか……」

「ええ。それに他にも、普通なら使用人がするような仕事をご自分でなさることが多いわ」

だからこれまで一人でも何とかやってこられたのだと言って、先輩侍女は笑った。

「夕食の給仕が終われば、あとは特に言いつけられない限り、侍女の仕事はないわ。でも、いつ呼ばれるかも分からないから、鈴が鳴ったらすぐお伺いしてね」

何か用事があるときに、隣室に知らせるため鈴を鳴らして合図するらしい。

試しに音を聞かせてもらったが、りんりんと涼しげな音は眠っていてもすぐに気づくほどに高らかに鳴り響いた。

「仕事についての説明は以上よ。まあ、やっていくうちにまた色々と分からないことも出てくるでしょうけれど、その都度《つど》聞いてくれれば説明するから、あまり気負わず何でも相談してちょうだいね」

励ますようにぽんと肩を叩かれ、セラフィーナは思わず笑顔になった。

「はい、ありがとうございます」

共に働く人々がどんな人柄か、高飛車《たかびしや》な性格だったらどうしよう。顔を合わせる前にはそんな心配をしたものだが、先輩侍女はとても親切で、気さくだった。きっとうまくやっていけるだろう。

――そんな風に感じた通り、それから二週間も経つ頃にはすっかりセラフィーナも新しい職場になじみ、一人である程度何でもこなせるようになっていた。

「おはようございます」

「ああ、おはよう。アストロード殿下の分だね」

厨房に朝食を取りに行くと、顔なじみになった料理人が銀のトレイに乗った料理を差し出してくる。

「今日はチーズ入り煎《い》り卵のソーセージ添えと、キノコのクリームスープだよ」

「わあ、おっきいソーセージ！　すごく美味しそうですね」

さすが、王族の食べるものだ。同じソーセージでも、セラフィーナがいつも食べていたような、小指のように細くて貧相なものとはまったく違う。ツヤツヤと光沢があって、香ばしい焼き色が付いている。いかにも食べごたえのありそうな太さだ。

「これは殿下の好物さ。香辛料が効いてて旨いから、アンタも食べてみると良い。用意しといたよ」

こっそりと、紙に包んだソーセージを料理人が差し出し耳打ちしてくる。

当然ながら、王族に出される食事と使用人用の食事は違う。朝は食べ終えたらすぐに仕事に取り掛かれるよう、茹《ゆ》でた芋とベーコンをパンに挟んだようなものが主な献立だ。

「良いんですか？」

「もっとたくさん食べて肉をつけないと、アンタ、貧血で倒れてしまいそうだからね」

まだほんのりあたたかいソーセージを渡しながら、料理人は悪戯《いたずら》っぽく片目を瞑《つぶ》ってみせた。

初日に挨拶に行った際、この料理人はセラフィーナのことを嫁いだ娘にそっくりだと言っていた。どうやらそれが理由で気に入られたらしい。以来頻繁に、こっそりとオマケを付けてくれる。

「ありがとうございます、後でいただきますね！」

セラフィーナはそれを嬉々として、エプロンのポケットにしまった。あまり行儀は良くないが、皿の乗った銀盆で両手が塞《ふさ》がってしまっているので致し方ない。アストロードが仕事に行ったら、部屋に戻って朝食と一緒に食べよう。

「――――おはようございます、アストロードさま。ご朝食をお持ちしました」

銀盆を持ったまま呼びかけると、すぐに返答がある。

中から扉が開き、楽な部屋着姿のアストロードが出迎えてくれた。

「おはよう。良い匂いだな。今日はソーセージか」

早起きをしたらしく、テーブルの上にはそれまで読んでいたであろう本が開いたまま置いてあった。

テーブルを空けるため、アストロードは自分でそれを書棚に戻しに行った。

彼はよく、空いた時間にこの部屋で寛ぎながら読書をしている。書棚に作者ごとに整理整頓されている書物は、全て軍事関係か周辺諸国の歴史を記したような難しいものばかりで、セラフィーナが見てもさっぱり面白そうには見えなかった。

手早く朝食の準備を整え、いつでも水やパンのお代わりを準備できるよう、アストロードのすぐ傍《そば》に控える。

朝食と夕食の準備は、全てセラフィーナが任されている。以前は先輩侍女がやっていたそうなのだが、彼女にも家庭がある。せっかくセラフィーナが入ったのだから、役割分担をすれば良いとのアストロードの配慮だった。

いつも黙々と食事をとるアストロードだが、水を注ぐためセラフィーナが真横に立ったとき、怪訝《けげん》そうに眉を顰《ひそ》めた。

「セラフィーナ、それはどうした？」

「え？　それって……」

何を指しているのか分からず彼の視線の先を追うと、自分のエプロンのポケットに行き着く。ソーセージが入っているため、不格好に膨《ふく》れていた。

「こ、これは……料理人の方からいただいたソーセージです……」

気づかれないだろうと思っていただけに、気まずい思いだ。しかもこれは、元々は王族や重臣たちのために用意されたものである。それを、一人だけ特別扱《あつか》いでもらったとなれば、料理人共々咎《とが》められるかもしれない。

「あの！　料理人の方は関係ないんです、わたしが欲しいってお願いして無理やり……！」

料理人は親切でしてくれただけ、責めるなら自分だけを責めてほしい。そんな風にビクビクしながら一生懸命に言い訳をすると、アストロードはくっと喉を鳴らして笑った。

「何を、心配そうな顔をしているんだ。私がそのくらいで怒るとでも思ったか？」

「あ、えっと、その……」

はい、ともいいえとも答えられずたじろいでいると、アストロードは尚も笑いながら自分の向かい側の席を指した。

ようだ」

「ソーセージ一つで怒るような狭量《きょうりょう》な男と思われていたのは心外だな。君には罰《ばつ》が必要な
「す、すみません……」

罰という言葉に怯《おび》え、セラフィーナは縮こまりながら俯《うつむ》いた。

「鞭《むち》打ちでも何でも、謹《つつし》んでお受けします」

言葉こそ勇気あるものだったが、ぷるぷると小刻みに震《ふる》えている辺り、恐怖をまったく隠せていないのが情けなかった。

そんな様子に、アストロードは再び声を上げて笑う。そして笑い混じりに、こう言った。

「君は私のことを、簡単に侍女を鞭で打つような男だと思っているのか？　だとしたら心外だ。私が言った罰とは、今すぐそこの席に座って私と朝食を食べるように、ということだ」

「え、でも……」

それでは罰にならないではないか。そんなセラフィーナの考えが分かったのだろう。

「せっかくの美味しいソーセージなのに、私を前にしたら大口を開けてかぶりつくこともできず、チマチマとしか食べられないだろう？　そういうことだ」

「アストロードさまったら……！」

セラフィーナはクスクスと笑ってしまう。どうやらこれは、彼なりの冗談らしい。

「さあ、掛けて。熱いうちに食べなさい。王宮の料理人が作ったソーセージは、肉汁がたっぷりで美味しい」

侍女が主人と同じ席で食事なんて、とも思ったが、ここまで言ってくれて断るのも気がひける。冷えてはせっかくの美味しさも半減だと言われ、セラフィーナは大人しくアストロードの向かいに腰かけた。

ポケットから紙に包まれたソーセージを取り出し、口元に運ぶ。太いので、一気に咥《くわ》えることはできない。そうしようとすれば間違いなく先ほどアストロードが言ったように、はしたなく口を大きく開くことになってしまうだろう。

迷った末、ほんの先端部分におずおずと噛《かじ》りつく。

パキリとほどよい歯ごたえを感じた。遅れて、じゅわっとあたたかな肉汁が口いっぱいに広がる。香ばしくまろやかな粗《あら》びき肉の味と香辛料がほどよく調和し、絶妙な調和を醸《かも》し出していた。

「ん、美味しい！」

こんなに美味しいソーセージを食べるのは本当に初めてだ。舌の蕩《とろ》けるような味わいに、セラフィーナは頰を緩ませながら感動の声を上げる。

王宮で侍女として働き始めてからもう何度も食事をした。そのたびに、こんなに美味しいものは初めてだと驚いたものだが、中でもこのソーセージは格別だ。

噛み切ったばかりの断面を覗《のぞ》くと、黄金色の肉汁が滴《したた》っていて、今にもソーセージを伝ってテーブルに零《こぼ》れ落ちてしまいそうである。

そうなってはもったいないと、セラフィーナは慌てて舌を這《は》わせた。溢《あふ》れる量が多くて一度では全て舐《な》めきれなかったので、何度かそれを繰り返す。

途中、肉汁が熱くて「あふっ！」と変な声が漏れてしまった。

そうしてふとアストロードのほうに視線をやると、彼はなぜか食事の手を休めたまま、セラフィーナを凝視《ぎようし》していた。

「アストロードさま？」

「……」

この距離で聞こえていないはずはないのに、上の空の彼は何の反応も返さない。なぜ、微妙に息遣いが荒いのだろうか。

「アストロードさまっ」

目の前で手を振りながらもう一度、今度はもっと強く呼びかけると、ようやくアストロードの意識がセラフィーナに向いた。

「な、何だ」

何か、見られてはいけないものでも見られたかのように、少し動揺している様子である。

「どうしたんですか？　具合でも悪くなりました？」

「いや、具合はすこぶる良かった。最高だ」

「そ、そうですか……？」

……何か、微妙に会話がかみ合っていないような気がしたが、とりあえずセラフィーナは気にしないことにした。

「でも、少し前《まえ》かがみになっていらっしゃるようですけど、お腹が痛いのでは」

「ただの生理現象だ。不可抗力だ」

「不可……？　よく分かりませんけれど、立てます？　お医者さまを呼びましょうか」

「大丈夫、もう勃《た》っている」

「え？」

「いや、何でもない。こちらの話だ」

――どうしよう、さっきから何をおっしゃっているのかさっぱり分からない……。

セラフィーナは困惑《こんわく》してしまった。

今日のアストロードは一体どうしてしまったのだろう。言語自体は通じているはずなのに、意思の疎通がまるでできていない気がする。

返事に困って黙り込むと、アストロードがわざとらしい咳《せき》ばらいを二回落とした。

「すまない。とにかく、私のことは気にしないで食事を続けてくれ。できればゆっくり時間をかけて、丁寧に食べてくれると良い」

「わ、分かりました」

真面目な顔で言われ、セラフィーナもまた神妙な面持《おもも》ちで答えた。

健康面でももちろんのこと、王族の侍女たるもの、食事一つとっても落ち着いて優雅に行えということなのだろう。

思い返せば、いくら肉汁を零さないためとはいえ食べ物をペロペロと舐めるのはあまり行儀が良い行為とは言えない。

――ああ、そっか。アストロードさまは、注意してくれたのね。

恐らく、作法のなっていないセラフィーナをあまり傷つけないようにと、遠回しにそれを教えてくれたのだ。

食事のときの礼儀作法などには詳しくないセラフィーナでも、ゆっくり丁寧に食べるくらいのことなら、意識すればできるはずだ。アストロードの助言に感謝しつつ、セラフィーナは再びソーセージにかじりついた。

ただ一つ気になることがあった。相変わらずアストロードの息がどことなく荒いことだ。ソーセージを食べるセラフィーナのほうをチラチラ気にしながら、時折苦し気に眉を顰《ひそ》めて「く……」と苦悶《くもん》の呻《うめ》き声を漏らしている。

そしてやはり前かがみになり、下腹の辺りを押さえていた。

「あの、やっぱりお医者さまに診《み》てもらったほうが良いのではないですか？　具合が悪いのなら、無理せず休まれても……」

「私のことを心配してくれるのか？」

なぜか、非常に嬉々とした表情で問い返すアストロードである。

セラフィーナは深く頷《うなず》いた。

「もちろんです。主の体調管理も侍女の仕事ですから」

きっぱりと言い放つと、嬉しそうだった表情がどことなく切なげに変わった。

「仕事……」

打ちひしがれた声だった。

仕事に真面目に取り組んでいれば主人である彼は嬉しがるかと思ったのだが、どうして捨て犬みたいな哀愁《あいしゆう》漂《ただよ》う顔をしているのだろうか。まるでこちらが何か悪いことをしたような気分になってしまう。

「仕事……そうか、仕事か……」

「あの、アストロードさま……？」

「何でもない……そろそろ行ってくる……」

戸惑《とまど》うセラフィーナを置いてけぼりにアストロードは力なく立ち上がり、そのままふらふらと出て行ってしまう。

部屋を出て行くまでのあいだにも、何度か「仕事……」という掠《かす》れた響きが聞こえていた。こちらが心配になるほど頼りない後ろ姿は、少し風が吹いただけでパタンと倒れてしまいそうだ。

――一体、どうしたのかしら……。

セラフィーナは見送りの挨拶も忘れて、幽鬼《ゆうき》のごときアストロードの背中を見送った。けれど、彼がまだ部屋着のままであったことにしばらくして気づき、慌てて追いかけるのだった。

◆

休憩時間。訓練を終え、執務室に戻ったアストロードは、机に手をつきその上に額を乗せていた。

「……はぁ」

深い溜め息が、一つ。俯いた顔は沈鬱《ちんうつ》としている。

知らぬ者が見れば、さぞかし重大な悩み事でもあるのだろうと思うだろうが、今彼の頭を悩ませているのはもっと単純なことだ。

――ソーセージを食べる姿にまで欲情するなんて、私は変態だろうか。

変態かそうでないかといえば、明らかに答えは前者である。だが、これはある意味致し方ないこととも言える。何せ王宮で出される特別なソーセージは、太さがそっくり同じくらいなのだ。何と同じとは言わないが。

目の前でソーセージを食べるセラフィーナの姿に、思い出したのはあの夜のことだ。

健気に男の欲望を咥え、舌を這わせ、そして苦しげに涙を浮かべながら全て飲み込んだセラフィーナ。ソーセージを食べる姿と、あの夜の彼女の痴態《ちたい》を、ついうっかり重ねてしまった。

そのせいで朝からあらぬ場所が元気になってしまい、危うく無様な物を見せてしまうところであった。

それにしてもただ食事をしていただけだというのに、何といういやらしさだろうか。思い出すだにまた下半身に血が集まってしまう。

――けしからん、まことにけしからんことだ。

セラフィーナが、ではない。アストロードが、だ。

十五歳の頃から、いずれ国王となる兄の役に立つため軍人として真面目に生きてきたというのに、これではまるで煩悩《ぼんのう》の権化《ごんげ》だ。

これでも、アストロードは反省していた。

あの夜、彼女を『身体を売っている花売り娘』と勝手に勘違いしてしまったことを。無垢《むく》な少女に、あんなことやそんなことをさせてしまったのは、彼の人生における重大な汚点であった。

だからセラフィーナをこうして侍女として傍に置いても、一切そういった目で彼女のことを見ないように心がけていた。おかげでこれまで清い主従としての関係を保ってきたというのに、今朝のようなできごとがあった際に思い出したように、呼吸を荒くしてしまう。

けれどセラフィーナは、アストロードの邪《よこしま》な気持ちには気づいていない。気づいてしまえば、どう思われることか。彼女は真面目に仕事に取り組んでいるのに、主の頭が煩悩だらけと知ればきっと軽蔑《けいべつ》されてしまう。ソーセージも目の前で食べてくれなくなるだろう。

それは非常に悲しい。このまま、気づかれないようにしなければ。

はあ、と再び溜め息を落とした視線の先には、一枚の紙が置いてあった。アストロードはそれを手に取り、描かれた模様をじっくりと見つめる。

翼を広げた鷹。セラフィーナの身に着けていた指輪に彫り込まれていたものだ。

劣化《れっか》していてはっきりとはしなかったが、恐らく元はこのような模様だったに違いない。

古びてはいたが、安物の指輪でないことは一目見て明らかだった。

同じ絵が描かれた紙を信頼できる者に預け、これについて調査するよう命じてから数日が経っているが、未だに芳《かんば》しい報告はない。

そうしているあいだにも、幾度か兄に呼び出された。数多くいる婚約者候補の中から、早く誰かを選べとせっつかれている。王弟がいつまでも独り身だと体裁《ていさい》が悪いだとか、お前のことが心配でとか、昨日もくどくど説教されたばかりだ。

今のところどうにか躱《かわ》しているが、もうそろそろ限界だろう。このままでは、朝目覚めたら婚礼衣装に勝手に着替えさせられ、そのまま担がれて教会まで連れて行かれかねない。

体裁がどうと言うより、兄はただ単に甥《おい》か姪《めい》の顔を早く見たいだけではないのだろうか。

顔だけが取り柄の、天よりも高い自尊心で己を塗り固めた高慢《こうまん》な令嬢と結婚するなんて御《ご》免《めん》だ。そんなことになればこの後の人生は灰色、いや、漆黒《しっこく》だ。

……何だか頭が痛くなってきたので、もっと楽しいことを考えよう。

そう、たとえばセラフィーナのことだ。自分を呼ぶときの彼女の笑顔を思い出し、アストロードはほわんと口の端を緩めた。

弟想いで優しいセラフィーナ。顔だけを見ればもっと美しい令嬢はいるかもしれないが、アストロードには彼女が世界で一番輝いて見える。

彼女が微笑めば心あたたまり、彼女に話しかけられれば胸が甘酸《あまず》っぱく疼《うず》く。これを恋と呼ばずして何と呼ぼう。

だからこそ余計に、アストロードは兄の決めた婚約者候補から誰かを選ぶつもりになど、到底なれない。セラフィーナ以外はいらない。欲しいのは彼女だけだ。

せめて、この指輪の出どころさえ分かれば——。

◆

「よし、綺麗《きれい》になった」

椅子から降りたセラフィーナは、拭《ふ》いたばかりの窓を遠目から眺《なが》めて満足げに頷いた。手には固く絞られた布があり、窓は汚れ一つなくぴかぴかに光っている。

毎日隅々まで念入りに掃除をしているため、アストロードの部屋はいつも綺麗だ。どこを掃除しようかと迷うほどである。

棚の上やテーブルの上には、花瓶に綺麗に活《い》けられた花が飾ってある。数日前まで見られなかったこれらは、セラフィーナの考えで置かれたものだ。部屋が殺風景な分、せめて花でも置けばアストロードの気分も安らぐのではないかと思ったのだ。

許可を得てから特に香りのよい花を選び、彩りを考えて活ける。それだけで、何だか部屋の雰囲気が明るくなったような気がした。

アストロードも気に入ってくれているようで、このあいだも綺麗だと褒《ほ》められたばかりだ。

「セラフィーナ、次は寝室のお掃除と寝具の入れ替えをお願い。私はあちらで浴室の掃除をしているから、何かあったら声をかけてちょうだい」

「はい、分かりました」

先輩侍女の指示に従い、セラフィーナはまず寝台を整えることにした。

新しい寝具はこの部屋にはなく、専用の倉庫に洗いたての物が準備されている。少し離れた場所にあるため、ついつい小走りしてしまいそうになるが、王宮の廊下ではなるべく足音を立てないことが基本とされている。

少しもどかしいがしずしずと歩くことを心掛けながら、セラフィーナは倉庫へと向かった。

「――あら、何だか埃《ほこり》っぽいわね」

そんな声が聞こえてきたのは、新しい敷布や枕を抱えてアストロードの部屋へ戻ろうとしていたときだった。

声のしたほうに目を向けると、そこには五、六人の侍女を従えた、セラフィーナと同世代くらいの少女が立っていた。可憐《かれん》な桃色のドレスに身を包み、口元を扇《おうぎ》で覆っている。

「何だか空気が淀《よど》んでいるような気がするわ。誰か、窓を開けてくださらない？　下町のどぶの臭いがするみたい」

その言葉で、セラフィーナはようやく令嬢の言葉が自分に向けられたものだと気づいた。

ここで暮らし始めて三ヶ月になるが、こうした悪意に晒されるのは何も初めてのことではない。

――アストロードが若い侍女を新たに雇い入れた。

その噂は、セラフィーナが王宮に足を踏み入れた翌日には瞬《またた》く間に王宮を駆け巡った。

今では知らぬ者はこの場所に一人として存在せず、セラフィーナはちょっとした有名人だ。

それほどまでに、アストロードが若い侍女を雇ったということが人々に衝撃を与えたらしい。

「侍女という名目で、愛人でも囲っているのではないか」

そんな風にまことしやかに囁《ささや》かれているほどだ。もちろんセラフィーナもその噂は知っていたが、気にしないよう心掛けていた。

セラフィーナに向けられる視線の多くは好意的なものというよりその逆だ。特に、アストロードに好意を抱いているであろう女性たちからのものは。

どうやらアストロードは王宮で、女性に非常に人気が高いらしい。

王弟であり公爵という身分はもちろんのこと、その精悍《せいかん》な顔だちや軍人らしい逞《たくま》しさ、凜々《りり》しさに惹《ひ》かれ、密かに憧れと恋心を抱く者も多いのだそうだ。

けれどそれまで浮いた噂などほとんどなく、あったとしても年上好きとされていたアストロードである。厳しげな外見も相俟《あいま》って、ほとんどの女性が遠目から眺めるにとどめておいた。そんな中、突如《とつじょ》として現れた若い侍女に対して敵意や嫉妬《しっと》を覚えるのも仕方のないことかもしれない。

中には、セラフィーナが街角で花売りをしていたと、どこから聞きつけた者もいるらしい。

「花売り風情《ふぜい》が厚かましくも王弟殿下の侍女に収まるなんて」

セラフィーナはそんな風に思われているそうだ。

「あまりこういうことを言いたくはないのだけど、嫌がらせをされる可能性もあるから気をつけるに越したことはないと思って……」

数日前も、先輩侍女が言いにくそうにそんなことを言ってきた。

しばらく経てばこの状況も落ち着くだろうし、陰口を叩かれる程度で大した害があるわけでもない。そんなことより仕事に集中しようと思い、あえて聞こえないふりをしてきたのだが……。

立ち止まり頭を下げたセラフィーナに、令嬢は優越感に満ちた笑みを浮かべた。

「あら、随分《ずいぶん》と慎《つつ》ましい顔だちですこと」

要するに地味な顔だと言いたいらしい。令嬢の背後で、お付きの侍女たちの失笑の声が上がる。

元々、自分の顔に対して自信があったわけではないし、派手だとも思っていないのでそこまで気にならない。セラフィーナは無言のまま、令嬢を見上げた。

いくら理不尽なことや間違ったことを言われようが、身分は相手のほうが上だ。余計な波風は立てないほうが、アストロードにも迷惑をかけずに済むだろう。

だが、セラフィーナが眉一つ動かさず顔色を変えないのが不服だったらしい。令嬢は不愉快そうに片眉を上げ、扇でぴしゃりとセラフィーナの頬を叩いた。

鋭い痛みと熱が走る。さすがに表情が歪《ゆが》んだ。

「あなた、目障《めざわ》りだわ」

頬を押さえるセラフィーナに、令嬢は侮蔑《ぶべつ》の視線を投げかけた。

「あなたのような下賤《げせん》な娘が殿下の周りをうろついていれば、殿下にご迷惑がかかるとどうして気づかないのかしら。これだから下々の者は嫌いなのよ。品もなくて厚かましくて、本当に目障りだわ」

「……申し訳ありません」

「身のほどを弁《わきま》えなさい。わたくしは殿下の婚約者候補なの。なのに、あなたみたいな輩が高貴な殿下のお傍にいるだなんて、我慢ならないわ」

そう言い捨て、去っていく。

残されたセラフィーナは、傷ついた頬に手を当てて俯いた。気にしまいと決めていても、今しがたかけられた悪意と偏見の塊《かたまり》のような言葉は、さすがに胸に突き刺さる。

令嬢にとっては、身分こそがすべてなのかもしれない。それでも貧しい者は貧しい者なりに懸命に生きてきたのだ。それをここまであからさまに否定されるなんて。

泣くものか、と唇をかみしめたとき、不意に誰かが声をかけてきた。

「大丈夫ですか？」

顔を上げると、そこには一人の貴婦人が侍女を従えて立っている。確かセラフィーナが初めてこのデリーヌ王宮に来たときに、アストロードと会話を交わしていた令嬢だ。

名は、ルシエラと言ったか。

「あなた、確かアストロード殿下のところに新しく入った侍女の方ですわね。お顔に傷が……何て酷《ひど》いことをなさるのかしら。いくら殿下に好意を抱いているからと言って、ここまでするなんて」

繊細な指先が、つ、とセラフィーナの頬を滑る。そこは先ほど、扇で叩かれた場所だ。

ルシエラは、先ほどの令嬢が去っていった方向に険しい視線を向けている。どうやら、セラフィーナとのやりとりと目撃していたらしい。

「ねえ、セラフィーナとおっしゃったかしら。ちょっとこちらへいらっしゃい。わたくし、良い傷薬を持っていますの」

「でも、仕事中ですから……」

「少しくらいならよろしいでしょう？　黴菌《ばいきん》でも入ったら大変ですし、殿下だって治療のために仕事を抜け出したからと言って、ご気分を害したりはなさいませんわよ。それでも心配なら、わたくしがお口添えしますから。ね、いかが？」

そこまで言ってくれるなら、好意を無下《むげ》にするわけにもいかない。

それに、ルシエラの優しさがセラフィーナには嬉しかった。放っておいても良さそうなものをここまで熱心に心配してくれることに、じんわりと胸と目の奥が熱くなる。

王宮で暮らし始めてから三ヶ月。アストロードに憧れを抱く女性たちから理不尽な悪意を向けられてきたことが、自分でも思っていた以上に心の負担になっていたらしい。

「それでは、お言葉に甘えても良いでしょうか」

「ええ、ええ！　もちろんですわ。さあ、わたくしのお部屋はこちらよ。どうぞいらして」

先輩侍女に仕事を抜け出すことを伝えてきたかったのだが、ルシエラがぐいぐいと手を引っ張るものだから何となく言い出せない。

そうして連れて行かれた先は、寝具などが置いてある倉庫からそう遠くない場所にある一室だった。この辺りは、重臣やその家族たちが暮らす部屋が立ち並んでいる一角らしい。内務大臣の娘であるルシエラは、父の仕事のためここで生活しているようだ。

「遠慮なさらずく寛《くつろ》いでくださいね」

部屋に通したセラフィーナをソファに座らせると、ルシエラは自分の侍女に何やら指示を出し始めた。特にすることもないので、そのあいだセラフィーナは何気なく室内を観察する。

アストロードの部屋よりよほど豪華で、貴族に相応《ふさわ》しい内装だ。白と紫を基調とした柔らかな雰囲気は女性らしく品があって、ルシエラによく似合っていた。

至る所に花が飾ってあり、良い香りが漂っている。せっかくなので、今度アストロードの部屋に飾る花の参考にしよう。

そんな風に考えながら花瓶を眺めていると、ルシエラが何かを手に戻ってきた。瀟洒《しょうしゃ》な細工の施された飾り箱だ。

ルシエラはその中から、小さな金属製の容器を取り出した。ちょうど、掌に収まる大きさだ。

「傷に効くお薬ですの」

手袋を外して中に入っていた軟膏《なんこう》を指先に付けると、一言断ってからそれをセラフィーナの頬の傷に塗り込める。傷が大したことないのか、あるいは刺激が少ない薬なのか、しみたりはしなかった。

「血が出ていなくて良かったですわ。そうそう、このお薬は手の保湿にもよろしいんですのよ」

言いながら、ルシエラは今度はセラフィーナの手にもそれを塗り始める。

王宮に来てから少しは良くなったものの、それまでセラフィーナの手は荒れ放題だった。日頃の生活や花屋の手伝いで水に触れる機会も多く、手入れをするような余裕もなかったためだ。冬になればあかぎれは毎年のことで、年頃の娘の手とは思えないほどにガサガサしていた。

白魚のような手の持ち主に自分の荒れた手を見られることに少し抵抗はあったが、やめてほしいと言うわけにもいかず、なすがままにされる。

軟膏を塗ったセラフィーナの手はしっとりと潤い、べたつきもなくサラサラとしていた。薬特有の嫌な香りもせず、林檎《りんご》のような甘酸っぱい匂いがする。

「良い香りですね」

「そうでしょう？」

言って、ルシエラは容器を差し出してくる。

「差し上げますから、よろしければお持ちになって。毎日塗れば、頬の傷もすっかり綺麗になると思いますわ」

「え、でも……」

せっかくの申し出だが、簡単に受け取るのが躊躇《ためら》われる。こんな高級そうなものをもらっても良いのだろうか。

「わたくしはまだ予備のものがありますし、いつでも手に入りますから」

遠慮しようとしたのだが、渡された上から掌で包み込まれ、強制的に握らされては受け取らざるを得ない。

「ありがとうございます。大事に使わせていただきますね」

礼を言ってからそれをエプロンのポケットにしまったとき、先ほどルシエラから何かを言いつけられていた侍女が、茶器を手に戻ってきた。

「ミルクティーを用意させましたけれど、お好きかしら？」

どうやらセラフィーナのために、お茶の準備までしてくれたらしい。

「わざわざすみません、大好きです」

セラフィーナの目の前で侍女が茶を淹《い》れてくれる。赤い液体がカップに注がれると馥郁《ふくいく》たる紅茶の香りがその場に満ち、鼻腔《びこう》に広がった。とても良い香りだ。

「キャラメルクッキーもありますのよ。どうぞご遠慮なく」

皿の上に品よく盛られたきつね色のクッキーに、思わず目を輝かせてしまう。何て美味しそうなのだろう。

一つつまんで口に運ぶと、キャラメルの香ばしい甘さとバターの風味が口の中で解《ほど》けていく。サクサクと口当たりがよく、軽い食感はいくらでも入りそうだ。

「美味しい！」

ルシエラの前であることも忘れ、ついそんな風に大きな声を上げてしまった。

しまった、と思ったときには既に遅く、ルシエラが口元を手で覆ってくすくすと忍び笑いを漏らしている。セラフィーナは顔を熱くする思いだった。

「本当に美味しそうに召し上がるのね」

「すみません……」

「あら、構いませんのよ！　これを作った職人も、今の貴女《あなた》の反応を見たらきっと喜びましてよ」

朗《ほが》らかに言われ、肩からふっと力が抜けた。伯爵令嬢を相手にやはり少しだけ緊張していたが、身分が高いながらも飾らないルシエラの人柄は、セラフィーナに安心感を与えた。

「ところでセラフィーナは、殿下とはどこで出会われましたの？」

向かい合ってお茶を飲みながら、ふとルシエラがそんな疑問を口にした。

別に隠す必要もないだろうと、セラフィーナはアストロードと出会ってここで働くようになるまでの経緯を、簡単に説明する。もちろん、例の夜のことは黙っていたが。

「まあ……それで、弟さんはどうなりましたの？」

「今は、アストロードさまのお母さまに預かっていただいています。お休みの日に会いに行っているのですが、だいぶ顔色も良くなって……これもアストロードさまのおかげです」

話し終えると、ルシエラは頬を染めながら感嘆の声を漏らした。

「やっぱり、殿下はお優しい方ですのね……」

うっとりした表情はアストロードに対する思慕《しぼ》と尊敬の情に満ち溢れていて、一目で彼のことを好きなのだと分かるほどだ。

「ルシエラさま、アストロードさまの婚約者候補ってどのくらいいらっしゃるのですか？」

ふと気になって聞けば、ルシエラは軽く瞬きを繰り返し、首を傾げた。

「え？　さあ……はっきりとはしませんけれど、たしか三十人ほどではなかったかしら」

「そんなに!?」

まさかそこまで大勢いるとは思っていなかっただけに、反射的に驚愕《きょうがく》の声を上げてしまった。せいぜい、五、六人程度のものだと思っていたのに。

「ええ、たしかそのはずですわ。陛下には五人の王子がいらっしゃいますから、アストロード殿下の王位継承権はさほど高くはないのですけれど。やっぱり王族の結婚ともなれば家柄や人となりを吟味《ぎんみ》して相手を選ばなければなりませんものね」

こともなげに言うが、セラフィーナからすればまるで考えられない世界だ。アストロードは兄の決めた相手となんて結婚する気はないと言っていたが、年齢的に考えても、いつまでもそんな勝手が許されるわけではないだろう。

三十人もいるのなら、気に入っている相手の一人や二人いてもおかしくなさそうなものだが。

そうやって考え事をしていると、唐突にルシエラが両手を握ってきた。

「ねえ、セラフィーナ。わたくし、お願いがあるの」

じっと瞳を見つめてくる表情はあまりに切実で、こちらがたじろぐほどだ。

お願いとは何だろうか。ルシエラには親切にしてもらったし、できることなら何でもしたいと思う。けれど、彼女にできなくて自分に叶えられることがとっさに思いつかない。

ルシエラは握った両手にぎゅっと力を込めた。そして、躊躇《ためら》いがちに口を開く。

「あの……。こんなことをお願いするの、すごく気が引けるのだけど……」

「何でしょうか。わたしにできることかは分かりませんけれど、できるだけ力になりますので、遠慮なくおっしゃってください」

「あのね……その……セラフィーナから殿下に、言っていただきたいの。わたくしが殿下をお茶に誘いたいと申し上げてるって……」

「え?」

セラフィーナは両目を大きく瞬かせた。

「それは……、構いませんけれど」

「本当に!? 良かった」

ルシエラの顔が、パッと輝く。喜びと安堵《あんど》が入り交じった表情で、胸を撫《な》で下ろしていた。

「殿下ともっとお話ししたいと常々思ってはいたのですけれど、なかなか自分で直接お誘いする勇気がなくって……。ほんの少し、短い時間で構いませんの。殿下のご都合に合わせますと付け加えてくださるとありがたいですわ」

「分かりました。日程や時間帯は、また後日お伝えするということで良いでしょうか」

「もちろんですわ！　ああ、本当にありがとう、セラフィーナ。感謝します」

握ったままのセラフィーナの両手を、ルシエラは興奮した様子で何度も上下に揺さぶった。

楽しみで楽しみで仕方がないとばかりにはしゃぐ姿を微笑ましいと思いつつも、セラフィーナは素直に喜ぶことができなかった。

こんな美しい令嬢にこれほどまでに慕われれば、きっとアストロードだって悪い気はしないはずだ。そのことに、なぜか胸がざらついたような心地になる。

だが、それをルシエラに悟られるわけにはいかない。セラフィーナは無理に笑顔を浮かべた。

「今日、アストロードさまがお帰りになったらさっそくお伝えしておきますね」

「嬉しい……！　わたくしのほうでも、また何かあったらお力になりますから、いつでもおっしゃってね」

「はい。ありがとうございます、ルシエラさま」

一見美人で近寄りがたいけれど、本当に優しい令嬢だ。おこがましいかもしれないけれど、これからも仲良くしてもらえれば嬉しいと、そう感じる。

その後、お茶を飲み終えたセラフィーナは、重ね重ね礼を述べてからアストロードの部屋に戻った。

寝具を抱えて戻ってきたセラフィーナを見るなり、先輩侍女は慌てて駆け寄ってきた。

「セラフィーナ！　ああ良かった、一体どこにいたの？」

「すみません。実は、怪我《けが》をしたのでルシエラさまに手当てしていただいて……」

事情を説明すると、先輩侍女は安心した様子を見せながらも、少し厳し目に窘《たしな》めた。

「だったら仕方ないけれど、今度からいなくなるときは一言伝えてからにしてちょうだい」

どうやら彼女は、いつまでも戻ってこないセラフィーナを心配し、嫌がらせでどこかに閉じ込められているのかもと探してくれていたらしい。

「ご心配おかけしてすみません、次からは気をつけます」

「まあ、何事もないなら良かったわ。寝室のお掃除は終わらせておいたから、寝具の交換だけお願いね」

「ありがとうございます。すぐに終わらせますね」

遅れてしまった分を取り戻そうと、セラフィーナは急いで寝具の交換に取り掛かる。

ルシエラの部屋での一時が楽しかったため、思ったより時間が経っていたらしい。窓から差し込む光は、すっかり赤く染まっていた。

「────ただいま」

「お帰りなさいませ、アストロードさま」

アストロードが戻ってきたのは、ちょうど食卓の花瓶の水を取り替え終えたときだった。

「何か良い香りがするな」

外套《がいとう》を預かるために手を伸ばすと、アストロードが匂いを確かめるように、僅かに鼻を近づけてくる。

「あ、多分傷薬です。肌荒れにも良いらしいので、手にも塗ったんですけど、まだ香りが残っていたみたいですね」

「……どこか怪我をしたのか」

アストロードが眉を寄せ、怪我した場所を探すようにじっと見てくる。やがて赤くなっていることに気づいたのだろう。セラフィーナの頬に、手を伸ばしてきた。

「どうしたんだ」

「ちょっと、爪が当たってしまっただけです」

何でもない風に笑いながら、セラフィーナは嘘を答える。あの令嬢からされたことを正直に言えば、きっとアストロードが心配してしまうだろうと思ったからだ。

「気をつけなさい」

アストロードが労《いたわ》るように指先で、傷のある場所を撫でる。触れられた場所が熱い。

じっと見つめられ、セラフィーナは思わず視線を逸らしてしまった。

嫌だったわけではない。彼と目が合うと、自然とあの夜のことを思い出して、変に意識してしまうからだ。

顔が赤くなっていないかどうか、それが心配だった。

――早く忘れないと。アストロードさまだって、何でもなさそうにしているのに。

「お湯の準備もできていますから、湯あみなさってください」

彼の指から逃れるように顔を背け、セラフィーナは殊更《ことさら》に明るい声を上げて、アストロードを浴室へと促した。

アストロードが入浴を済ませるまでのあいだは、夕食の支度や明日の着替えを準備して過ごす。

今日の主菜は、トロトロになるまで煮込んだ牛頬肉のシチューだ。

「ああ、ありがとう」

浴室から出てきたアストロードが、髪の水気を拭き取りながら席に着く。

軍服のときは常に前髪を上げているため、こうして楽な部屋着に着替えて髪を下ろしている姿は非常に貴重だ。こんな無防備な様子を見ることができるのはきっと自分だけだと思うと、何だか得した気分になってしまう。

グラスに水を注ぎながら、セラフィーナは約束通りルシエラからの伝言を告げる。

「ルシエラさまが、アストロードさまをお茶会に招待したいそうです」

「私をお茶会に？」

「はい、そうなんです。前からお誘いしたかったそうなんですけど、なかなか言い出せなかったみたいで……」

「悪いが、断っておいてくれないか」

大して考える様子もなく、アストロードは即答した。

「え、でも……」

「他の婚約者候補から誘われても毎回断っているものを、彼女だけ特別扱いするわけにはいかないだろう。それが原因でいざこざが起こるのも私は御免だ」

「内密に、というわけにはいきませんか……？」

眉を下げて、セラフィーナは駄目押しをした。

アストロードの言い分も分かるけれど、断られたと伝えればルシエラはきっと落胆するだろう。親切にしてもらった手前、簡単に諦めるわけにもいかない。

「ルシエラさま、すごく楽しみになさっているんです。せめて一度だけでもどうにかなりませんか？　短い時間で良いとおっしゃっていますし……」

「君は、私がルシエラ殿と親しくなることを望んでいるのか？」

「え？」

アストロードはどことなく険しい顔をしている。しつこく言ったのが気に障ったのだろう。

あるいは、たかが侍女に指図されたような気がして不快なのかもしれない。

セラフィーナは慌てて頭を下げた。

「すみません、そんな風に無理強いをするつもりはないんです。ただ、ルシエラさまには親切にしていただいたので、恩返しをしたくてつい……」

「親切？」

「はい。あの、先ほどの傷薬はルシエラさまからいただいたもので、だからわたし……」

「何だ、そういうことか」

どこか拍子抜けしたような顔でアストロードが言った。

「それならそうと、早く言ってくれれば良かったのに」

「え、それじゃ……」

「そんな事情があるならば君も断り辛いだろうし、一度だけということなら致しかたない」

困ったような笑顔に、セラフィーナはほっと安堵した。

――良かった。これで、ルシエラさまも喜んでくれるわ。

その安堵の中に少しだけ苦いものが混じっていたのを、セラフィーナは気づかないふりをしてやり過ごした。

◆

一月後、アストロードとルシエラとのお茶会が開かれた。

アストロードの仕事の都合がなかなかつかず先延ばしになっていたのだが、ようやく訪れた機会にルシエラは一目で分かるほどに張り切っていた。

セラフィーナも傍で控えていたが、頬を染めるルシエラの姿は同性の目から見ても、いじらしく可愛らしい。この日のためにと用意したらしい薄紫色のドレスも花の髪飾りも、彼女によく似合っていた。

やはり、こうして向かい合ってお茶をする二人はとてもお似合いだ。

「殿下、菫《すみれ》の砂糖漬けはいかがですか？」

「そうだな、いただこう」

そんな風に会話を交わす様は、一流の画家が描いた一幅《いっぷく》の絵画のようだ。

まるで別世界。すぐそばで繰り広げられているのに、硝子《ガラス》を一枚隔《へだ》てた場所から見ている……そんな錯覚に陥《おちい》り、何だか頭がぼんやりしてしまう。

お茶会のことを告げたときはあまり乗り気でない様子だったが、存外アストロードもルシエラとの会話を楽しんでいるのではないだろうか。

どちらかというと主に喋《しゃべ》っているのはルシエラで、アストロードはそれに相槌《あいづち》を打つばかりだが、退屈している風でもない。気も合うようだし、優しく美しいルシエラならアストロードの隣に相応しい。

自分だけが場違いだ。そんな思いにずきりと胸が痛み、セラフィーナは二人に気づかれないよう胸に手をやった。

「セラフィーナ、どうかなさいまして？」

ティーカップが空になっているのに、いつまでもお代わりを注ごうとしないセラフィーナに気づき、ルシエラが心配そうに小首を傾げている。

「いえ、何でもありません。すみません、ボーッとしてしまって……」

セラフィーナは慌ててティーポットを抱え、ルシエラのカップに紅茶を注ぐ。そうしてアストロードのほうに回ったときだった。

「体調でも悪いのか？」

ごく自然にセラフィーナの手首を摑んだアストロードが、そんな風に言ってくる。

すかさず首を横に振ろうとしたセラフィーナだったが、それよりアストロードが口を開くほうが早かった。

「ルシエラ殿、申し訳ないが私の侍女は体調を崩しているようだ。今日はここまでということにして頂いてもよろしいか」

「え、ええ……それは構いませんけれど」

「アストロードさま、わたしは大丈夫ですから……！」

自分のせいでお茶会を中断させてしまうだなんて、ルシエラに申し訳なさすぎる。それなのにアストロードはさっさと席を立ち、セラフィーナの背を押して部屋から出てしまった。

「すみません、アストロードさま」

廊下を連れ立って歩きながら、セラフィーナは小さくなって謝った。

仕事中に上の空になっていたせいで、具合が悪いだなんて思われてしまったのだ。

考え事をしていて仕事を疎《おろそ》かにするなんて、侍女失格だ。アストロードにも恥をかかせてしまった。

「謝らなくて良い。それよりも、具合が悪いのなら無理をするな」

彼はまだ、そう信じ込んでいるようだ。セラフィーナは何とも言えずに黙り込んだ。

自分の部屋まで戻ると、アストロードはセラフィーナに待っているようにと言い残して、また出て行ってしまう。

――どこに行ったのかしら。

どうして良いか分からず扉の前に突っ立っていると、やがて彼は何かを手にして戻ってきた。湯気の立つカップだ。

「蜂蜜とレモン汁をお湯で溶いたものだ。飲みなさい、身体があたたまる」

「あ、ありがとうございます」

「それを飲み終えたら、少し横になりなさい。私の寝台を使って良い」

「そんな……あの、大丈夫です。休むなら自分の部屋で……」

主の寝台を侍女が使うだなんて、とんでもない話だ。驚いて断ろうとしたセラフィーナだったが、アストロードはそれを許してくれなかった。

「ちょっとした風邪だと思って油断していると、それが大きな病気に繋がることもあるだろう。一人でいるときに、急に呼吸困難にでも陥ったらどうする？　用心するに越したことはない」

それは少し大げさではないだろうかと思ったし、そもそも風邪ではないのだが、今更そんなことも言い出しにくい。セラフィーナは大人しく飲み物を口にし、彼の言いつけに従うことにした。

「それじゃ……少しだけ、休ませていただきます」

「ゆっくり休みなさい。私は書斎で仕事をしているから、何かあったらすぐ呼ぶように」

わざわざセラフィーナが寝台に横たわったのを確かめて、アストロードは部屋を出て行った。

休めと言われてもすぐに眠気が襲ってくるわけでもなく、セラフィーナは目を開けたまま何度か寝返りを打った。

洗濯をしていても、毎日使っていると持ち主の匂いが染みついてしまうらしい。寝具からは僅かに柑橘系の香りがした。

その香りに包まれていると、まるでアストロードがすぐ傍にいるような気持ちになる。

――こんなに、優しくしてくれなくて良いのに。

胸が淡い痛みにしくりと疼き、セラフィーナはぎゅっと掛布を握りしめた。優しくされて、嬉しい。けれどこうやって優しくされるたびに、どんどん彼に惹かれている自分を否定できなくなってしまう。

『あなたのような娘が殿下の周りをうろついていれば、殿下にご迷惑がかかるとどうして気づかないのかしら』

先日会った令嬢の言葉を思い出す。

あのときは、さほど気にしていなかった。単に自分が気に入らないから、そんな嫌味を言ったのだろうと。けれど今考えると、彼女の言っていたことも一理あると感じた。

今日だって、お茶会が中断になってルシエラはきっと落胆しただろう。ルシエラが優しいからまだ良かったものの、これが他の令嬢であれば、怒ってアストロードの婚約者候補を降りるなどと言い出していたかもしれないのだ。

彼のことを考えるなら、もう少し立場を弁《わきま》えるべきだろう。

――わたしはただの侍女。アストロードさまのことを一番に考えなくちゃ……。

セラフィーナはぎゅっと衣服の胸元を掴み、掛布の中で丸くなった。アストロードの優しさを、嬉しいと思う以上に苦しいと感じるなんて。

◆

大事をとっておけとのアストロードの命令により、セラフィーナはそれから三日間を寝台の上で過ごすこととなった。

それもアストロードの部屋の、である。

アストロードはわざわざ先輩侍女に休みを与え、セラフィーナの看病は自分が一人でする と宣言した。

セラフィーナは固辞《こじ》したが、聞き入れてくれなかった。

食事の世話をしたり、部屋の換気をしたり、気を紛《まぎ》らわせるため話し相手になってくれたり……。アストロードの看病は実に手厚かった。

さすがに着替えの手伝いは辞退したが、それ以外のほとんどのことはしてくれたのではないだろうか。

看病の合間を縫って書類仕事をし、ソファで眠るアストロードの姿に、セラフィーナはむしろ彼のほうが過労で倒れてしまうのではと心配したほどだ。

途中で何度も「もう大丈夫」と言ったのだが、まったく聞く耳を持ってくれない。過保護というか、心配性というか、今日になってようやく仕事に復帰することを認めてもらえてほっとしていた。具合も悪くないのに休むほど退屈なことはない。

仕事の休憩時間に、セラフィーナが真っ先に向かった先はルシエラの部屋だ。

「ルシエラさま、本当にすみませんでした」

深々と頭を下げ、先日の非礼を詫《わ》びる。責められても仕方がない、そう思っていたのに、ルシエラは笑って赦してくれた。

「お気になさらないで。具合が悪かったのなら仕方がありませんわ。わたくしも、早く気づいて差し上げられなくてごめんなさい」

「ルシエラさま……」

思いやり溢れる言葉と大らかな笑顔に、セラフィーナの胸の苦しみが増す。

ルシエラの善良さを知れば知るほど、彼女のような女性こそアストロードに相応しいという思いが強まっていった。

応援するべきだ、という侍女としての気持ちはもちろんある。けれど、日に日に育っていく彼への恋心が、それを邪魔する。

相反する二つの感情がぶつかり合い、セラフィーナの心を苦しめていた。

初めてアストロードに婚約者候補がいると知ったときは、こんな思いはしなかったのに。

そんなセラフィーナの内心の葛藤《かっとう》にも気づかず、ルシエラは機嫌よく話を続けている。

「ところで殿下はお元気？　あれからわたくしのこと、何かおっしゃっていて？」

「あ……はい、ルシエラさまは伯爵令嬢に相応しく、他の令嬢たちもルシエラさまの立ち居振る舞いを手本にすれば良いとおっしゃってました」

答えながら、セラフィーナは無理に微笑みを浮かべる。本当は会話などなかったが、期待の籠った目で見られれば、正直に本当のことを口にするのは躊躇われた。

「では、よろしければ仕切り直しということで、もう一度殿下をお誘いしたいの。昨日、特別美味しい茶葉が手に入ったから、殿下にも味わっていただきたくて……」

頬を染めながらのルシエラの願いに、セラフィーナは先日のお茶会での失態の手前、断ることもできない。

それに、もしアストロードとルシエラがこれをきっかけに親しくなれば、それは喜ばしいことだ。ルシエラは家柄も容姿も人柄も王弟の妃として理想的であり、この先アストロードを支えていけるだろう。

だったら、侍女としてそれを応援するべきだ。たとえ胸の内がどうであろうと、その想いを伝える権利すらないセラフィーナには、そうするしか道はない。

使用人は使用人らしく、主のために役立とう。それがアストロードのためになるのなら、きっと辛くても我慢できる。

「……わかりました。お伝えしておきますね」

胸の痛みをこらえながら感情が滲《にじ》まないよう必死で抑えるあまり、自分でも驚くほど平淡な声になってしまった。


ルシエラからの再度の誘いに、アストロードの反応は芳《かんば》しくなかった。

「行かないと伝えてくれ。君を助けてもらった礼は前回の茶会で返したし、もう行く義理もないだろう」

手にしていた書類から目も離さずに、素《そ》っ気《け》なくそれだけを口にする。

考え込む様子も見せずあっさりと誘いを断る彼に、差し出がましいと思いつつもセラフィーナは口を出さずにはいられなかった。

「あの、でも……ルシエラさまはとても楽しみになさっていて……」

アストロードが来たときに、どんな菓子を出そう、どんな花を飾ろう。ルシエラは、そんな風に楽しげにはしゃいでいた。もしも断りの返事を聞けば、きっと落胆するだろう。

セラフィーナはルシエラの悲しむ顔は見たくない。それはアストロードへの秘めた恋心や、使用人としての心構えとはまた別の部分で抱いている気持ちだ。

「どうして君がルシエラ殿のことをそんなに気にする?」

アストロードは怪訝そうな表情だった。それもそうだろう。一介の侍女が踏み込んで良い内容ではない。

「わたしは……」

何と言えば一番良いだろうか。正直に、すべての気持ちを話すわけにはもちろん行かない。とっさに良い理由が思いつかず、言い淀《よど》む。

やがてセラフィーナは下を向いたまま、こう答えた。

「アストロードさまが、ルシエラさまと親しくなられるのが一番だと思って……」

返事はなかった。

あまりにも長い沈黙に不安になって顔を上げれば、アストロードはなぜか思い切り殴られたような顔をして、そこに佇《たたず》んでいる。

——どうして、そんな顔をしているの……?

傷ついた表情に思わず手を伸ばそうとしたセラフィーナだったが、その前にアストロードが背を向けた。

「……もう良い。出て行ってくれ」

「でも」

「出て行けと言っているだろう。聞こえなかったか」

冷ややかな声に身が竦《すく》む。こんなアストロードは初めてだ。

胸を氷の刃で切り裂かれたような心地になり、セラフィーナの瞳に涙が滲む。

潤んだ瞳を見られないよう反射的に俯き、セラフィーナは声が震えないよう注意しながら、謝罪の言葉を紡ぐ。

「すみま、せん……。出過ぎたことを申しました」

それでもどうしても我慢しきれず、語尾が不自然に震えてしまった。

胸が痛い。まるでそこから鮮血でも溢れているかのように、痛くて痛くてたまらない。

恥ずかしい。情けない。悲しい。

感情がぐちゃぐちゃに入り乱れ、声を上げて泣き叫びたくなる。もう一刻も早くこの場から立ち去りたい。彼の視界から消えてしまいたかった。

退室時の挨拶も忘れ、セラフィーナは弾かれたように部屋を飛び出した。使用人部屋に戻り、扉を閉めた瞬間、その場にずるずるとしゃがみ込んでしまう。

「……っく」

とうとう我慢できなくなって嗚咽《おえつ》が漏れた。目の縁で盛り上がった涙が、留まりきれず次々と溢れ出す。

ついこのあいだ、彼との距離を考えなければならないと決めたばかりだ。それなのに、立場を弁えずにお節介をしたせいで、こんなことになってしまった。

アストロードを、怒らせてしまった。もしかしたら、嫌われたかも。もう、二度と笑ってもらえないかもしれない。そう考えると、どうしても涙を止めることができなかった。

そのまま長いこと、膝を抱えたまま涙を流していた。

——それから、どのくらいの時間が経っただろう。

ふと、隣室から何かが落下するような音を耳にし、セラフィーナは膝に埋めていた顔を上げる。随分と大きな音だった。

頬を濡らす涙の跡を手の甲で拭い立ち上がり、恐る恐る壁に耳を当てた。音は、その一度では鳴りやまない。ガタン、ゴトンと何度も聞こえてくる。

こんな夜中に、一体何をしているのだろう。

心配になり、セラフィーナは部屋を抜け出し隣室へ向かう。先ほど彼を怒らせたばかりで顔を合わせるのは非常に気まずかったが、そんなことを言っている場合でもない。

扉を叩いて外からアストロードに向かって呼びかけたが、返事はなかった。

「アストロードさま……？　失礼します」

仕方なく取っ手を捻《ひね》り室内に足を踏み入れると、ぷん、と何か強い臭いが鼻を突いた。

——これは、……お酒？

よく見れば、床には空の酒瓶が転がっている。床だけではない、テーブルの上にもだ。全部で五、六本といったところか。どれも酒に詳しくないセラフィーナでも知っているほどに、アルコールが強い銘柄ばかりだ。

まさか、これら全てをアストロードが一人で開けて飲んだというのか。

「アストロードさまっ！」

部屋の隅で壁に背を預けて座り込んでいるアストロードを見つけ、セラフィーナは慌てて駆け寄った。これほど飲んでいるというのにまだ足りないのか、手には飲みかけの酒瓶を持っていた。

「セラ……フィーナ……？」

虚《うつ》ろな瞳がセラフィーナを見上げた。そこに理性はなく、完全に酔い潰れている様子だ。

「今、お水を持ってきます。少し待っていてください」

そう言って、厨房に向かおうとしたときだった。突然背後から肩を強く引かれ、セラフィーナは体勢を崩して背後に勢いよく倒れ込んでしまう。

「きゃっ」

それを受け止めたのは、アストロードの両腕だった。慌てて離れようとしたけれど、すかさず腹に回った彼の手によって押しとどめられてしまう。

背後を見上げれば、アストロードは瞳に仄暗《ほのぐら》い光を湛《たた》えてセラフィーナを見下ろしていた。震え上がるほど凍てついた色を宿す眼差しだった。けれどその奥には、逆に沸々《ふつふつ》と滾《たぎ》るような怒りや、隠しきれない焦《あせ》りが存在している。

何が起きているのか分からず硬直してしている間に、アストロードに膝裏をすくい上げられる。そのまま横抱きにされたセラフィーナは性急に寝室へと運び込まれ、寝台の上に放り投げられた。

背中を強《したた》かに打ちつけ、息が詰まる。顔を顰めていると、アストロードが上に伸し掛かってきた。驚いて身体を起こそうとするも、彼の長軀《ちょうく》がそれを阻《はば》んでいる。

酔いと怒りに淀んだ虚ろな目が、上からセラフィーナを見据《みす》えた。彼はそのまま自らの着ていたシャツの裾に手をやり、一気に捲《まく》り上げて脱ぎ捨てる。

鍛《きた》え上げられた肉体が晒され、セラフィーナは思わず目を逸らした。もうだいぶ暗くなったとはいえ、まだ、空は太陽が支配している時間帯だ。

シャツを投げ捨てたアストロードが胸元を弄《いじ》り始めたことにより、セラフィーナは彼が何をする気なのかようやく悟って、顔色を変えた。

「アストロードさま、やめ……っ」

あれほど喉に貼りついて出ないと思っていた声が、ここにきて意外にもあっさりと飛び出した。無様に掠れてはいたものの、目の前にいるアストロードに届いていないはずがない。

それなのに、彼はまるでセラフィーナの叫び声などなかったかのように無視をして、苛立ち紛れにお仕着せの胸元を引きちぎったのだ。ブチブチとボタンが外れ、下着に覆われたささやかな膨らみがあらわになる。

胸元だけではない。彼は冷たい無表情のまま、セラフィーナのお仕着せを引き裂いていった。破かれた布片が宙を舞い、ハラハラと床に落ちる。

どうしていきなりこんなことに。

先ほどの自分の言葉や態度が、それほどまでに彼の逆鱗《げきりん》に触れたのだろうか。

「や、いや……っ」

アストロードの胸を押し返そうとしたが、彼はそんな抵抗などではびくともしない。胸を覆う下着も同様の方法で奪われ、もはやセラフィーナの身に着けていたものは役立たずの布きれと化していた。

このまま、乱暴に犯されるのだろうか。その恐怖に、身体が自然とガクガク震え始める。

処女を差し出したときも、アストロードはどことなく怒っていた。けれどそのときですら、ここまで怖いとは思わなかった。

目を瞑り、力任せに押さえ込まれるのを待つ。怖くて怖くてたまらなくて、瞼《まぶた》を割って再び熱いものがぼろぼろと流れ出した。みっともない姿を晒している自覚はあったが、しゃくり上げるのを止められない。

そうしてじっとしていたセラフィーナだったが、いつまで経ってもアストロードが素肌に触れる気配は訪れなかった。

恐る恐る目を開くと、先ほどまで確かに彼の顔に浮かんでいたはずの怒りは、すっかりと姿を消し去っている。代わりに狂おしいほどの切なさが、精悍な顔を歪めていた。

「アストロードさま……」

「――――セラフィーナ、私は君を」

言葉は、そこから続かなかった。

「ん……っ!?」

いきなり、唇を塞がれる。酒の匂いがむん、と広がり、それだけでむせ返り、酔ってしまいそうだ。

それをきっかけに、アストロードの広い手がセラフィーナの身体を弄り始めた。

「んっ、んっ、んんぅッ……!」

舌を吸われ、口内の自由を奪われたまま、男の硬い掌が性急にセラフィーナの身体を暴《あば》いていく。それは焦れた手つきであったが、乱暴では決してなかった。あくまでセラフィーナの快感を高めるように、彼女の弱い部分を中心に触れている。

「ふっ、うぅっ、ん……」

ずっぷりと差し込まれた舌が、口内を何かの生き物のように蠢《うごめ》く。息が苦しくなり、これ以上は限界だと思う頃、ようやくアストロードの唇が離れていった。だが、二人を繋ぐ銀糸が途切れるより早く、また唇を塞がれてしまう。

「ん────ッ! んっんっ、ふ、ぅう……」

胸の先端を指できつく捻り上げられ、ぴりりとした痛みが走る。けれどそれはすぐに快感へとすり替わり、発した悲鳴は彼の口の中に消えていく。セラフィーナはくぐもった声を上げながら、なすすべもなくアストロードの行為に翻弄《ほんろう》されるしかない。

熱い口づけに腰から痺《しび》れが這い上がり、それは身体の芯からぐずぐずに溶かしていってしまう。何度も角度を変え、舌を擦られ、唇を甘噛みされ、ようやく唇を解放された頃にはセラフィーナの身体からはすっかり力が抜けてしまっていた。

「は、あ……アストロードさま……」

潤んだ目と、半開きの濡れた唇。頬は赤く染まり、蕩《とろ》けた表情が無意識に男を誘うことをセラフィーナは知らない。

アストロードが上体を倒し、セラフィーナの胸にむしゃぶりついた。身体を捩《よじ》って避ける間もなく、口の中に赤い先端が吸い込まれるように消えてしまう様を、セラフィーナはただ見送ることしかできなかった。

唇の隙間から、淡く色づいた胸の先が覗いている。アストロードの赤い舌が蛇のようにそれに絡みつき、舐め転がし、つつく。

瞬く間に硬度を増し唾液《だえき》まみれになって濡れ光るそれは、ツンと尖《とが》って触れてほしいと主張している。自分の目から見ても淫らでいやらしかった。

「ひ、あ、あ……だめ、やめてぇ……っ」

口に含まれた場所から全身へ、甘い愉悦が広がっていく。甘くて甘くて、苦しい。

一度男を知った身体はすぐにその記憶を呼び覚まし、もっともっとと浅ましくこの行為の先を望んでいる。セラフィーナは自分の足の間が徐々に潤っていくのに気づいていたが、もはやどうすることもできなかった。

ちゅ、と音を立てて、赤い実を強く吸い上げられる。歯を立てられ、甘噛みされる。

「ふあッ!!」

まるで身体中の全神経がそこに集中したかと思えるほどの強い刺激に、セラフィーナは背中が折れてしまいそうなほどに大きく仰け反らせた。

それでも、アストロードはセラフィーナを追いつめる手を休めてはくれない。

「あ、あん……っ」

胸の先を舐《ねぶ》りながら、もう片方の乳房を強く揉《も》まれる。痛いと思うほどの力を込められていたが、それ以上に覚える快感のほうが大きい。

白い乳房に指が食い込み、柔《やわ》らかく形を変える。掌で擦られるだけでは物足りず、セラフィーナは無意識に胸の先を彼の手に押しつけるように、背中を浮かせていた。

「は、あ、あぅ……」

セラフィーナの望みを察したアストロードは、立ち上がり硬くしこった先端へ爪を食い込ませる。

「やぁッ!」

痛み交じりの快感に、セラフィーナは足で敷布を掻《か》き毟《むし》った。

指先で擦られ、捻られ、押し潰しながら引っ張られ、また爪を立てられる。それは可哀想なほどに真っ赤になっていたが、むしろもっと強くしてほしいと願った。

頭のどこか冷静な部分では、アストロードのこの行為をやめさせなければと訴える自分がいる。彼は酔って前後不覚になっているだけで、意識がはっきりとすればきっとこのことを後悔すると。

けれどセラフィーナはそうしなかった。情熱的に掻き抱かれ、この腕に身を任せたいと思う気持ちのほうが大きかったのだ。

抵抗しないことに気を良くしたのか、アストロードはもうセラフィーナを睨《にら》みつけたりはしない。柔らかな膨らみを解すように揉みしだき、指先で優しく愛撫《あいぶ》する。

「あっ、あぁっ、アストロードさま、っはぁ……」

名を呼ぶ声は、自分でも呆《あき》れてしまうほどに甘ったるい。けれどそれに応えるアストロードの声も同じくらい甘いと感じてしまうのは、セラフィーナの願望が見せた錯覚だろうか。

「セラフィーナ……」

情欲を帯びた声で呼ばれ、触れられている場所が淡い熱を発し甘く疼《うず》く。

足を大きく広げさせられ指が侵入してくる頃には、もうその場所はこれ以上ないほどに蜜を滴らせ、喜んで男の指を迎え入れた。

「あぁあっ……ん」

つぷりと微かな音を立てて、秘所が指を飲み込む。たかが指一本――それでも、つい三、四月ほど前に処女を失ったばかりのセラフィーナにとって、それは結構な質量だ。

痛くはないけれど異物を差し込まれた違和感がある。前後に引いたり出したりされ、粘膜を直接擦られる奇妙な感覚に腰が浮く。

だが親指で花芽《かが》を弄られれば、かつて与えられた快楽は容易に呼び覚まされる。鋭くももどかしい刺激に中はますます潤みを増し、媚肉《びにく》がアストロードの指を後追いし始めた。

それだけではない。アストロードの指が弱い場所を掠めるたびに、恥ずかしいほど大量の蜜が溢れ出し、セラフィーナ自身の太《ふと》ももと彼の掌とをしとどに濡らすのだ。

二本、三本と増やされるたびに、秘所からクプクプと上がる音はもう無視できないほどに大きくなり、より露骨さを増していく。

何て淫らなのだろう。自分の身体がこんな風に変わってしまうだなんて。

「やぁ、あ、あぁっ、んんっ」

「……ここが良いのか」

「いやっ、あっ……ふあ、ぅ」

アストロードはセラフィーナの反応を探るように指を動かし、少しでも声が高くなればそれを見逃さず、執拗《しつよう》に感じる場所を責め立てる。的確に追いつめていく指の動きに、セラフィーナは確実に高みに押し上げられていく。経験の少ない彼女に、逃げ場はない。

与えられるものを従順に受け入れるしかないのだ。

「あ、あ、ん、はぁっ……アストロードさま、や、いやなの……っ」

自分で口にしながら、何が嫌なのかももう分からない。

この行為自体か、それとも自分だけが高まっていき、彼がいまだに冷静なのが嫌なのか——。

ぎゅうぎゅうと締め付ける膣内から、アストロードは容赦なく指を全て抜き取った。濡れ光る花弁《かべん》は物欲しげにひくひくと痙攣《けいれん》し、去っていったものを恋しがっている。

「あ、あぁ……」

セラフィーナはその身をくねらせ、ぽっかりと空いた部分を埋めていた物を失った喪失感に喘《あえ》いだ。

アストロードはもったいぶることなく下衣を脱ぎ捨て己を取り出すと、セラフィーナの足を抱え上げ大きく開かせる。

セラフィーナはそのことに羞恥を覚えたがもはや足を閉じるほどの気力もなく、また身体の疼きに抵抗するほどの気力も残ってはいなかった。

自分でも呆れてしまうほどの浅ましさだ。早く彼が欲しい。足りない部分を埋めてほしい。それしか考えられない自分はまるで、理性ではなく本能に生きる獣のようだ。

ぬかるんだ入口にアストロードの切っ先が押し当てられる。熱い泥濘《でいねい》に杭が沈められ、ずくずくと埋まっていった。

間近に、柑橘系の香りがする。アストロードの体温を直に感じ、セラフィーナはああ……と声なき声を零した。

苦しいけれど、気持ち良い。どこもかしこも満たされていた。身も、そして心も。

手を伸ばし、鋼《はがね》色の髪に触れる。見たままに固いそれが指先を刺激し、くすぐったかった。

アストロードの額にはじわりと汗か浮かんでおり、セラフィーナは指先をこめかみから額へと移動させ、その汗を拭い去る。

苦し気にアストロードが眉を顰め、ずっ、と一気に奥へ押し込まれた。最奥までこじ開けられ杭打たれ、セラフィーナの喉から掠れた悲鳴が漏れた。

「あぁぁッ!!」

受け入れた部分が引きつって痛い。処女を失ったとはいえ、一度しか男を受け入れたことのないそこは固く、まだアストロードの形になじんではいなかった。

限界まで押し広げられ、ぎちぎちと軋《きし》む音が聞こえる気がする。息をするのも精一杯で、セラフィーナは何度も口を開いては閉じ、肺に空気を取り込もうとした。

アストロードは動こうとせず、じっとしている。何をしているのだろうと思っていたセラフィーナだったが、ようやく呼吸が落ち着き始めた頃に気づいた。

彼はセラフィーナがこの大きさにある程度慣れるまで、待ってくれているのではないだろうか。

「アスト……ロードさま」

手を伸ばし、アストロードの背中に触れる。

怒りを覚えていても、結局のところ彼は優しい人なのだ。自分以外の女性にも、きっとこんな風に優しく触れるのだろう。そのことが今は無性に切ない。

早く、何も考えられなくなるほどぐちゃぐちゃに掻き乱してほしい。

せめて今だけでも、その瞳に自分だけを映していてほしい。

「動いて……」

縋《すが》りつくセラフィーナの甘えるような表情と言葉に、アストロードは目を見開く。何かを探るような、そんな目つきだった。けれど探し物を見つけるより、必死でとどめていた欲望が彼を押し流すほうが早かった。

「セラフィーナ……」

情欲の滲んだ声が、セラフィーナの名を紡《つむ》ぐ。アストロードが中で動き始めたのは、それからすぐのことだ。

ずくずくと出し入れを繰り返し、力強く穿《うが》つように奥に叩きつける。抉《えぐ》るような動きに内臓を押し上げられ、苦しさから呻き声が上がる。

「んっ、ぅくっ……あ、アスト……っさ、あぁぁッ」

だらしなく開きっぱなしの唇からは嬌声《きょうせい》とも悲鳴ともつかない声が漏れ、もはや閉じることすらままならない。唇の端からは唾液が零れ、拭う間もなく枕を汚していく。

アストロードの寝台を汚している自覚はあったが、もうそれどころではなかった。

花弁を激しく捲《めく》り上げ摩擦する熱に、どんどん感覚が痺れて麻痺《まひ》していってしまう。もう、痛いのか熱いのか苦しいのかも分からない。

「あ……っ、あ！　や、んンっ、あ、あつい……っ」

「つは、セラ……フィーナ、君の中は本当に……熱い……っ」

苦し気なアストロードの声が耳を打ち、セラフィーナの中が窄まった。ぎゅっと締めつけることによって彼の形や大きさを如実《にょじつ》に感じてしまい、自分の最も深い部分に雄を受け入れ

ているという事実を改めて実感させられる。

「やぁ、あ、あぁっ、ン、ぅふ……っ」

もうこれ以上奥などないというのに、更なる深みへ迎え入れようと、セラフィーナの中はぎゅうぎゅうと貪欲にアストロードを咥え込む。

経験が少ないからといって、アストロードは容赦しなかった。強い酒による酔いが、彼から理性や冷静さを根こそぎ奪い去っていたのだ。

肌がぶつかり合う音が断続的に鳴り響き、そのたびに愛液が飛沫《ひまつ》を上げあらゆる場所へ飛び散った。

「あぁっ、あっ、いぁ、あ、やぁぁっ」

「セラ、フィーナ……っ」

「あぁぁっ、ひぁっ、んくっ、ん、あ！　ああ！」

膨らみきった雄の切っ先が、暴力的な強さでもってセラフィーナの弱い部分を突き上げる。それが、ぐっ、と中で質量を増した。かと思えば、次の瞬間、セラフィーナの胎内に熱いものが迸《ほとばし》り、内部を満たしていく。身を捩って逃れようとしたが、アストロードが足首を摑んでそれを押しとどめた。

セラフィーナの膣内は収縮して精を飲み干そうとしている。アストロードのほうもまた、ありったけの子種を注ぎ入れようと何度か大きく腰を前後させた。

そうしてようやく吐精が収まっても、アストロードはそこから動こうとはしなかった。埋められた杭も力を失っておらず、いまだセラフィーナの狭隘《きょうあい》を拓《ひら》いたままだ。

荒い息が整うか整わないかのうちに、彼は何の宣言もなくそれを再開した。

セラフィーナは驚愕《きょうがく》に目を見開き、悲鳴を上げる。

「あぁあっ……ん！　あ！　待って、まだ駄目……ぇ」

手首をつっぱりアストロードの身体を押しやろうとしたセラフィーナだったが、難なく捕えられ枕に押しつけられてしまう。

それだけではない。激しい突き上げにセラフィーナの身体が上にずり上がっていくたび、アストロードは足首を引っ張って元の位置に戻すのだ。

「うっ……、んん……ふあ！　あ！　あぁぁっ」

やがて揺れる乳房に噛みつこうとした彼は、身長差のせいでそれができないことに気づき、小さく舌打ちを零した後にセラフィーナの身体を自らの上に押し上げた。

アストロードの腰を挟んで跨《また》ぐ体勢となり、セラフィーナの視界は急に高くなった。

ぐっと奥深くまで食い込む男の熱に、叫び声を上げようとしたが喉が引きつって音にならない。

強すぎる快楽にぶるぶると震えるセラフィーナの胸に望み通り噛みつき、先端を舐め転がしたアストロードは、ちぎれるかと思うほどの強さで吸いついた。

「つ、あ――――ッ……！」

哀《あわ》れなほど掠れた、高い悲鳴がセラフィーナの口から零れる。軽く達したのだ。

散った涙を吸い取り、アストロードは律動を再開した。臀部《でんぶ》に指が食い込むほど強く上から押さえつけ、秘部がぴたりと密着した体勢で揺さぶる。

合わさった肌に意図せず花芽を擦りつける形となり、セラフィーナはいやいやと何度も首を横に振った。

腹の奥に灼熱を感じ、入口にも肌の熱さを感じ、どこもかしこも火傷しそうなほどに熱くて、この熱を鎮めてほしいと思うのに、もっともっと感じていたいとも思う。

「セラフィーナ、……っ、たまらないな……」

感極まったアストロードの声は、悦楽を隠そうともしていない。彼が自分の身体で感じてくれているのだと実感した瞬間、セラフィーナの胎内は歓喜にざわめく。

好意を抱く相手が自分に欲情してくれているのが、これほど嬉しいなんて。

「や、ぁん……っ、あ……やめ、て……これ、いやぁ……ッ」

もはやセラフィーナの口から零れる言葉は意味をほとんどなしておらず、おざなりの抵抗の言葉はぎしぎしと激しく軋む寝台の音に掻き消されるばかりだ。

おかしくなりそうなほど立て続けに快楽を与えられ続け、蕩けきったセラフィーナの頭はまともに物を考えられない。

頬は火照り、その上を涙が幾筋も流れ落ちていく。

きっと今自分は、信じられないほど淫《みだ》らな、雌の顔をしているのだろう。

「や、あん、あっ！　アストロードさま、もう、ぁ、あぁっ、ンっ、んぅぅ……ッ」

蕩けきったセラフィーナの視界の中で、アストロードが苦し気に顔を歪める。紺色の瞳が急激に距離を詰めたかと思えば、唇を塞がれた。

唾液で潤んだ唇の中に舌を差し入れたまま、律動を続ける。ぐらぐらと揺すり立てられ、合わさった唇の隙間からは喘ぎとも呻きともつかない声がひっきりなしに漏れた。

「んっ、んぅ、ぅ……っく、ふ、うぁ……」

振り落とされないように、セラフィーナはアストロードの背にぎゅっとしがみつく。そうすると彼の胸板で胸の先が擦れ、また新たな快感を生み出した。

壊れてしまいそうだ。そう思った。

身体も思考もバラバラになって、このままわけが分からなくなってしまえば、どんなに良いことだろう。赦されないことだけれど、せめて今だけは。

セラフィーナは彼が避妊薬を飲んでいないことすら気づかないまま、その後も収まらない熱を明け方まで受け止め続けた。


――目覚めたとき、既にアストロードの姿はそこにはなかった。

もう日はだいぶ高く、彼も仕事に行ったのだろう。

ただ枕元に新しい着替えと共に一枚の紙が置いてあり、今日は侍女の仕事は休むように書き置きが残してある。先輩侍女にも、今日は来なくて良いと伝えてあるそうだ。

『動けるようになるまで、寝台は自由に使ってくれ』

書き置きは、そう結んであった。

腰が重い。無理な体勢を取らされたせいもあってか、身体中が痛む。上体を起こすと、はずみで中から昨日――いや、最後に彼が欲望を吐き出したのは早朝だったか――の名残が零れ出してくる。蜜と混じっているせいか大量で、内腿を濡らす感触が気持ち悪い。

セラフィーナは足を抱え、頭を膝頭に押しつけた。

処女を失った翌朝と同じだ。横にアストロードの姿はなく、セラフィーナは寝台に一人取り残されている。

ただあの日以上に、胸の痛みは大きかった。

――嫌だ。

アストロードに抱かれたことがではない。彼が、自分以外の女性と同じことをするのが、無性に嫌だったのだ。

彼の幸せのためになら我慢できるなんて、嘘だ。

セラフィーナに快感を与えた指で別の女性の肌に触れ、セラフィーナの名を囁いた唇で別の女性に愛を囁くところを想像するだけで、心が軋む。

好きで、好きでたまらない。本当は、自分だけを見ていてほしい。再び抱かれたことで、それを思い知ることになるなんて。

けれどセラフィーナはそんな勝手な想いを、アストロードに伝えるわけにはいかない。

昨日の一件は、彼が望んだことではない。酒に酔った上での過《あやま》ちだったのだ。

『……すまなかった』

気絶するように眠りに落ちる直前、セラフィーナはアストロードのそんな言葉を聞いた。

あのときにはアストロードもだいぶ、酔いが覚めていたのだろう。セラフィーナを抱いたことを心底後悔したような、そんな苦し気な声だった。

どちらにせよ、もうここにはいられない。アストロードと他の女性が幸せになる姿を平然と見ていられるほど、セラフィーナは強くなかった。

――ここを、辞めよう。

この数ヶ月で当分生活に困らないだけのお金はもう貯まったし、ネリルもだいぶ健康体になってきている。こんなに早く辞めるなんて恩を仇で返すようで気が引けるが、セラフィーナにはもう耐えられそうもない。自分の感情を押し隠すのも、もう限界だ。

だから、早くここを離れなければ。元々、愛人だなどと噂されていたセラフィーナの存在は、アストロードにとっても彼の妻となる女性にとっても良いものではない。

アストロードのことが好きなら、せめて彼の邪魔にならないよう、遠くから彼の幸せを願おう。

◆

――私は、何てことをしてしまったんだ。

部屋を出て軍本部に向かう途中、アストロードは人目がないのを良いことに、盛大に頭を壁に打ちつけた。

ガツン、と鈍い音がし、頭蓋《ずがい》に痛みが走る。だがそれ以上に、胸の痛みが大きかった。

――セラフィーナが妬《や》いてくれなくて、自棄酒《やけざけ》をした挙句《あげく》その勢いで襲うなんて……。

あのザマはなんだ。か弱い女性を、力任せに抱いてしまうなんて。しかも久しぶりで溜まっていたせいで、朝まで頑張ってしまった。最低最悪だ。

「あぁ……」

頭を抱えたまま、アストロードは呻きながらその場にしゃがみ込む。そのまま、誰も見ていないのを良いことにグリグリと額を床に押しつけた。叶うことならこのまま埋まってしまいたかった。

仕事が終わったら、ひれ伏してでも赦《ゆる》しを請わなければ。

ただ一つだけ言い訳をさせてもらえるならば、我慢ならなかったのだ。

ルシエラに興味なんてない。欲しいのはセラフィーナだけだ。それなのに、セラフィーナは少しも気づいてくれない。それどころか、別の女との結婚を勧めてくるだなんて。

――彼女は、私のことを何とも思っていないのか？

今やアストロードの男としての自尊心やら純情は、海より深いところへ沈んでいきそうだった。

それもこれも、さっさと想いを伝えないアストロード自身にも非はあるのだ。だが、それにだって一応きちんとした理由はあるのだ。

今の関係で好きだと言ったとしても、彼女は萎縮《いしゅく》してしまうだけだろう。身分の差が、などと言って、アストロードと距離を置こうとするに違いない。そうなっては元も子もない。

せめて、あの指輪のことがもう少しはっきりと分かれば――。

「アストロード殿下！」

不意に弾む声をかけられ、アストロードは慌てて思考の海から現実へと舞い戻った。

すぐそこにルシエラがおり、笑顔でアストロードを見つめている。青いドレスでこの上なく綺麗に着飾っており、花の顔にはアストロードに対する恋情が隠しようもなく浮かんでいた。

それでもぴくりとも心を動かされることはない。彼にとっては、どんなに着飾った美しい女性より、セラフィーナのほうがよほど魅力的なのだ。

アストロードは慌てて立ち上がり、居住まいを正した。

「ごきげんよう、殿下。何をなさっておられましたの？」

「少々、訓練のための準備運動で腕立て伏せを」

苦しい言い訳だったが、世間知らずの令嬢に対する誤魔化しとしては充分だと思いたい。

「まあ、熱心でいらっしゃいますのね」

尊敬の眼差しを向けられ、すかさず礼儀正しい微笑を貼りつける。

小さい頃から、王の妾《めかけ》の子として王宮で大勢の貴族たちに囲まれて育ったのだ。偽物の笑顔を浮かべることなど息をするほどに簡単だ。

微笑みかけられたルシエラは、夢見心地にうっとりと頬を上気させている。

「先日、セラフィーナに殿下への伝言をお願いしたのですけれど、お聞きになりまして？」

「茶会への誘いを頂いたと聞いている」

その答えに、ルシエラは一層笑みを深める。色よい返事が聞けると信じて疑っていない、そんな表情だ。

相手を恋い慕う気持ちが分かる、それだけに、この笑みを翳《かげ》らせてしまうのは忍びない。けれど、だからといって好きでもない相手の気持ちに応えられるほど、アストロードも博愛精神に満ちているわけではなかった。

セラフィーナがルシエラに何を言ったかは知らないが、これ以上実らぬ恋に期待させるのも酷《こく》だ。この辺りで諦めさせておいたほうが、彼女のためにもなるだろう。

「ルシエラ殿。申し訳ないが、私はこれ以上貴女にお付き合いする気はない」

「……え」

きっぱり告げると、ルシエラが笑顔のまま、石のように固まる。一体何を言われたのか、さっぱり理解できないという顔だった。畳みかけるように、アストロードは更に言葉を続けた。

「先日、貴女の誘いに乗ったのは、私の侍女を助けてもらった礼のつもりだ。申し訳ないが、他に理由はない」

「で、でもセラフィーナは、殿下がわたくしのことをお褒めになっていたと……」

「彼女が何を言ったのかは知らないが、私の考えは以上だ。失礼する」

踵《きびす》を返して去ろうとしたアストロードだったが、とっさに軍服の裾を摑まれ、足を止めざるを得ない。ルシエラが追い縋《すが》ったのだ。

振り向いて、離すよう頼もうとした。だがそれより早く、なぜかルシエラの手はあっさりと離れてしまう。

彼女はアストロードを見上げながら、呆然《ぼうぜん》と呟いた。

「どうして、殿下のお背中から……セラフィーナの付けている薬の香りがしますの……？」

しまった、とアストロードは顔を顰めた。

最近、セラフィーナが荒れた手に良いと付け始めた軟膏《なんこう》は、林檎のような独特の甘い香りがする。昨日セラフィーナを抱き上げた際、その香りが染みついてしまったのだろう。

すぐさまに言い繕おうとしたが、顔に走った動揺までは隠せなかった。

ルシエラは、セラフィーナとアストロードのあいだに何があったのかを、正しく理解したようだ。傷ついたように目を潤ませ、鼻の頭を赤くしてぎゅっと唇を嚙みしめる。

「わたくし、失礼いたします……！」

それだけを言い置いて、カツカツと靴の音を響かせながら早足でその場を立ち去った。

しばらくその方向を見送っていたアストロードだが、すぐに頭を振って気持ちを切り替える。

どういった形にしろ、彼女には自分のことを諦めてもらわなければならなかったのだ。非情かもしれないし最善の方法とは言いがたかったが、これで良かったのだろう。

そんな考えが間違っていたと知らされるのは、それから三日後のこととなる。

五話

アストロードと二度目に身体を重ねてから数日、セラフィーナは体調不良を理由にし、先輩侍女に仕事を代わってもらっていた。

彼と顔を合わせたくないというのも大きな理由だが、だからと言ってあながち仮病というわけでもない。

あの日のできごとや、ルシエラのこと、アストロードの結婚のこと。様々な事柄が頭の中を悩ませ、心に重く伸し掛かっていたのだ。

その思考に果ては見えず、日に日に表情にも翳《かげ》りが出てくる。食も細くなり、鏡の中に映る自分を見て、やつれてしまったと驚くほどだ。

ここを辞めようとは決めたものの、それをするためにはアストロードの許可が必要だ。でもやはりまだ、彼と顔を合わせる勇気はない。

セラフィーナが顔を見せないようになってから、アストロードが何度か訪ねてきたことも知っている。そのたびに眠っているふりをしてやり過ごしたけれど、もうそろそろ限界だ。

その日もセラフィーナは重い気持ちを抱えたまま、アストロードの部屋を掃除していた。

食事の準備などの場合はいやでも顔を合わせなければならないけれど、掃除であれば彼がいない間に終わらせられる。

セラフィーナの様子から何かを感じ取ったのか、先輩侍女は何も追及してこない。ただ体調の心配をし、無理しないようにと言ってくれただけだ。

寝具を替えるために倉庫を訪れると、ちょうど遠くにルシエラの姿が見えた。友人の令嬢たちと談笑している最中のようだ。

――――そうだ、ルシエラさまなら。

ふとセラフィーナの脳裏に、かつてルシエラにかけられた言葉が蘇《よみがえ》る。何かあったら力になる、と。彼女は確かにそう言ってくれた。

全ての事情を包み隠さず話すわけにはいかないけれど、今頼れるのはルシエラの他にいない。彼女なら何とかしてくれるだろう。

セラフィーナはその日のうちにさっそく、ルシエラを訪ねることにした。


「まあ、突然どうなさったの、セラフィーナ」

優しい笑顔に出迎えられ、久しぶりにセラフィーナは肩から力を抜いた。このところ色々なことに頭を悩ませていて心安らぐときがなかったのだが、いつもと変わらないルシエラの態度に癒《いや》される気分だ。

「すみません、ルシエラさま。実は、折り入ってご相談したいことがあって……」

「良いのよ、遠慮なさらないで。わたくしたち、お友達でしょう？　さあ、お入りになって」

ルシエラの手が優しくセラフィーナの背中を押す。それだけでもう泣き出してしまいそうだったが、ぐっと息を呑《の》んでこらえた。

ルシエラに変に思われるような態度だけは取ってはいけない。アストロードを恋い慕《した》う彼女の前で、彼とのあいだに何かあったと勘付かれるようなことだけは避けなければ。

そうして部屋に入りソファに腰かけたセラフィーナは、ぽつぽつ語り始める。

「やっぱり、王宮みたいな華やかな場所はわたしには合わなくて……。先輩やアストロードさまにもご迷惑をおかけしますし、それに弟の病気も良い方向に向かっていますので、侍女を辞めようかと思っているんです」

あらかじめ用意しておいた嘘の理由は、口にすると思っていた以上にそれらしく、真実味を帯びているように感じた。実際に、多少なりとそういったことは感じていたので、完全に嘘ではないのが良かったのかもしれない。

ルシエラは黙って聞いてくれていたが、話が一通り終わると、心配そうに口を開いた。

「でも、ここを辞めてどうなさるの？　行く当ては？」

「こちらで働かせていただいた経験を生かして、他所で働いていこうと思っています」

短期間ではあるが、王宮で働いたという経験があればどこか雇ってくれる屋敷もあるだろう。王弟の侍女ともなれば尚更だ。

勝手な都合で辞める上にアストロードの名を良いように利用する行為だ。気は引けるが、生活のためには仕方のないことだと割りきるしかない。今後は働きながら、ネリルと一緒に慎《つつ》ましく暮らしていこう。

「セラフィーナがそう決めたのでしたら、寂しいけれど反対はしませんわ。でも、わたくしに相談というのは何ですの？」

「……厚かましいご相談とは思うのですが、わたしが辞めてしばらくのあいだ、アストロードさまのところにルシエラさまの侍女を貸していただきたいのです」

「わたくしの？」

思いも寄らぬ相談だったとばかりに、ルシエラは大きく目を見開いた。

「はい。……いきなりわたしが辞めてしまっては先輩にも負担がかかりますし、アストロードさまも困ってしまうと思いますので」

「それは一向に構いませんけれど、何もそんなに急ぐことはないのではなくって？　せめて次の方が見つかってからでも……」

「アストロードさまは優しい方ですから、そうなればきっとわたしを引き留めようとします。ですからあの方がお仕事のあいだに、先輩に辞表を預けて去るつもりです」

そう、アストロードは優しい。

処女を奪った責任を取るなどと言って、侍女の仕事を与えてくれるほどだ。あれはセラフィーナのほうから望んだことなのに。

本当に、何て責任感の強い人だろう。セラフィーナが辞めることを直接言えば、自分のせいだと気に病んでしまうことは目に見えている。それは望ましくない。

「ねえ、セラフィーナ。あなたの気持ちは分かりましたわ」

秘密の計画を打ち明けるセラフィーナの手を取り、ルシエラは額を突き合わせるようにして顔を近づけた。

「でも、お仕事なんてそう簡単に見つかるわけではないでしょう？　侍女やメイドを募集しているお屋敷を探して、そこから面接をして……。新しく住む場所も探すとなれば、時間も手間もかかるわ。だからわたくし、貴女に協力して差し上げますわ」

「協力……？」

「知人のお宅で、住み込みの使用人を募集していますの。子供好きの老夫婦で、弟さんと一緒に住むと言っても快く引き受けてくださるはずですわ。そこで働く気はありませんこと？」

願ってもない申し出に、セラフィーナは迷わず頷《うなず》いていた。

以前住んでいた部屋を引き払った今、住み込みで雇ってくれるというのは願ってもない好条件だ。何よりルシエラの紹介ならば安心できる。

「ありがとうございます、ルシエラさま。助かります」

「他人行儀なことおっしゃらないで。先ほども申し上げたでしょう？　わたくしたち、お友達ですもの……」

セラフィーナの背に手を回し、ルシエラがそっと抱擁《ほうよう》する。セラフィーナもまたルシエラの背に手を回し、感激に胸を熱くしていた。

だから、気づけなかった。

金色の髪に顔を埋めたルシエラが、そのとき酷く歪んだ仄暗《ほのぐら》い笑みを浮かべていたことに。

◆

数日後。セラフィーナは用意していた辞表を先輩侍女に渡した。

「アストロードさまに渡しておいてください。短い間でしたが、お世話になりました」

何か言いたげな先輩侍女に別れを告げ、足早に王宮を出る。

外には馬車が待っており、既にルシエラが乗り込んでいた。

「お待たせしてすみません」

「よろしいのよ。さあ、参りましょう」

荷物を抱えたセラフィーナをにこやかに迎え、ルシエラは御者《ぎよしや》に命じて馬車を発車させた。

この馬車は、ルシエラが用意してくれたものだ。セラフィーナが働くことになる屋敷が少し離れた場所にあるということで、好意でそこまで送ってもらえることになっていた。

まずはヴィエンヌ邸に寄ってネリルを連れ出してから、目的地へ向かうことにした。

屋敷に住む老夫妻は、ルシエラの紹介なら信頼できると、面接なしでセラフィーナを受け入れることに決めたそうだ。ルシエラの言っていた通り、ネリルが一緒に住むことも許してくれたらしい。

「おねえちゃん！」

ヴィエンヌ邸に到着すると、庭で遊んでいたネリルが姉の姿にすぐに気づき、飛んできた。以前よりふっくらと愛らしい頬をした弟を受け止め、抱き上げる。

「また少し、重くなった？」

前回、会ったときもそう思ったが、今回は腕にかかる重みが更に増した気がする。鶏《とり》ガラのように痩《や》せていた腕や足も、今は小さな子供らしくふくふくとしていた。

「うん！　ぼく、ごはんいっぱいたべてるんだよ」

「えらいじゃない。たくさん食べて、大きくならないとね」

そうしてネリルを下ろすと、彼はきょろきょろとセラフィーナの背後に視線をやって、何かを探している様子であった。

「ねえ、おねえちゃん。きょうはどうしたの、おやすみなの？　おにいちゃんはどこ？　どうしていつもとちがうバシャなの？」

いつも休日に顔を見に行くときはアストロードが一緒だったから、姿が見えないことを疑問に思ったらしい。質問責めにされ、セラフィーナは苦笑した。

「アストロードさまは一緒じゃないのよ。今からお友達とお出かけをするから、ネリルを迎えに来たの」

ほら、と馬車のほうを示すと、ネリルはよく分かっていないという風に首を傾げている。

そうしていると、屋敷の中からヴィエンヌ夫人がやってきた。

「セラフィーナさんじゃない。久しぶりねえ。今日はどうなさったの？」

「お久しぶりです。お友達のお宅に招かれたので、ネリルを連れてお邪魔するつもりです。小さい妹さんがいらっしゃるそうなので、良い遊び相手になるかと思って」

「まあ、そうなの？　良かったわね、ネリル」

「うん！」

本当の親子のように仲睦《なかむつ》まじげに微笑み合う二人の姿に、罪悪感で胸が痛む。

もちろん、友達の家に行くというのはセラフィーナの考えた嘘だ。ネリルを連れ出した後は、もうここに戻るつもりはない。

夫人はネリルをとても可愛《かわい》がってくれており、ネリルもまた夫人に懐いている。それが分かっていながら、セラフィーナは二人を別れさせるのだ。

散々世話になっておきながら、勝手な話だ。自分が心底嫌になる。

あんなに良くしてくれた夫人に、後ろ足で砂をかけるような真似をするのか、と思う自分もいる。

けれどネリルをここに置いていくわけにはいかないし、夫人を説得できたところで、セラフィーナの行き先は確実にアストロードに知られてしまう。

彼はきっと、セラフィーナを追いかけるだろう。けれどそれは責任感であって、愛情ではない。どうせ戻ったところで、セラフィーナの立場など愛人が関の山だ。

そんな中途半端な関係は、互いのためにならない。二人は別々の道を歩むべきで、この嘘はそのためには必要なことなのだ。

セラフィーナは強引に自分を納得させると、ネリルの手を引いて歩き出す。

「いつ頃戻るの？」

「多分、夕方頃には戻ると思います」

「そう、分かったわ。気をつけていってらっしゃいね。楽しんで」

「いってきます！」

夫人に元気に手を振るネリルの笑顔が、胸に重く伸し掛かった。

セラフィーナは振り返ることなく、馬車へ向かう。夫人の笑顔を、これ以上見ていたくはなかった。

「――――その子がセラフィーナの弟さん？　とっても可愛らしいんですのね」

セラフィーナと共に馬車に乗り込んだネリルを見るなり、ルシエラがそんな声を上げた。

弟のことを褒められて嬉しく思わない者などいないだろう。セラフィーナは誇《ほこ》らしげな笑みを浮かべて、ネリルの頭に手を置く。

「ほらネリル、お姉さんにこんにちはって」

「……」

「どうしたの？」

普段であれば、人見知りでありながらも姉の言うことは素直に聞くはずのネリルが、なぜしないのだ。

か従わない。セラフィーナの腰の辺りにぎゅっとしがみつき、ルシエラと目を合わせようと

「すみません、この子ったら……。ルシエラさまみたいに綺麗《きれい》な方を見たことがないから、きっと緊張しているのね」

「お気になさらないで。まだ小さいんですもの」

気にした風もなく、ルシエラは首を横に振った。

馬車はゆっくりと、道を進んでいく。しばらくルシエラと他愛もない会話をしていたセラフィーナだが、しばらくしてふと窓の外に視線を向けた際、見えた風景に違和感を覚え、眉を顰《ひそ》めた。

見慣れた光景は、マルレーヌ街二丁目のものだ。聞いていた屋敷のある場所は、たしか正反対の方向だったはず。

「あの、ルシエラさま……？」

「どうなさいまして？」

何かおかしいと思って声を上げたセラフィーナだが、ルシエラは不思議そうに首を傾げるばかりだ。口元には、いつもと同じ鷹揚《おうよう》な笑みが浮かんでいる。けれどだからこそ、セラフィーナはそこに違和感を覚えた。

方向が違うことにルシエラが気づかないはずはない。なのになぜ、彼女はこんなにも落ち着いた様子なのだろう。

背筋をじわじわと不安が這《は》い上がっていく。何か嫌な予感がした。

その予感が現実のものとなったのは、それからしばらくして馬車が緩やかにその速度を落とし、ある屋敷の前に停車した時だった。

――ロベール男爵邸。

見覚えのありすぎる光景を前に、セラフィーナはとっさに声が出ない。驚愕《きょうがく》の表情を浮かべてルシエラを見ると、彼女は相変わらずおっとりと微笑んでいた。

最初からセラフィーナをここに連れてくる気だったとしか思えない表情だった。

「ルシエラさ……」

言い終えるより先に馬車の扉が乱暴に開け放たれ、外から男の太い腕が伸びてくる。たった今まで手綱《たづな》を握っていた御者の腕が、セラフィーナの腕を摑み馬車から強引に引きずり出す。

「何するの!?」

「喚《わめ》くな！　大人しくしろ!!」

よく見れば御者だけではない。車の外には他にも二十名の男たちがおり、セラフィーナが逃げ出さないよう周囲を固めている。

明らかに、常識のある一般人という感じではない。剣を佩《は》いてはいるが、軍人でもないだろう。どちらかというとチンピラかゴロツキの類だ。雇われてここにいる。そんな雰囲気だった。

「男爵は中においでですの？」

一人、馬車からゆっくり降りてきたルシエラが、男たちに向かって平然と話しかけた。

「へへ、居間でお待ちかねですぜ。ルシエラお嬢様」

「気安く呼ばないでくださる？」

男に名を呼ばれ、ルシエラが不快感を隠そうともせずぴしゃりと命じる。

「おお怖い」

男は大げさに肩を竦《すく》めてみせたが、少しもそう思っていないことはおどけた態度を見れば明らかだ。

伯爵令嬢であるはずのルシエラが、なぜこのようなガラの悪い男たちと知り合いなのか。

ルシエラを見たが、彼女はセラフィーナを一瞥《いちべつ》しただけで、何も答えてはくれなかった。

「連れてお行きなさい」

ルシエラの命令に、男たちはセラフィーナの手首を掴んで無理やり屋敷のほうへ引っ張っていく。掌に籠《こも》る力はとても女性に対するそれではなく、骨が軋《きし》むように痛みを訴えた。

「おねえちゃん!!」

ネリルの悲鳴に弾かれたようにそちらを見れば、男の一人が泣いているネリルを抱え、無理やり連れ出しているところだった。

弟まで乱暴な扱《あつか》いをされ、怒りが恐怖を押しきる。

「ネリル！　ちょっと、弟に乱暴しないで!!」

頭に血が上って反射的にそちらのほうへ駆け出そうとしたが、周囲の男たちに阻《はば》まれ、背中を小突かれるようにして歩かされる。足を止めるなと言いたいらしい。

「黙って従ってりゃガキに手出しはしねぇよ！」

言い換えれば、抵抗すればネリルに危害を加えられる恐れもあるということだ。不本意だったが、弟の身には代えられない。大人しく従うしかないだろう。

セラフィーナはただ、歩き続けるしかなかった。

「ほら、さっさと入れ!!」

突き飛ばされるように、玄関扉を潜《くぐ》る。久しぶりに足を踏み入れた男爵邸は、以前とさほど変わりないように見えた。ただ一つ、人気《ひとけ》がないことを除いては。

明るいこの時間帯であれば、通常は侍女たちが忙しなくそれぞれの仕事をこなしているはずだ。それなのに、人影が見当たらないどころか、気配すら一切感じられない。

しん……とした空気に胸の奥で恐怖が燻《くすぶ》り、黒い雲のように広がっていく。

やがてセラフィーナたちは、男爵邸の居間へと到着した。

「入るぜ、男爵さん」

男の一人が扉を叩き、中に向かってぞんざいに呼びかける。すぐに、ロベール男爵の返事があった。

「入りたまえ」

ネリルの涙に濡れた瞳が見上げてくる。セラフィーナは強張《こわば》った唇を何とか動かし、小声で話しかけた。

「大丈夫よ、お姉ちゃんがいるから」

本当は、これから自分たちがどうなるのか考えるだけで怖くてたまらなかったけれど、その恐怖を表に出せばネリルはますます怯《おび》えてしまう。

何としても、ネリルだけは守らなければ。

できる限り毅然《きぜん》とした表情で唇を固く引き結び、セラフィーナは男たちの先導に従って部屋の中に入った。

「やあ、セラフィーナ。久しぶりだ」

挨拶《あいさつ》を返す義理などない。機嫌良く出迎える男爵を無言のまま睨《にら》みつける。

ロベール男爵も、そうした反応は予想済みだったのだろう。特に機嫌を悪くした様子もなく、軽く肩を竦めるだけだ。

「やれやれ、君は相変わらずだね」

そして男爵は次に、ルシエラに目を向けた。

「ごきげんよう、ユジェスティス伯爵令嬢」

「ええ、ごきげんよう、ロベール男爵。お望み通り、セラフィーナを連れて参りましたわ」

にこやかに、二人は挨拶を交わす。

――――お望み通りって、どういうこと……!?

セラフィーナはたった今、自分が耳にした言葉が信じられなかった。ルシエラはロベール男爵から頼まれて、セラフィーナを騙《だま》してここまで連れて来たということなのか。

「ルシエラさま、これは一体どういうことですか……!?」

何かの悪ふざけであってほしい。冗談だと笑ってほしい。そんなセラフィーナの微かな希望を打ち砕くように、ルシエラは口元に、薄《うっす》らと冷たい微笑みを刻んだ。

「知りたいのなら教えてあげますわ。わたくし、以前から貴女のことが目障《めざわ》りでしたの」

楽しげに口にしたその言葉の意味が、一瞬理解できない。

ルシエラはますます笑みを深め、愕然《がくぜん》とするセラフィーナを小馬鹿にしたように唇の端をつり上げる。

「だってそうでしょう？　殿下のお傍にいるのはわたくしのような高貴な者であるべきなのに、侍女ごときに我が物顔でウロウロされるのは迷惑ですもの」

「でも、だって……ルシエラさま、わたしたちは友達だって……」

敵意ばかりを向けられる中でルシエラのかけてくれたその言葉は、本当に嬉しかった。セラフィーナの支えだった。なのに。

「ああ、あれ。本当に信じていらっしゃったの？　おめでたい方ね！」

けらけらと、乾いた笑いが上がる。

「わたくしが貴女《あなた》に優しくしていたのはね、セラフィーナ。殿下ともっと親しくなるために利用しようと思ったから。ただそれだけですのよ」

でなければ、誰がお前なんかと、と。ルシエラの表情はそう語っていた。

愕然《がくぜん》とするセラフィーナへ、ルシエラはもう侮蔑《ぶべつ》を隠そうともしない。

「傷つけてしまったかしら？　でも、貴女が悪いんですのよ。わたくしに協力するならと甘い顔をしていたけれど、まさか応援するふりをしておきながら、殿下に色目を使うなんて」

「色目……？　何のことを……っ」

「今更とぼけるつもりですの!?」

甲高い音が上がると同時に、頬に鋭い熱が走る。ルシエラに殴打《おうだ》されたのだと気づいたのは、じわじわと痛みが広がってからのことだった。殴られた部分をとっさに押さえようとしたセラフィーナだが、男たちに両腕を押さえつけられているため叶わない。

「殿下のお背中から、貴女にあげた薬の香りがしたわ。匂いが移るほど密着したのでしょう!!」

吐き捨てるような言葉に、セラフィーナはすぐ答えることができなかった。彼に抱かれたのは事実だったからだ。まさか、匂いが移っていただなんて思いもしなかったが。

返事のないことに、ルシエラは更に忌々《いまいま》しげに顔を歪《ゆが》めた。

「邪魔者を追い出すために、色々と調べましたの。貴女、ロベール男爵に借金があったのですってね。愛人にと請われていたのだとか」

「どうしてそんなこと……！」

「お金を使って調べればすぐに分かりますわよ。……お可哀想《かわいそう》に、借金を返し終えるなりあっさりと貴女がいなくなったものだから、男爵はずっと悲しみに暮れていたそうですわよ」

男爵はニヤニヤと笑っている。

悲しみに暮れていたなんて真っ赤な嘘だ。ネリルの治療代を借りるためにセラフィーナが愛人になるだろうと信じ込んでいた彼は、その当てが外れて落胆していただけに過ぎない。

「ですからわたくし、男爵に協力して差し上げることにしましたの。わたくしは邪魔な貴女を追い出せて、男爵は想い人を手に入れられる――――素敵でしょう？」

「そんなことしなくたって、わたしははじめからあの方の許を去るつもりで……っ」

「セラフィーナ、貴女って本当に馬鹿ね。もし貴女を追い出しても、懲《こ》りずに戻ってくるかもしれないでしょう？　それに最悪、殿下の御子《おこ》ができているかも。そうなるとわたくしが困るの。殿下の妻になるのはわたくしですもの。妾腹《しょうふく》の子の存在なんて邪魔なだけですわ」

そうしてルシエラは、再び男爵へと顔を向けた。

「さあ、お話はこれくらいにして、するべきことを済ませましょうか。……男爵」

ルシエラの唇が、美しく弧を描く。

「セラフィーナをわたくしの目の前で犯してくださいな。もう二度と、王宮に戻ってこようなんて気が起きないほどに、滅茶苦茶《めちゃくちゃ》に」

ざぁっと耳の奥で血の気の引く音が聞こえた。

ルシエラは本気だ。そしてロベール男爵も、それに背く理由はないだろう。

「ほら、ガキはこっちだ」

「おねえちゃん！　おねえちゃん!!」

「ネリルッ!!」

泣き叫ぶネリルを、男たちが引きずっていく。恐らくは別室へ連れて行かれるのだろう。

「弟に何をするの、離しなさい!!」

「そんなに大声で喚かなくとも、乱暴はしないよ。ちょっと別の部屋に閉じ込めておくだけだ。ただし、君が大人しくしなければどうなるかは分からないけれどね」

男爵がいやらしい笑みを浮かべ、セラフィーナににじり寄る。

それは脅《おど》しだった。セラフィーナが従わなければ、ネリルを傷つけることも厭《いと》わないという。

「卑怯者《ひきょうもの》……!!」

「何と言われたって愛しい君が手に入るのなら構わないよ」

歪んだ情欲にまみれた瞳を向けられ、本気で吐き気がこみ上げてくる。

こんな男に触れられるくらいなら、舌を噛み切ったほうがマシだ。けれど、ここでセラフィーナが自害すればネリルはどうなってしまうのだろう。

涙ぐみながら男爵を睨みつけることしか、もはやセラフィーナに残された道はなかった。

「大丈夫だよ、セラフィーナ。この上なく優しくしてあげるから」

セラフィーナを、残った男たちが床の上に引きずり倒す。抵抗できないよう両手を押さえ込まれたところで、上から男爵が伸し掛かった。

「手早く済ませてくださいな。わたくしもすぐに王宮に戻らなければなりませんの」

「せっかちなことだ。でもまあ、良いだろう。望むところだ」

セラフィーナの着ている服に、男爵の指先がかかる。荒い息づかいを耳元で感じ、怖気《おぞけ》が立った。

気持ち悪い。気持ち悪い……！

頭の中はその言葉だけで埋め尽くされる。

服の上から好き勝手に身体を弄《いじ》られ、嫌悪と悔《くや》しさしかない。アストロードとは全然違う。

「いやっ……」

「無駄な抵抗はやめたまえ。君だって、あれだけ私を拒んでいたくせに、王弟殿下とは随分《ずいぶん》親密にしていたようではないか。そこの彼女に聞いたよ」

男爵の指が、胸元のボタンを外し服を避けて中へ入ってきた。素肌を無遠慮に指が這い回り、胸の膨《ふく》らみにたどり着く。アストロードの付けた、赤い花弁の残る胸に。

「ああ……こんなに所有印をたくさん付けて。あいにくと成金の私は王弟殿下がどのようなお人柄かは知らないが、随分と支配欲の強いお方のようだ」

ねっとりとした触れ方に、全身が総毛立った。

セラフィーナを押さえつけている男たちは、この常軌を逸《いっ》した状況を心底楽しんでいるらしい。いやらしい笑みを浮かべ、はだけたセラフィーナの胸を眺めている。

「ああ、君の肌は何て滑らかで気持ち良いのだろうね。想像した以上に最高の触り心地だ。この肌に最初に触れた男が私でないのが残念だ」

男爵の手は胸だけにとどまらず、スカートの裾《すそ》から入り込み太《ふと》ももを撫《な》で回す。荒い鼻息が、興奮してぎらぎらと光る目が、にやついた表情が。男爵の全てが不快だ。

「……ードさま」

「ん？　何だね、セラフィーナ」

「アストロードさま……」

身を捩《よじ》って、男爵の手から逃れる。

「お、おい君……」

「アストロードさま、アストロードさま、アストロードさまぁぁッ……!!」

気づけばセラフィーナは、無我夢中でアストロードの名を呼んでいた。

あまりの大声に、両手を押さえていた男たちがたじろぐ。ふっと力の抜けた瞬間を見逃さず、セラフィーナはじたばたと両手両足を暴れさせてその手を振り払った。

一度嫌だと叫んでしまえば、もう我慢などできるはずもなかった。

「いやッ！　触らないで!!　助けてアストロードさま!!」

「セラフィーナ、大人しくしなさい！　助けなど来るわけがないだろう!!」

新興貴族である男爵は、セラフィーナが呼ぶ名前が誰のものなのか、皆目見当もつかないようだ。気でも触れたのかと言わんばかりに、狼狽《うろた》えながら怒鳴っている。

「何をなさっておられますの!?　早く大人しくさせなさい!!」

金切り声でルシエラが叫んだ、そのときだった。メキメキと激しく軋《きし》みながら、扉が激しい音と共に開かれたのは。

ルシエラも男爵も、そしてセラフィーナも、ハッとしてその方向に目を向ける。

扉の向こうには、アストロードが立っていた。

「アスト、ロードさま……？」

これは幻だろうか。それとも現実なのだろうか。

まるでセラフィーナの助けを呼ぶ声を聞き届けたかのような彼の登場に、皆が声を失った。

「そんな……外の見張りは一体……」

男爵が、信じられないとでもいうように目を見開いている。

呟《つぶや》きの答えは、アストロードを見れば明らかだった。彼の持つ剣の刀身から、血がぽたぽたと滴《したた》り落ちている。

「だ、誰だお前はっ!! 人の屋敷に無断で立ち入って、相応の覚悟はあるのだろうな!?」

アストロードのことを知らない男爵が、立ち上がりながら唾を飛ばさん勢いで喚く。そしてアストロードが答えないのを見ると、額に青筋を立てながら、二人の男たちに命じた。

「ええいお前たち！ 金は払うっ、この不届き者を始末しろ!! 遠慮するな、殺せ!!」

男たちは顔を見合わせた。そんなことで金が手に入るのなら、お安い御用だとばかりに笑い、腰の剣を抜く。叫び声を上げながらアストロードに向けて突進していき、そのまま斬り掛かろうとした。

見た目だけを見ればアストロード以上に大柄で、屈強な体軀《たいく》の持ち主だ。恐らく、力で勝つ自信があったのだろう。

だがアストロードはそれを、瞬く間に白刃の下に斬り捨てた。

どう、と音を立て、巨軀《きょく》が床に沈む。流れる血が見る間に床を汚した。斬られた男たちはびくともしない。

「ひぃっ！」

自らの足元にまで流れ着いた血に、男爵は情けない悲鳴を上げながら飛び退った。下衣の前を寛《くつろ》げたままでいるのが、何とも間抜けな光景だ。

アストロードは、つかつかと男爵の許に歩み寄ると、彼の顎《あご》を殴り飛ばした。情け容赦ない力に男爵の足は床を離れ、どさりと背中から倒れ込む。

確かに意識を失ったのを冷めた目で確認してから、アストロードは次にルシエラに厳しい目を向けた。

「ルシエラ殿。……いや、ルシエラ。これは一体どういうことだ」

低く、唸《うな》るような声が、凍りついた空気を打つ。

「あ……わ、わたくしは……男爵に脅されて……それで仕方なく……」

「脅されて？　嘘を言うな。外を守っていた男たちが白状した。黒髪の貴婦人に雇われたのだと。……箱入り娘の浅知恵だな」

呆れたようなアストロードの物言いに、ルシエラは真っ青になってがくがく震《ふる》え出す。

「大方嫉妬《しっと》だろう。残念だが、セラフィーナがいなくなったところで私がお前と一緒になることはありえない。何を勘違いしたのか分からないが、このたびの件については心底軽蔑《けいべつ》した。今後一切、私には関わらないでもらいたい」

これまで、仮にも伯爵令嬢相手ということで保たれていたアストロードの礼儀は、脆《もろ》く崩れ去った。侮蔑を隠そうともしない態度に、ルシエラはその場にへたり込んで泣き始める。

だがアストロードはそんなルシエラにそれ以上構わず、迷うことなくセラフィーナの許へ駆け寄った。

「セラフィーナ……！」

掠《かす》れた声で名を呼び、無事を確認するよう抱きしめる。

息もできないほどに強く抱き竦められ、セラフィーナは涙を流した。

「どうしてここに……」

「君が辞表を置いて急にいなくなったと聞いて、急いで探しに出た。ルシエラの……ユジェスティス家の馬車に乗っていたのを見た者が何人かいて……。母も、君の様子が何となくおかしかったと」

「奥さまが……？」

「馬車の向かう方角を母が見ていてくれて助かった。おかげですぐに居場所の見当をつけることができた。……間に合って良かった」

乱れたセラフィーナの衣服を隠すように、上からアストロードが外套《がいとう》を被せる。その手は、微かに震えていた。

しばらくそうして抱きしめ合いながら、ふとセラフィーナは先ほどのアストロードの言葉を疑問に思った。

そういえば、どうして彼は馬車の向かった方角だけで、セラフィーナたちの居場所に見当をつけたのだろう。セラフィーナは今まで彼に一度も、ロベール男爵に借金がある話はしていなかったはずだ。

「アストロードさま、でもどうしてわたしたちがロベール男爵の家に向かったと分かったのですか？」

「それは……」

アストロードが答えようとしたそのとき、俄《にわか》に外が騒がしくなった。かと思えば、ガチャガチャと金属音交じりの足音が聞こえくる。音はどんどん近づき、部屋の前で止まった。

「ああ、兵が到着したようだ」

「兵!?」

驚くセラフィーナの前に現れたのは、鈍く光る銀の甲冑《かっちゅう》を身に着けた兵士たちだ。それも、一人や二人ではない。十人、二十人……いや、もっといるはずだ。

「殿下、一階は異常ありません！」

「引き続き二階の確認を行います!!」

「ご苦労」

どうやらこの兵士たちは、アストロードに命じられてここまで来たらしい。

まさか、セラフィーナ一人を助け出すために、これほどの人数を駆り出してきたというのか。あっけにとられるセラフィーナを前に、アストロードは兵士に命じる。

「この者たちを捕えて連れて行け。処遇はまた後程」

「殿下！　ねえ、お聞きになって……！　わたくしは貴方様のためにと……!!」

それまで呆《ほう》けていたルシエラが、悲痛な叫び声を上げた。だがその声は、アストロードの心に一片の情けすら芽生えさせることはなかった。

「早く連れて行け、目障りだ」

冷たく言い放ち、兵士たちがルシエラの両脇を抱えて連れて行こうとする。尚も悲しげな声でアストロードに訴《うった》え続けていたルシエラだが、とうとう彼が振り向いてくれないと分かると、今度は兵士たちに八つ当たりを始めた。

「離しなさい！　わたくしを誰だと思っているの、ユジェスティス伯爵令嬢ですのよ!!」

だが兵士たちも耳を貸すはずがない。ルシエラは、気絶した男爵と共に引きずられ、瞬く間に部屋の外へ連れ去られてしまった。

——可哀想な人。

遠ざかっていく喚き声に、セラフィーナは憐《あわ》れみに満ちた表情を浮かべた。

アストロードに恋をしていなければ、あるいはセラフィーナさえいなければ、ルシエラもこんなことはしなかったかもしれない。そう思うと、危険な目に遭わされたからといって単純に彼女を憎む気にはなれなかった。

だが、感傷に浸《ひた》ってばかりでもいられない。

「そうだ、ネリル……！」

「セラフィーナ？」

「ネリルが、捕まっているんです。助けなきゃ……！」

一階に異常なし、と先ほど兵士たちは言っていた。ならば、ネリルはきっと二階にいる。

立ち上がり二階に向かおうとしたセラフィーナだが、腰が抜けて足に力が入らない。

「……摑まりなさい」

アストロードが手を差し出す。セラフィーナが掌を重ねると、アストロードの手がしっかりとそれを包み込んだ。

まるで、彼と出会ったあの日のように。


――その後、セラフィーナは無事にネリルを見つけ出すことができた。二階にある客間の一室に閉じ込められていたものの、幸いにして怪我などはなかった。

ネリルをヴィエンヌ夫人に預けた後、セラフィーナは一旦城へ戻った。事後処理に追われるアストロードが部屋に戻って来たときにはもう夜になっており、セラフィーナはそこで、ルシエラやロベール男爵にされたことを、詳しく説明することとなった。

セラフィーナが真っ先に頼んだのは、ルシエラの減刑だ。

彼女のしたことは、確かに赦《ゆる》されることではない。それでもセラフィーナは、信じたかった。自分を「友人」と呼んで優しくしてくれたルシエラ。その気持ちが全て、嘘というわけではなかったと。

アストロードは渋っていたが、最終的にはセラフィーナの意思を酌《く》んでくれた。

結局ルシエラは修道院に送られることとなり、牢に入ることを免《まぬか》れた。今後は神の教えの下に、自らの犯した罪を悔い改めながら生きるように、と。

事情を知った彼女の父、ユジェスティス伯爵は意義を唱えることもなく従ったそうだ。

「アストロードさまには、何から何までお世話になりました。ありがとうございます」

「そんなことは良い。だが君は、どうしていきなり出て行った？　私に……抱かれたのがそんなに嫌だったのか」

「いいえ」

確かにあの行為自体は望んだものではなかったが、結果としてセラフィーナはアストロードを喜んで受け入れた。だからそれは関係ない。セラフィーナは静かに頭《かぶり》を振った。

「では、ルシエラに何か言われたのか？　ならば、それは気にしなくて良い。だから……戻ってきてくれ」

本当に、彼はどこまで優しいのだろう。

だがその優しさは、責任感や罪悪感が理由に違いない。そんなもので、アストロードを縛りつけたくない。

そしてセラフィーナ自身も、もうこれ以上彼への想いを募らせる前に、早くここを立ち去らなければ。

「いいえ。……いいえ、アストロードさま。もう、生活していけるだけのお金もだいぶ貯まりました。弟の治療費も充分です。これ以上、お世話にはなれません」

「セラフィーナ……」

「明日になったら出て行きます。今まで、ありがとうございました」

そうして、ぺこりと頭を下げた。

泣くな、と自分に言い聞かせる。最後くらい明るく別れたい。ぐっと奥歯を噛みしめて、涙をこらえた。そのまま、笑顔でアストロードに背を向け、立ち去ろうとした。なのに。

「……行くな!!」

「え……」

背後から、太く逞《たくま》しい腕がセラフィーナをがんじがらめにして押しとどめた。

「頼むから、行かないでくれ。君がここにいてくれるなら、私は何でもする……!」

そんな言葉を聞いた瞬間、耐えきれず涙が流れ出していた。何でもするなんて言われてしまったら、ありえない期待を抱いてしまうではないか。

「は、離して……」

それなのにアストロードは、更に力強くセラフィーナを抱きしめながら、こう言うのだ。

「私は君を、愛している。……愛して、いるんだ」

セラフィーナの頭は真っ白になった。たった今、アストロードが口にした言葉が何度も頭の中を廻っている。

――愛している、愛している……愛しているって……何……？

彼の腕から逃れようとしていたことも忘れ、愕然として立ち尽くす。衝撃で涙も止まった。

ようやくアストロードが拘束《こうそく》を解《と》き、今度は真正面からセラフィーナの顔を覗き込んだ。

「君は先ほど聞いたな。なぜ、私が君の居場所を見つけることができたのかと」

「はい……」

「初めて出会ったとき、君の笑顔に惹《ひ》かれた。そのときに、君のことを知りたくて調べさせたんだ。そうして、ロベール男爵に借金があることを知った」

知らないうちに身辺を調べられていただなんて、思いもしなかった。

驚くセラフィーナを泣きそうな顔で見つめながら、アストロードは言葉を続ける。

「調べたら満足すると思っていたが、そうではなかった。余計に気になって、それから偶然を装って何度も会いに行った」

今更そんなことを知らされ、何と言って良いのかも分からない。やけに服の仕立てに時間をかけると思っていたが、まさかわざと遠回りして会いに来てくれていたというのか。

「そうして君と話しているうちに、どんどん惹かれていった。私は君を愛している……好きなんだ。だから、出て行くなどと言わないでくれ」

情けない表情で懇願され、ようやくセラフィーナの頭が彼の言葉をじわじわと理解し始める。からかっているのでないなら、彼はもっと自分の立場を自覚するべきだ。

「わたしは……ただの花売り娘です。あなたに相応《ふさわ》しくありません」

「そう言ってくれるということは、君も私に好意を抱いてくれていると考えて……良いのか？」

図星を指され、セラフィーナの頬に薄らと血の気が上った。

「は、話を逸《そ》らさないでください！」

「逸らしてなんかいない。相応しいか相応しくないかは、私が決めることだ。私は、君しかいらない」

アストロードの手が、静かにセラフィーナの両手を握りしめる。

「君しかいらないんだ、セラフィーナ」

飾らない言葉が、真剣な眼差しが、まっすぐに胸の中を射貫《いぬ》いた。感情の波が、寄せては返す。セラフィーナの瞳から、止まっていたはずの涙が再び零《こぼ》れ出した。

「君は、私のことをどう思っている？　少しでも、好きだと思ってくれているのなら……」

口にしても、良いのだろうか。自分の気持ちを、正直に告げても。

「……好きです」

ぽつりと、涙の雫《しずく》と共に小さな呟きが落ちた。

「あなたが好きです。少し、なんて言葉では表せません。あなたが他の誰かと結婚するところを見るくらいなら、その前に出て行ったほうがマシだと思えるくらいに……」

こんな風に嫉妬する女なんて、きっと面倒に思われる。そう思っていた。

なのにアストロードは、嬉しそうに笑っている。全ての憂《うれ》いが晴れた顔で。

「そう言ってくれて、安心した」

「でもわたしは、身分が……」

「そんなことはどうでも良い。私は君自身が欲しいんだ、セラフィーナ」

「アストロードさま……」

「だから、君の全てを私にくれ。……欲しくて欲しくて、たまらないんだ」

熱を帯びた声の真摯《しんし》な響きに、胸の内が歓喜でざわつく。

戸惑《とまど》いと感激に何も言えないセラフィーナを引き寄せると、アストロードがその首筋に、鼻先を埋めた。吐息を間近に感じ、セラフィーナの体温が急激に上がる。

この状況で何をするのかなんて聞くつもりはないし、求められて嬉しくないわけはないけれど、まだ心の準備が整っていない。

「あ、の。待って、アストロードさま……待ってください……っ」

唇で肌を啄《ついば》まれるたび、身体の芯がじん、と痺《しび》れていくような感覚に襲われる。

情欲に濡れたアストロードの瞳が、セラフィーナを見上げた。

「待たない」

「でも……っ、ん……！」

往生際悪く尚も抗《あらが》おうとしたセラフィーナの唇は、アストロードのそれによってすかさず塞がれる。先日、セラフィーナが彼を怒らせた際の、奪うような口づけとはまったく違う。

砂糖菓子のように甘く、優しい感触だった。

「は……ぁ、ん、んん……」

歯列を優しくなぞられ、舌を擦り合わせる。ほんの少しのむず痒《がゆ》さと、目も眩《くら》むような心地よさがあった。やめさせないとと思っていたことも忘れ、セラフィーナはアストロードの巧みな技巧によってうっとりさせられてしまう。

愛する人と口づけを交わす喜びに、自然と胸が熱くなり目が潤む。表情を蕩《とろ》けさせたセラフィーナは、そのまま呆気《あっけ》なくソファに押し倒された。

あっという間に衣服の前を寛げられ、剥き出しになった肌のあちらこちらに口づけられる。胸を覆い隠すための下着は着けておらず、セラフィーナが身じろぎするたびにささやかな二つの膨らみがふるりと揺れた。

「いや……」

形ばかりの抵抗をしつつも、肩を押し返す手にはほとんど力が籠っておらず、説得力に乏《とぼ》しい。

アストロードの顔にははっきりとした劣情《れつじょう》が浮かんでおり、ここでやめる気がないことは明白だった。

アストロードの唇が触れるたび、白い肌に点々と赤い花が散っていく。

吸って、舐めて、甘噛みされて――どこに触れられても信じられないほど気持ちが良かった。

近づける。

「あっ……」

「好きだ、セラフィーナ」

セラフィーナの足から下着を抜き去ると左右に大きく広げ、アストロードはその間に顔を
秘めた場所を間近で見られることに羞恥を覚え、泣きそうになりながら首を横に振った。

「見ないで……っ」

足を閉じようとしたが、彼の肩が邪魔して叶わない。

あたたかい舌がそっと花弁《かべん》に触れた瞬間、セラフィーナはひっと小さな悲鳴を漏らした。

今までも、彼に抱かれた際に指でその場所に触れられたことはあった。けれど、指と舌とでは与えられる感覚がまったく違う。

じわじわと追いつめていくような柔らかな刺激に、下腹部が絶えず甘い疼《うず》きを訴えた。

恥ずかしいからやめてほしいと何度も訴えたが、アストロードは聞く耳を持たない。それどころか、更にセラフィーナを追いつめるように、わざと舌を大胆に動かしていやらしい音を立てながら舐めしゃぶるのだ。

「ひぁっ……あ、やぁぁ……、アスト、さま……っ、やめ……」

広げた足が、強すぎる悦楽にぶるぶると震える。

「君も、以前私に口でしてくれただろう」

あれは、そうしろと言われたからしただけだ。セラフィーナはこんなことを頼んでなどい

ない。

自分から溢《あふ》れてきた蜜が彼の口元を汚している。それを見るだけで、王弟にこんなとんでもないことをさせるなんて、と申し訳なさでいっぱいになるというのに。

けれどアストロードはそんなことに一切構わず、溢れてきた蜜を啜《すす》り、戯《たわむ》れに蜜口《みつくち》を舌で抉《えぐ》るのだ。乱れ狂うセラフィーナの姿を楽しむかのように。

指で引っ張り上げるように包皮を剝《む》かれ、現れた花芽《かが》を舌先で突かれた瞬間、セラフィーナは心臓が止まったような心地だった。

「きゃぁぁっ、あ、ンあぁ……ッ！」

水から引き揚げられた魚のように、びくびくと足が跳ねる。流れ出す蜜の量が増したのが、自分でも分かった。

熱に浮かされた頭の片隅では、ソファや彼の軍服を汚してしまうかも……などと妙に現実的なことを考えている自分がいる。けれどそれもすぐに、アストロードの与える愛撫《あいぶ》によって押し流されてしまった。

舌で花芽を弄られながら、泥濘《でいねい》に指が沈む。もうすっかり蜜でぬかるんだセラフィーナのそこは、難なくアストロードの指を二本、飲み込んだ。

蜜を掻き出すように、指が何度も前後に行き来する。時折折り曲げた指先で弱い場所を擦られ、セラフィーナはソファにぎゅっと爪を立てた。

「あん……っ、はぁ……、は……っ」

「すごいな……。こんなに濡れている」

「だって、アストロードさまの指が――」

「……私の指が？」

ぐるりと中で指を回転させながら、アストロードが楽しそうに聞いてくる。セラフィーナが恥ずかしがる様を楽しんでいるのだ。

もう精一杯な自分と違い、彼の何と余裕なことだろう。

「はぁ……っ、ぁ……ん、も、やめて……」

「私の、指は美味しいか」

からかうように聞かれ、セラフィーナは思わずムキになって言い返していた。

「ん、ぁ……、お、美味しくなんか……ありません……っ」

涙目で睨むと、心底楽しそうな笑い声が上がる。

「ここは、そうは言っていない」

三本目の指を押し込められると同時に、可哀想なほど真っ赤に膨れた花芽をじゅっと吸い上げられ、目の前に鮮やかな火花が散った。

下腹がぎゅっと収縮し、背筋を鋭い何かが駆け抜けていく。

「やぁッ、あぁぁぁぁ……！」

目の端から生理的な涙が零れ、赤くなった頬を伝う。半開きの唇で荒い呼吸を繰り返し、セラフィーナは息を整えようと大きく胸を上下させた。

下腹は相変わらずずくずくと疼いており、上からぎゅっと押さえつけることでその疼きを治めようとするが、ほとんど効果はなかった。

「〝セラフィーナ〟の花言葉は『清楚《せいそ》、ひたむき』と『慈しみの心』だったか……」

アストロードが独り言のように呟きながら自らの服を脱ぎ捨てる。達したばかりで朦朧《もうろう》としたセラフィーナの意識には、彼の言葉はほとんど届いていない。

「私の前でだけなら、その清楚さを脱ぎ捨て、淫《みだ》らに花開いてくれるのも良いものだな」

「あ……ぁ……、アストロードさま……」

「挿《い》れるぞ、セラフィーナ」

宣言と共に、屹立《きつりつ》したアストロードのものが中に押し入ってきた。膨らんだ切《き》っ先《さき》が花弁を分け入り、肉壁を広げながら奥へ奥へと目指していく。

「んっ、ぅう……！」

セラフィーナはアストロードの背にしがみつき、目を瞑《つぶ》って挿入に耐えた。痛くはないけれど、身に余るものを受け入れるのはやはり少しだけ、苦しい。

やがて奥まで納めたアストロードの腰が臀部《でんぶ》にぴたりと密着したのを感じてから、ようやく目を開けた。

緩やかに、律動が始まる。

「……っあ、ん、んぁ……」

「は……ぁ、大丈夫か、セラフィーナ……痛くはないか？」

「大丈夫、です……。っぅあ……！」

ソファの上だから、あまり激しい動きはできないのだろう。アストロードはゆるゆると、円を描くようにセラフィーナの中を動き回る。まるで労るようなやり方に、セラフィーナの中は徐々に柔らかく解れていった。

「前回は、酷くしてすまなかった」

「もう、気にしていません……。それにアストロードさまは、優しかったです……」

確かにあのときの彼の態度は怒りに満ちていて怖かったが、触れる手は少しもセラフィーナを傷つけなかった。激しくはあったが、決して痛みを与えられることはなかったのだ。

微笑んで、アストロードの腰に自らの足を絡める。結合が深まり、膣内で剛直が質量を増したのが分かった。媚肉《びにく》が押し広げられる感触に、セラフィーナは眉を寄せる。

「ん……アスト、……さま、おっきく……」

自然と、そんな言葉が零れ出た。

「っ、そういう、ことを……」

真っ赤になった彼の顔を見て、自分がどんなにはしたないことを口にしたのか理解しても、もう遅い。

膣内から、アストロードの熱が引き抜かれた。かと思えば、次の瞬間にはセラフィーナの身体は彼によって抱え上げられていた。

あれよあれよという間に寝室に移動したかと思えば、今度は寝台に押し倒され貫かれる。

「あぁ――――……ッ！」

狭いソファと違い、広く大きな寝台ではアストロードの動きを妨《さまた》げる理由は何もない。

パンッ、パンッ、と激しい破裂音が鳴り響き、セラフィーナの唇からはあられもない嬌声《きょうせい》が断続的に上がった。

捲り上げられた花弁は摩擦によって真っ赤に染まり、止《と》め処《ど》なく溢れた蜜がじゅくじゅくと攪拌《かくはん》され白く濁《にご》る。

「は、ぁ！　あ！　あ、いや……！」

「君が、私を煽《あお》ったから……私はその誘いに乗った、までのことだ……」

「いっ、ぁ……あぁッ！　ン、ふあ、あっ」

煽ったつもりは一切なかったのだが、もうそんな釈明を口にする余裕さえない。激しく揺さぶられ、中を穿《うが》たれ、もうそこにしか意識が向かない。

「ひぁ、んっ……アストさま、アストロ……ドさま……ッ」

「く……、君の中は相変わらず……良すぎる」

その言葉に呼応するように、セラフィーナの奥が窄《すぼ》まり更に強く熱杭を締めつける。吐精を誘うようなその動きに、アストロードが苦しげに顔を歪めた。

彼の額から頬を伝って首筋へ流れた汗が、雫となってほたりとセラフィーナの胸元に落ちる。肌寒いはずの室内は、今や二人の放つ熱気に包まれていた。

大きく腰を前後させ、子宮口をこじ開けんばかりの勢いで叩きつけられ、セラフィーナは

激しく身悶《みもだ》えして強い快楽に耐えようとした。

だが、漏れ出る声も高まる熱も、その程度で押しとどめられるようなものではなかった。

「あっ！　あ、や、ンっ！　も、だめ、だめ……もう無理なの……っ」

涙を散らしながら懇願するも、アストロードは止まってくれなかった。

やがて怒涛《どとう》の突き上げにセラフィーナの視界が明滅《めいめつ》を始め、突然真っ白に染まる。

「あぁぁぁぁッ……！」

どこか高みにものすごい勢いで押し上げられた。そのまま、羽のようにふわふわと落ちていくのを感じる。

ようやく意識が身体に戻ってきたとき、セラフィーナはアストロードに抱き竦められ、顔のあらゆる場所に口づけられている最中だった。

愛おしくてたまらない、と態度で示されているように感じる。そしてそれはきっと、自惚《うぬぼ》れではないだろう。

「アストロードさま……」

「セラフィーナ……愛している。好きだ……」

「わたしも……です」

事後のけだるい身体を、広い掌で撫でられるのが心地いい。

セラフィーナは寝台の中でアストロードに腕と足を絡め、首筋に甘えるように鼻先を擦りつける。しばらくそうして二人、子猫のようにじゃれ合った。

やがて火照《ほて》った身体が落ち着いた頃。アストロードが思い出したかのように、そういえばと口にした。

「君に大事な話があるのだった」

「大事な……話？」

首を傾げるセラフィーナに、アストロードは悪戯《いたずら》っぽい笑みを浮かべた。

「連れて行きたい場所がある。ぜひ君に、ついてきてほしい」

◆

数日後。セラフィーナはアストロードに連れられ、とある地を訪れていた。

レーヴというその土地は、オルヴェイユ王国の中ではどちらかというと北に位置しており、馬車での移動に数日かかる。春でも長袖を着ないと凍えるほどに、寒い地域だ。

「アストロードさま、どうしてこんなところに……」

「着いたら分かる」

そう言って微笑むばかりで、アストロードはレーヴを訪れた目的を一向に教えてくれない。

やがて二人を乗せた馬車は、なだらかな丘の斜面を登っていく。

窓から外を眺めたセラフィーナは、思わず身を乗り出し感嘆の声を上げた。

そこに広がっていたのは、一面の花畑だ。

群生するセラフィーナの花が丘を真っ白に染め上げ、まるで雪化粧を施《ほどこ》したかのようだった。花は月明かりを受け淡く光っており、風に吹かれて舞い上げられた花弁《はなびら》が、ゆっくりと落ちていく。まるで天使の羽のようだ。

夢のように美しい光景にセラフィーナは声を失い、食い入るように窓の外を見つめる。幻想的な風景は、この世の物とも思えない。

母が生前、セラフィーナに見せたいと何度も言っていた丘は、きっとこんな眺めだったに違いない。

馬車はゆっくりとその丘を登っていき、やがて大きな館の前にたどり着いた。

丘の上にぽつんと建っているそれは、おとぎ話に出てくる城のよう。

「お待ちしておりました」

到着したアストロードを、館の執事らしき老人が出迎える。彼はセラフィーナを見るなり、ニコニコと嬉しそうに笑っていた。

わけが分からないまま、セラフィーナはアストロードと共に応接間へと通された。

「旦那様、お客様をお連れしました」

執事の声に、窓の外に目を向けていた男性が振り向く。見知らぬ壮年男性だった。

「ロゼンティウム侯爵だ」

そっとアストロードが耳打ちをしてくるが、名前を聞いても分からない。

だというのに、ロゼンティウム侯爵はセラフィーナの顔をまじまじと穴の空くほど見つめてくる。普通なら居心地の悪さを感じても良さそうなのに、まったくそんな気はしなかった。まったく見覚えのない相手のはずなのに、どうしてだろう。穏やかな鳶《とび》色の瞳に、どこか懐かしさを感じるのは。

「君が、セラフィーナかね？　セラフィーナ・コンフィ？」

静かな声で、侯爵が語りかける。

「は、はい……」

いきなり名前を呼ばれ、セラフィーナは驚きながらも頷いた。

どうして侯爵が自分の名前を知っているのだろう。

「もっとよく、顔を見せておくれ」

そう請われ、戸惑っていると背後からアストロードがそっと肩を押す。

「……行きなさい」

セラフィーナはおずおずと、前に進み出た。

侯爵の手が、輪郭《りんかく》を確かめるようにセラフィーナの頬をなぞる。そして侯爵の目に、見る見るうちに涙が浮かんだ。

「ナタリーにそっくりだ……」

掠《かす》れた声で紡《つむ》がれた名は、セラフィーナにとってなじみ深いものだった。

「母さんのこと、知ってるんですか……!?」

ナタリーは、亡き母の名前だ。他人の口から母の名前を聞くのは、もう何年振りだろうか。

「よく知っているとも」

侯爵は目を潤ませたまま、深く頷《うなず》く。

やがて彼はしばし沈黙した後、こんな話を始めた。

――昔あるところに、若い恋人同士がいた。二人は深く愛し合い、男は女に将来を誓った。

しかし、男は名家の跡継ぎ。そして女のほうは、使用人の娘。男の両親は大反対をし、息子を勘当《かんどう》するとまで言い出した。

身分違いの恋に女は悩んだ末、男の将来を考えて姿を消す。男は必死で女を探したが、彼女の行方は一向に知れない。

やがて男は親の決めた相手と結婚したが、それでも恋人のことを忘れられず、長いこと探し続けていた。死んだとも結婚したとも聞いたが、せめて一目だけでも会いたかったのだ。

手掛かりは、彼女に贈った指輪だけ。それは彼の家の家宝であり、この世に二つとないものだった。

「男が贈った指輪には、紋章が彫られていてね……。翼を広げた鷲《わし》の紋章だ」

それを聞き、セラフィーナはハッとした。

自分がいつも首から下げている指輪――、あれには今侯爵が言ったのと、同じ紋章が彫り込まれていなかったか。

覚束《おぼつか》ない手つきで、鎖に通した指輪を服の中から取り出す。首から外し、それを掌に載せた。

侯爵の目から、とうとう涙が零れ落ちる。震える唇から、掠れた声が紡ぎ出された。

「私が若い頃、ナタリーに贈った指輪だ……。まさか、彼女が私の子を身ごもっていたなんて……。彼女の好きだった、花の名前を付けたのだね……」

愛《いと》おし気に指輪の表面を撫でる姿に、セラフィーナは母の言葉を思い出していた。

――この指輪は、あなたのお父様からいただいたのよ。あなたとそっくりの綺麗な髪の色で……。

侯爵の髪に目を向ける。

白い物が混じってはいたが、よく見れば赤みがかった金色をしていた。

「あなたが、わたしの……父さん？」

恐る恐る口にすると、侯爵は涙を流しながら頷いた。感極まって言葉に詰まり何も言えない侯爵の後を引き継ぐように、今度はアストロードが説明を始める。

「君の指輪を初めて見たとき、どこかで見たことのある紋章だと思って調べさせた。持ち主はすぐに分かっても君の母親との関係性が分からず、調べるのに多少時間がかかったのだが……」

人を遣って侯爵に直接事情を聞いたことにより、侯爵家にかつて仕えていた執事の娘が、セラフィーナの母であることを突き止めたそうだ。

身分違いに悩んだ末、身を引いたナタリーであったが、思い出の指輪だけは手放せなかったらしい。おかげでこうして、セラフィーナとロゼンティウム侯爵の関係を確認することができた。

セラフィーナは、母が父について多くを語らなかった理由が、ようやく分かった気がした。

「セラフィーナ」

侯爵が涙に濡れた瞳を向ける。

「私は妻とも死別し、子供もいない。知らなかったこととはいえ、君には苦労をさせたね。……今更だけれど、私は君を正式に娘として認めたい」

「侯爵さま……」

「この孤独な老人を哀れと思って、父と呼んではくれないだろうか」

セラフィーナは戸惑い、視線を彷徨《さまよ》わせた。

ずっと、「父親」という存在に憧れていた。一人で自分を育ててくれた母には感謝していたけれど、時折、どうして自分には父親がいないのかと不満に思うこともあった。

そんなセラフィーナが、こうして初めて父に会うことができて、嬉しくないはずがない。

侯爵に一歩近づき、恐る恐る口を開く。

「――まだ、そう呼ぶことはできません……」

「セラフィーナ……」

「でもいつか、呼ばせてほしいです。あなたのこと、若い頃の母さんのこと……何でも教えてください。そうしていつか、父さんって呼ばせてください」

はにかみながら、そう告げる。

二人そろって泣き笑いの表情を浮かべるのを、アストロードが目を細めて見つめていた。

――――その夜、セラフィーナたちはロゼンティウム邸に一泊することになった。

夕食の席で、アストロードはセラフィーナとの結婚の許しを侯爵へ請うた。

「ロゼンティウム侯爵、セラフィーナと結婚させてください。必ず幸せにします」

「アストロードさま!?」

唐突な発言に大いに驚いたセラフィーナだったが、それ以上に驚いたのが侯爵だ。

真剣な表情をしているアストロードと、真っ赤になって俯く娘を交互に見比べ、何か感じるものがあったのだろう。やがて温厚な顔に、やれやれとばかりに苦笑を滲《にじ》ませた。

「せっかく娘と会えたのに、もう別の男性にとられてしまうとはね」

そうして、真っ赤なセラフィーナに穏やかな目を向ける。

「殿下と幸せになりなさい、セラフィーナ。ナタリーもきっと誇らしく思うだろう」

幸せな結婚をしてほしい、というのが母の願いだった。今思えばあれは、身分の違いで自らの恋を諦《あきら》めざるを得なかった母自身の望みでもあったのだろう。

娘には決して同じ思いをさせたくない。心から愛する人と一緒になってほしい、と……。

そうして夕食を終えた二人は、侯爵家の使用人の案内でそれぞれ別々の客室に通された。

セラフィーナのためにと用意されたのは、侯爵の自室のすぐ隣だ。

もうセラフィーナは完全にこの家の令嬢扱いだった。使用人たちには「お嬢様」と呼ばれ、傅《かしず》かれる。昨日まで庶民暮らしをしていた身としては、正直戸惑いが隠せない。

湯あみの世話の申し出を丁寧に断り、一人でゆっくり浴槽に浸《つか》かってから、用意されていた寝衣に着替える。

眠る前に気分の落ち着く飲み物を、と使用人が入れてくれた茶を飲んでいると、外から扉を叩く音が聞こえた。開けてみると、そこには同じく湯上がりのアストロードが立っている。

「今、良いか？」

「はい、どうぞ。入ってください」

中に促し、互いにソファに座って向かい合う。

「侯爵は、良い方だな」

「ええ、本当に。……不思議ですね。一度も会ったことがないはずなのに、侯爵さまを見ているとすごく懐かしい感じがするんです。わたしは確かに、あの方と血の繋がった娘なんだなあって」

まだまだ実感はないけれど、できるだけ早く、彼のことを父と呼べるようになれれば良い。そして、離れていた十七年分の思い出を、これから築いていきたい。

セラフィーナはアストロードへ、深く頭を下げた。

「アストロードさまのおかげです。父のことを、探してくださってありがとうございました。それに、ネリルのことや、色々と助けていただいたことも全部。どうお礼をしたら良いのか分からないくらい、感謝しています」

「君が喜んでくれたのならそれで良い」

軽く頭を横に振り、アストロードはセラフィーナを手招きする。隣に座れと言われたのかと思い近づいていくと、急に手首を掴まれ、気づいたときには彼の膝の上に収まっていた。

全体重を彼に掛けていると考えると、何だかとても落ち着かない。

「義父上《ちちうえ》の了承は得たが、まだ君の返事を聞いていなかった」

「わたしの……返事……？」

とっさに何のことか分からず戸惑う。そんなセラフィーナの髪を優しく撫でながら、アストロードが甘い声で囁《ささや》きかけた。

「求婚の返事だ」

あ、と気の抜けた声が漏れた。そう言えば確かに、アストロードは侯爵に対して求婚の許しを得るための言葉を口にしたものの、セラフィーナ本人にはそれを告げていない。

今更、という気もするけれど、やはり本人の口から承諾をもらわねば落ち着かないのだろう。

アストロードが真面目くさった顔をして、セラフィーナの目を見つめる。

「セラフィーナ・コンフィ、私の妻になってくれるか？」

もう嫌と言わせるつもりはないが、と続く言葉に、思わず笑ってしまった。

そうして、アストロードの背に回していた手を彼の首の後ろに移し、力を込めて引き寄せる。顔を上げて自ら口づけると、セラフィーナは驚くアストロードに向かって幸せそうに微笑んだ。

「はい、アストロードさま。わたしで良ければ、喜んで……」

エピローグ

その日、王宮は慌ただしい空気に包まれていた。

「ヴェールはどこ？　花束は？」

「セラフィーナ様のお化粧は終わったの？」

侍女たちが、室内を所狭しと動き回る。普段は走ることを禁じられているはずの廊下からは、バタバタと何人もの忙しない足音が響いていた。

今日は、王弟アストロードとその婚約者セラフィーナの結婚式だ。

一年前、アストロードの侍女として仕えていたセラフィーナが実はロゼンティウム侯爵家の娘と分かってから、それまで彼女を取り巻いていた環境は一変した。

最初に変化したのは名前だ。

それまで母の姓である『コンフィ』を名乗っていた彼女は、正式に侯爵家の娘となったことにより、『セラフィーナ・フェル・ロゼンティウム』を名乗ることとなった。

身分の差さえなくなれば、愛し合う二人を阻《はば》むものはもう何もない。数多くの婚約者候補を退《しりぞ》け、セラフィーナはアストロードの正式な婚約者になったのだ。

セラフィーナが侯爵家の娘であったことは、思いがけない僥倖《ぎょうこう》であった。彼女の母が侯爵家の紋章の入った指輪を遺《のこ》していたことも、同じく。

けれどアストロードにとっては、それも実は大した問題ではなかった。と言うのも、彼はいざというとき、伝手《つて》のあるどこかの貴族に養女としてセラフィーナを迎え入れてもらうつもりでいたからだ。指輪の存在によってその手間は省けたが、もしそれがなければ、確実にそちらの計画を実行していたことだろう。

「まあ、セラフィーナさん。とっても綺麗《きれい》」

部屋を訪れたヴィエンヌ夫人が、花嫁衣装に身を包んだセラフィーナを見て眩《まぶ》しそうに目を細める。

「奥さま……」

椅子から立ち上がりかけたセラフィーナを、夫人が手で押しとどめ、軽く笑って窘《たしな》めた。

「だめでしょう、もうお義母《かあ》さんって呼んでくれないと」

その彼女の傍《かたわ》らには、上等の服を着たネリルが立っていた。

アストロードと結婚するまでのあいだ、父ロゼンティウム侯爵の屋敷でしばらく過ごしていたため、弟の顔を見るのも久しぶりである。

「ネリル、久しぶりね。とっても元気そう」

「おねえちゃん。すっごくきれい！」

両手を広げて姉に抱きつこうとしたネリルだったが、婚礼衣装が汚れると思ったのか寸前で立ち止まり、かしこまった様子で胸に手を当て礼をした。

「すっかり小さな紳士ね」

成長した弟の様子に、くすくすとセラフィーナは笑う。

今、ネリルはヴィエンヌ夫人に養子として引き取られ、貴族の子息として一流の教育を受けているところだ。

病気は完治し、優しい夫人に本当の息子のように可愛《かわい》がられ、楽しく生活をしている。

最近では、大きくなったらアストロードのような立派な軍人になるのだと、嬉しそうに将来の夢を語るようになった。

「おねえちゃん、やっぱりおにいちゃんとケッコンしたね」

ひそひそと耳打ちされ、セラフィーナは破顔した。そういえばかつて、ネリルがそんなことを言っていたのを思い出す。

あれはたしか、発作で倒れたネリルを助けてもらった翌日のことだ。

――あのときのことが、随分《ずいぶん》昔のように感じられる。

今思えば、お礼に処女をもらってくださいだなんて、我ながら大胆な申し出をしたものだ。

思い出し、セラフィーナは一人でくすりと笑ってしまった。

「ところで、花婿はどこかしら？」

「ああ、アストロードさまなら……」

と言いかけたとき、廊下のほうで大音声が響き渡った。赤ん坊の泣き声だ。

セラフィーナは髪飾りを付けている最中だったにも拘《かかわ》らず、慌《あわ》てて立ち上がり廊下へ向かう。

そこには、せっかくの婚礼衣装を赤子の涙でぐちゃぐちゃにしたアストロードが、困り果てた様子で立ち尽くしていた。

「……すまない、セラフィーナ。あやそうとしたのだが、君のほうが良いみたいで……」

髪を後ろへすっきりと流した屈強な大男が赤子にたじたじしている様子があまりにおかしくて、そこかしこから笑い声が上がった。

その中には、かつてセラフィーナに仕事を教えてくれた先輩侍女の姿もある。彼女は、セラフィーナがアストロードと結婚すると聞いて非常に喜んでくれたうちの一人だ。

いわく、高慢な令嬢に仕えるより、セラフィーナのような気立ての良い娘が奥方になってくれたほうが助かる……とのことだった。

「まあ、やっぱり男の人ってだめねぇ！」

セラフィーナの後ろからヴィエンヌ夫人が顔を出し、呆れた様子で声を上げる。

「ほら、貸しなさいアスト。ほーら、ナタリーちゃん。おばあちゃまですよー」

夫人がアストロードの手から赤子を取り上げあやすと、先ほどまで泣いていたのが嘘のようにぴたりと泣き止んだ。

アストロードとセラフィーナのあいだに生まれた娘、ナタリーだ。亡き祖母の名をそのまま付けられた彼女は、アストロードから鋼色の髪を、セラフィーナからは瑠璃色の瞳を受け継いだ。

セラフィーナが結婚までのしばらくのあいだロゼンティウム邸で過ごしていた理由の一つがこれだ。父娘水入らずの交流のためと、ナタリーを妊娠していたためである。

現在、四ヶ月となる娘は、祖母に抱かれてご満悦だ。にっこりとご機嫌に笑う娘の姿に、アストロードは悔《くや》しげな視線を夫人へと向けた。

「く……私のほうが、母上よりずっとナタリーと遊ぶ時間が多いはずなのに……。こんなに愛情いっぱいに可愛がっているのに……」

「きっと愛情が重すぎて煙たがられているのよ。お父様、鬱陶《うっとう》しいーって」

あっさりと吐かれた夫人の言葉を真に受け、アストロードがこの世の終わりのような顔をする。赤子がそんなことを思うはずもないのに、どうも娘のことになると彼は盲目になってしまうらしい。

「そんな……、なぜだナタリー！　父のことがそんなに嫌いなのか……!?」

真剣な顔をしてずいっ、と娘に近づき、また泣かれてしまっている。

「あぁ、ほらよしよし、泣かないでナタリーちゃん」

ぎゃんぎゃんと泣き喚《わめ》く姿に、夫人が慌ててナタリーを抱え直し、揺さぶりながらあやした。

その様子を、アストロードが少し離れたところからじっとりと睨《にら》みつける。

「……あら、ちょっとアスト、何を睨んでいるの。そもそもあなたがいつも仏頂面をしているから娘にすら怖がられるのよ。未だにナタリーが自分に懐かないからって、わたくしに当たるのはやめてちょうだい」

「べ、別に当たってなど……！」

と言いながらも、アストロードの頬は微かに赤い。

畳みかけるように、夫人はこう続けた。

「それにしても、結婚式より先に子供ができるなんて、我が息子ながら手が早いこと。一体いつ、そんな関係になったことやら。あなたまさか、身分を良いことに無理やりセラフィーナさんを――――」

「母上!!」

本気ではなく、単にからかっただけであることは誰の目からも明白である。見ている分には微笑ましいが、言われた当人はそれだけでは済まないらしい。ますます真っ赤になったアストロードを完全に無視して、夫人は今度はセラフィーナに向けてしみじみと呟《つぶや》いた。

「本当に、こんな息子だけれど、嫌になったらいつでも捨てて、わたくしのところにいらしてね。いつでも歓迎しますから」

「ありがとうございます、奥……お義母さま」

捨てる、という言葉に、アストロードの今にも泣きそうな視線が縋《すが》りついてくる。情けない表情は、かつて誘拐されたセラフィーナを助けに来たときの勇敢《ゆうかん》さの欠片《かけら》すら見当たらない。

だが、そんなところも含めてこの人の全てが愛おしい。

指を絡め、手を繋ぐ。セラフィーナは頭二つ分高いところにあるアストロードの顔へ、愛情の滲《にじ》む瞳を向けて微笑みかけた。

「でも、大丈夫です。わたしはアストロードさまのことを愛していますから」

「セラフィーナ……！」

アストロードが涙ぐんだまま、感極まった叫び声を上げた。

「私も好きだ、愛している！」

熱烈な愛の告白と共に妻を抱きしめた彼は、人目も憚《はばか》らず熱い口づけを施《ほどこ》す。

二人を取り囲む侍女たちから黄色い声が上がったが、もはやアストロードの耳にはまったく届いていなかった。


こうして、大勢に祝福され結婚した二人は幸せに暮らし、その後も男女合わせ四人の子供に恵まれた。

王弟アストロードは兄の良い助けとなり、貧しい人々の生活を向上させることに尽力。セラフィーナとの結婚から十年の後、マルレーヌ街三丁目はオルヴェイユ王国で最も治安の良い街と呼ばれるようになった。

貧しい花売り娘であったセラフィーナ妃の育った町として、また二人の恋の始まりの地として、今でも若い恋人同士が多く訪れるという。

あとがき

ハニー文庫さんでは初めまして、白ヶ音雪です。

このたびは、本書をお手に取って頂きありがとうございます。

堅物変態ヒーローとちょっと鈍いヒロインのお話、楽しんで頂ければ幸いです。

本書のイラストは、ＫＲＮ様に担当していただきました。

表紙も挿絵もイメージ以上に描いていただき、本当にありがとうございました。

また、声を掛けていただきました担当編集様。初の文庫書き下ろしで色々とご迷惑をおかけしましたが、最後まで面倒を見てくださりありがとうございます。

そして出版社様、この本の制作に関わって下さった関係者各位、この本を手に取ってくださった全ての皆さまに、心より御礼申し上げます。

二〇一六年一月　白く舞い散る粉雪を見ながら

白ヶ音雪　拝

白ヶ音雪先生、KRN先生へのお便り、
本作品に関するご意見、ご感想などは
〒101-8405
東京都千代田区三崎町2-18-11
二見書房　ハニー文庫
「溺愛殿下の密かな愉しみ」係まで。

本作品は書き下ろしです

Honey Novel

溺《でき》愛《あい》殿《でん》下《か》の密《ひそ》かな愉《たの》しみ

【著者】白《しろ》ヶ《が》音《ね》雪《ゆき》

【発行所】株式会社二見書房
東京都千代田区三崎町2-18-11
電話　03(3515)2311［営業］
　　　03(3515)2314［編集］
振替　00170-4-2639
【印刷】株式会社堀内印刷所
【製本】ナショナル製本協同組合

落丁・乱丁本はお取り替えいたします。
定価は、カバーに表示してあります。

ISBN978-4-576-16021-4

http://honey.futami.co.jp/